네 잎 클로버를
키운 소녀

416 단원고 약전 **짧은, 그리고 영원한 9**권

네 잎 클로버를 키운 소녀

2학년 9반

경기도교육청 약전작가단 지음
경기도교육청 엮음

굿플러스북

발간사

《단원고 약전》으로 영원히 기리다

'기록하지 않은 기억은 망각되고, 기록은 역사가 된다.' 우리가 오늘 그날의 이야기를 기록하는 이유입니다. 단원고 학생과 교사 261명을 포함해 모두 304명의 목숨을 앗아간 4.16 세월호 참사. 그들의 못다 한 꿈을 영원히 기억하고 우리의 책임을 통감하며 후대에 교훈으로 남기기 위해 이 참사를 기록하게 되었습니다.

'세월호'의 기록은 우리 시대의 임무입니다. '세월호'를 하나의 사건으로만 기억하지 않고 역사의 기록으로 남겨야 하는 이유는 가장 소중한 가족을 잃은 사람들의 비통함 때문만은 아닙니다. 안전 불감증이라는 사회적 성찰과 국가의 부끄러운 안전 정책은 물론 역사의 진실을 제대로 알리고자 하는 마음이 모여 한 장 한 장 피맺힌 절규를 담게 되었습니다.

희생자 한 명 한 명의 삶과 꿈, 그 가족과 친구들의 기억을 기록하는 데 그치지 않고, 어떻게 기록해야 진실을 올곧게 담아내고 가장 많은 사람들과 이 기억을 공유할 수 있을까를 생각했습니다. 그래서 이번 참사의 아픔을 함께하고, 우리 시대의 사랑과 분노, 희망과 좌절을 문학 작품으로 기록해 온 작가들을 약전 필자로 모셨습니다. 아무리 훌륭한 작가가 있다 해도 아들딸, 형제자매를 떠나보낸 가족들이 이들을 만나서 이야기해 주지 않았다면 단 한 줄도 기록할 수 없었을 것입니다. 약전 발간에 대한 가족들의 관심과 참여가 1만 매가 넘는 원고를 만들어 낸 가장 소중한 밑거름이 되었습니다.

약전 작가와 발간위원들은 가족들이 있는 합동분향소, 광화문광장, 팽목항으로 찾아가 묵묵히 그 곁을 지키며 함께했습니다. 눈을 마주치고 짧은 인사를 나누고, 그렇게 시작해 몇 시간씩 마주 앉아 함께 울고 웃으며 '지금은 천 개의 바람이 되어 버린 그들'에 대한 이야기를 나눴습니다.

이렇게 12권의 책이 만들어졌습니다. 경기도는 물론 전국 방방곡곡에서 단원고 학생과 교사들의 삶을 약전을 통해 다시 만나고 그들과 함께할 것입니다. 그들의 꿈과 미래가 영원히 우리 곁에서 피어나길 기원하며, 이 시대를 살아가는 모든 분께 《단원고 약전》을 바칩니다.

2016년 1월
경기도교육청

《단원고 약전》으로 영원히 기리다

기록의 소중함

《삼국유사》가 전승되지 않았더라면 천년 이후에 우리는 신라의 향가를 비롯해 우리 고대의 역사, 문화, 풍속, 인물들을 어떻게 추론할 수 있었을까? 모두 알다시피 정사인 《삼국사기》와 달리 《삼국유사》는 최초로 단군신화를 수록하고 학승, 율사와 같은 위인의 전기뿐만 아니라 선남선녀들의 효행을 기록했다. 우리가 진정 문화 민족의 후예임을 밝혀 주는 보물 같은 기록이다.

사마천의 《사기》 역시 마찬가지로 문명사회의 시원과 중국 고대사를 비추는 찬란한 등불이다. 그리고 나아가 이제는 인류의 공동 자산이 되었다. 흥미로운 것은 방대한 《사기》에서 가장 많이 사랑받는 부분은 '제왕본기'가 아니라 당대의 문제적 인간들의 이야기를 엮은 '열전'이다. 지배 계층 인물보다 골계 열전에 엮은, 당시 민중의 살아 숨 쉬는 모습이 압권이다. 실로 이천여 년 전의 인간이라 믿기 어려울 정도로 사실적이다.

《삼국유사》와 《사기》 안에 부조된 인간사는 현대에도 부단히 여러 예술 장르로 부활, 변용되고 있다. 기록은 그토록 소중한 작업이다.

세월호 참사에 대한 보도, 영상물을 비롯한 기타 자료 등은 넘치고 또 넘친다. 해난 사고가 참사로 이어지는 과정에 대한 탐구, 분석, 평가 또한 앞으로 이어질 것이다.

'바다를 덮친 민영화의 위험성', '무분별한 규제 완화', '정부의 재난 대응 역량' 등의 문제는 정치의 영역일 터이다.

우리 139명 작가들과 6명의 발간위원들은 4.16 참사라는 역사적 대사건의 심층을 들여다보고 이를 기록하고자 했다. "잘 다녀올게요" 하고 환하게 웃으며 수학여행을 떠난 그들이 어떤 꿈과 희망을 부여안고 어떤 난관과 절망에 부딪치며 살았는지 있는 그대로 되살려 내고자 했다. 여기에는 결코 어떤 집단의 유불리나, 하물며 정치적 의도 같은 것이 있을 리 없다.

파릇한 나이에 서둘러 하늘로 떠나 버린 십대들의 삶과, 또한 이들과 동고동락한 선생님들의 생애를 고스란히 사실적으로 담았다.

로마의 폼페이 유적지에서 이천여 년의 시간을 뚫고 솟아난 한 장의 프레스코화는 실로 눈부시다. 머리 빗는 여성의 풍만한 몸매와 신라 여인을 연상시키는 의상, 그리고 이를 바라보는 어린 아들의 익살스런 포즈는 그 시대를 단번에 현대인에게 일러 준다.

프레스코화 기법의 핵심은 젖은 회반죽이 채 마르기 전에 그리는 것이라고 한다. 우리 역시 비극의 잔해가 상기 남아 있는 시기에 약전을 쓰려고 했다. 무척 고통스럽고 슬픈 작업이었다. 작가들은 떠나간 아이들과, 그리고 남아 있는 부모와 가족, 친지들과 함께 다시 비극의 한가운데 오래 머물러야 했다.

'왕조실록', '용비어천가', 《삼국사기》가 역사 기록이듯 '녹두장군', '갑오동학혁명', 무명의 여인들이 쓴 형식 파괴의 '사설시조' 등도 전통의 지평을 넓히는 우리 문화유산이다. 평가와 선택은 후세가 할 것이다. 우리는 다만 동시대인으로서 비극에 얽힌 인물들의 이야기를 기록한다.

함께 별이 된 아이들과 교사들이 하늘에서 편하시기를 기도하며, 고통스런 작업에 참여해 주신 가족, 친지분과 작가 여러분께 깊이 감사드린다.

2016년 1월
유시춘 (작가, 약전발간위원장)

기록의 소중함

별이 된 아이들 이야기

담담하고 당당하게!

안산 단원고 2학년 9반 **고하영**

1. 첫돌 기념. 따스한 4월 29일, 4.2킬로그램으로 태어난 하영이는 잔병치레 없이 건강하게 자랐다.

2. 강원도 삼척 환선굴로 가족 여행 갔을 때 텐트 안에서. 여섯 살 하영이는 신났다.

3. 열일곱 살 하영. 온 동네 옷 가게를 샅샅이 뒤져 마음에 쏙 드는 점퍼를 찾았다. "성공!"

담담하고 당당하게!

2014년 1월 29일 수요일 아침.

하영이는 설렜다. 눈에 익은 거리가 새롭게 보이고, 두 볼에 와 닿는 겨울 찬바람도 상쾌하게 느껴졌다. 편한 운동화에 두툼한 점퍼, 점심 도시락이 든 가방, 휴대폰에 이어폰까지 빠뜨린 건 없었다.

시간을 확인하려는데 저만치서 뛰어오는 연희가 보였다. 하영이가 한 손을 흔들어 반기자 연희는 두 팔을 번쩍 치켜들며 외쳤다.

"출발!"

그 모습에 하영이는 웃음을 터뜨렸다. 열여덟, 여고생 하영이의 웃음소리는 어린아이 웃음처럼 티 없이 맑고 밝았다.

「오이도까지 걸어가 보자.」

전날 도서관에서 연희를 만나 갑자기 결정한 계획이었다.

"우리 학교 남자애들 몇 명, 자전거 타고 오이도 갔다 왔대."

연희의 말에 하영이 귀가 번쩍 뜨였다. 겨울 방학이 끝나고 2학년이 되면 대학 입시 준비로 여유가 없을 테니 그 전에 뭔가 새로운 경험을 해 보고 싶던 참이었다.

"우리는 걸어서 갔다 와 볼래?"

"그럴까? 그래, 그러자!"

둘은 말 나온 김에 다음 날 바로 가기로 뜻을 모았다.

"봐, 이게 오늘 우리가 갈 길이야."

연희는 안산 신길초등학교에서 오이도까지 가는 길을 표시한 지도를 내보였다. 지도는 간단했다.

"10킬로미터 조금 넘고 세 시간 안 걸린대."

연희의 설명도 간단했다. 하영이는 고개를 끄덕이며 빙긋 웃었다. 오이도까지 걸어가는 일은 지도나 연희의 설명처럼 간단할 수도 있고, 아닐 수도 있었다. 모든 일에는 변수가 따르기 마련이고, 예상치 못한 곳에서 복병이 튀어나올 수 있다는 것쯤은 익히 알았다.

그러나 하영이는 일어나지 않은 일을 걱정해 미리 움츠러들거나 지레 도망치는 법이 없었다. 어려서부터 철이 들었다는 소리를 많이 듣고 컸던 하영이는 매사에 담담했고, 그 덕분에 주위 사람들은 하영이를 든든하게 여겼다.

유치원에 다닐 때도 그랬다. 맞벌이하는 부모님이 출근하고 일곱 살, 다섯 살 많은 두 오빠가 등교한 뒤, 하영이는 거실 시계를 보고 유치원 차 시간에 맞춰 집을 나섰다.

부모님은 어린 하영이가 그렇게 혼자 유치원에 다니는 걸 그다지 걱정하지 않았다. 그러는 것이 당연하게 생각될 만큼 하영이는 똘똘하고 당찼다. 오빠들에게도 마찬가지였다. 나이 차 나는 막내로, 예쁜 여동생으로 귀여움을 받았지만 그걸 무기로 어리광 부리거나 제멋대로 구는 일은 없었다.

유치원 다닐 때, 하영이가 유일하게 까다롭게 굴었던 것은 머리 모양이었다. 하영이는 머리 모양을 자기가 결정했다. 엄마가 출근 전에 하영이 주문대로 머리를 묶어 주기만 하면 그 나머지는 하영이 스스로 척척 알아서 했다. 잔병치레도 없이 건강해서 엄마 아빠가 신경 쓰거나 잔소리할 게 전혀 없었다.

그렇게 손이 갈 일 없던 하영이가 초등학교 3학년에 올라가 학급 부회장을 맡자, 엄마는 흐뭇한 마음 한편으로 은근히 걱정이 되었다. 임원 엄마로서 이것저것 뒷바라지하기 어려운데, 그 때문에 하영이가 눈치를 받으면 어쩌나 하는 생각이 들었던 것이다. 그 마음을 슬쩍 털어놓자 하영이는 이해 안 된다는 듯이 말했다.

"내가 하는 건데 엄마가 왜? 엄마는 신경 안 써도 돼."

엄마는 하영이가 잘 몰라서 그런다고 생각하면서도 달리 어쩔 도리가 없었다. 그 뒤로 하영이는 꾸준히 임원을 맡았고 엄마는 하영이가 초등학교를 졸업할 때까지 임원 엄마 노릇을 하지 못했다. 그것이 마음에 걸렸던 엄마는 하영이가 중학교에 올라가서도 반장을 맡자, 담임 면담 날 학교 가는 길에 아이스크림을 사서 하영이네 반 아이들에게 나누어 주었다.

그러자 평소 싫은 소리 한 번 안 하던 하영이가 불평을 터뜨렸다.

"엄마! 나, 정말 열심히 하고 있단 말이야. 그런데 엄마가 그러면 내가 능력이 안 되는 일 하면서 잘 봐 달라는 거 같잖아."

엄마는 그게 아니라 기특해서, 뭐라도 해 주고 싶어서 그런 거였다고 변명 아닌 변명을 해야 했다. 그럴 만큼 하영이는 자기가 맡은 일에 최선을 다했고, 그랬기에 늘 당당했다.

오이도를 향해 가는 하영이의 발걸음은 기운이 넘쳤다. 하영이와 연희는 휴대폰에서 나오는 노래를 흥얼거리며 걸었다.

"하영이 네 목소리 정말 제이레빗이랑 똑같아. 들을 때마다 신기해. 가수 할 생각 없어?"

연희의 말에 하영이는 어깨를 으쓱했다. 중학교 2학년 때 밴드 보컬을 맡아 전교생 앞에서 당시 유행하던 마꼴피의 〈비행소녀〉를 부른 적이 있다.

"안녕. 추억 안녕. 너무나 눈물이 나요. 영원히 그댈 사랑해요."

하영이가 감정을 실어 고음의 후렴구를 시원스레 부르자 많은 아이들이 함께 따라 불렀다. 그때는 정말 가슴이 벅차올라 날아갈 듯 기분이 좋았다. 그 뒤로 친구들에게 가수 해도 되겠다는 말을 들었지만 마음이 기울지 않았다.

가수만이 아니었다. 하영이는 초등학교 때는 계주 선수로 뛰었고, 책 읽기 좋아하고 글을 잘 써 글짓기 상도 도맡아 받고, 공부는 늘 상위권이었지만 반드시 이루고 싶은 꿈은 딱히 없었다. 다재다능하고 여러 분야에 관심이 많아 무엇이든 맡으면 잘 해낼 수 있는 대신 이거 아니면 안 된다는 건 없었던 것이다.

언젠가 꿈이 생기겠지 했던 하영이는 장래 희망을 물을 때면 "그걸 꼭 일찍 정해 놓아야 하는 거야?" 하며 못마땅해하기도 했다. 그러다 고1이 되어서 이화여대에 다니는 언니에게 생전 처음 영어 과외를 받고, 언니와 함께 이화여대 교정을 둘러보고는 '이대에 가겠다'는 꿈을 품었다. 그러고 나서 꿈이라는 것이 얼마나 큰 힘을 주는지 깨달았다. 무작정 발 닿는 대로 걷는 것이 아니라 목적지를 정해 지도를 보고 걷는 것과 같았다.

한 시간쯤 걸었을 때, 연희가 하영이에게 물었다.

"걸을 만해? 이제 삼분의 일쯤 왔어. 온 것 두 배는 더 걸어야 해."

그 말을 듣자 오래전에 읽은 《모모》의 한 구절이 떠올랐다. 도로 청소부 베포가 모모에게 한 말이었다.

모모야, 다음에 걷게 될 걸음, 다음에 할 비질만 생각하는 거야. 그렇게 한 걸음, 한 걸음 나가다 보면 어느새 그 긴 길을 다 쓸었다는 걸 깨닫게 되지.

"나는 거뜬해. 한 걸음, 한 걸음씩 걸어가면 언젠가 도착하겠지."

하영이 말에 연희는 큭, 소리 내어 웃었다.

"심심 하영이 웬일이야? 날마다 심심해, 심심해 노래하더니 걷는 게 그렇게 좋아?"

그러고는 하영이 어깨에 팔을 두르고 사진을 찍어 곧바로 휴대폰 대화방에 올렸다.

하영이는 연희를 포함해 와동중학교 때 친구인 아현, 수빈, 은지, 지현, 은비와 친하게 지냈다. 서로 다른 고등학교로 흩어졌지만 대화방을 통해 하루도 빠짐없이 이야기를 나누고, 일주일이 멀다 하고 만났다.

「여기가 어디게?」

하영이와 연희가 오이도 가는 중이라는 걸 알게 된 친구들은 둘이서만 가다니 있을 수 없는 일이라며 야단법석을 떨었다. 친구들이 흥분할수록 하영이는 흐뭇했다. 언제나 함께여야 한다고 생각하는 친구들이 있다는 사실에 새삼 가슴 깊은 곳에서 행복한 기분이 몽글몽글 피어올랐다.

「다음에는 다 같이 가자.」

그렇게 친구들과의 약속이 하나 더 늘었다.

하영이는 친구들과 함께하기로 한 약속이 여러 개 있다. 그 가운데 하나는, 비슷한 나이에 결혼해서, 비슷하게 아이를 낳고, 아이들끼리 친구 만들어 주자는 것이다.

"애들은 애들끼리 놀고, 우리는 그 옆에서 애들 노는 거 보면서 우리 중학교, 고등학교 때 이야기하고 그러는 거야."

"앞으로 10년 안에 이루어지겠다."

그 약속을 하던 때 하영이와 친구들은 상상만으로도 신나고 즐거워 와자지껄 너도 나도 한마디씩 거들었다.

그리고 또 하나의 약속으로 하영이는 아현이와 함께 2018년 평창 동계 올림픽을 구경 가기로 했다. 아현이와 둘이 강릉에 사시는 아현이 할머니 댁에 놀러 가려던 계획이 무산된 뒤에, 할머니 댁에 묵으며 올림픽을 구경하기로 약속했던 것이다.

'동계 올림픽이니 대학교 2학년 마친 뒤겠다.'

하영이는 왼손 둘째 손가락에 낀 반지를 보았다. 친구들과 함께 맞춘 반지였다. 다들 돈이 많지 않아서 좋은 길로 하지 못했다. 그래서 곧 두 번째 반지를 맞추기로 했다. 반지에 새길 문구도 정해 놓았다.

We always exist around you. (우리는 항상 너의 주변에 있다.)

지난 크리스마스에 친구들과 모여 앉아 결정했다. 처음에는 각자 이름의 영어 이니셜을 나란히 새길까 했다가 아현이와 수빈이의 아이디어로 이 말을 만들었다. 하영이

담담하고 당당하게!

는 곱씹을수록 마음에 들었다.

노래를 듣고, 이야기를 주고받으며 느긋하게 걷다 보니 예상보다 시간이 더 오래 걸렸다. 지도를 보고 점심 먹을 곳으로 정했던 옥구공원에 다다랐을 때는 몹시 허기졌다. 얼른 자리를 잡고 싸 온 도시락을 먹을 생각으로 서둘러 공원으로 들어가려던 하영이와 연희는 당황했다. 공원이 생각했던 것과 달리 사람 하나 없이 너무 음산했다.

"여기는 안 되겠다."

처음으로 부딪힌 난관이었다. 오는 길에 인도가 제대로 확보되지 않아 찻길을 걸어야 했을 때 조금 겁이 나기도 했지만 공원을 보고 느낀 막막함에 비할 게 못 됐다. 공원 밖으로 눈에 보이는 것은 넓은 도로와 휑한 빈터, 공장 같은 건물들뿐이었다.

하영이와 연희는 지도를 들여다보았다. 앞쪽으로도 마땅한 데가 없었다. 대신 왔던 길을 되돌아가면 대형마트가 있었다. 선택의 여지가 없었다. 기운이 살짝 빠지는 일이기는 했지만 대형마트로 갔다. 마트 식당에서 따뜻한 우동을 사서 도시락과 함께 먹은 뒤에야 다시 마음이 느긋해졌다.

"이 점퍼 너무 웃기지 않아?"

하영이는 밥 먹는 동안 벗어 놓았던 점퍼를 입으며 장난스럽게 점퍼 모자를 푹 눌러 썼다. 모자 끝에 달린 북슬북슬한 털이 얼굴을 반이나 뒤덮었다.

옷을 살 때면 엄마는 은근히 유명 메이커 옷을 권했다.

"저기 들어가 볼까? 요즘 애들 하나씩 다 있다며?"

"난 별로."

하영이는 비싼 옷 하나보다 예쁜 옷 여러 개가 좋았다. 옷은 누가 뭐래도 유명세가 아니라 스타일이 중요했다. 하영이 생각에 유명 메이커는 디자인보다 이름값이 선택의 기준이 되었다. 그리고 그 기준에 따라 왠지 모르게 기가 죽거나 기가 사는 것 같은 모습들이 영 마뜩잖았다. 교복처럼 너 나 할 것 없이 입는 똑같은 옷을 비싸게 사는 것보다는 자기에게 잘 어울리는 옷을 찾았을 때의 만족감이 좋았다.

그런 만족감을 얻기는 쉬운 일이 아니었다. 하루 종일 발품을 팔며 옷 가게를 돌아다니고 하나도 사지 못한 적도 많았다.

언젠가 친구들과 옷 사러 안양에 갔다 와서 티 하나 달랑 꺼냈을 때 식구들은 어이없어했다.

"안양까지 가서 겨우 그거 하나 산 거야?"

하영이는 헤헤 웃었다.

분명 티 하나였지만 그건 그냥 티가 아니었다. 살까 말까 숱하게 고민하며 들었다 놨다 했던 옷, 거울 앞에서 몸에 대보고 입어 본 여러 옷들 가운데 선택된 옷이었다. 그뿐만 아니라, 어렸을 때 안양에 산 적이 있다며 유난히 신이 났던 친구가 들려준 추억, 또래들이 즐겨 간다는 분식집에서의 배부른 점심, "딱이다, 잘 어울려. 사라 사" 부추기거나 "됐다, 됐어, 저리 치워라" 뜯어말리며 깔깔대던 친구들과 함께했던 시간이 고스란히 담긴 옷이었다.

하영이는 그랬다. 그렇게 친구들과 어울려 오고 가며 친구들과 이야기를 주고받는 게 좋았다. 친구들은 하영이에게 속마음을 잘 털어놓았다.

"아, 정말 속상했겠다."

하영이가 건네는 한마디에 친구들의 화는 누그러지고, 서운함은 가셨다. 분명 같은 나이인데 친구들은 하영이가 때때로 언니처럼 느껴졌다. 하영이에게는 인생을 먼저 겪어, 세상을 조금 더 아는 이들이 가질 수 있는 넉넉한 여유가 묻어났다. 그래서 하영이에게 이야기를 털어놓는 것만으로도 마음이 홀가분해졌다.

하영이의 든든하고 푸근한 여유는 부모님께 물려받은 것이자 집안 분위기였다. 식구들은 하나같이 온화하여 큰소리로 화를 내거나 안달복달하지 않았다. 길게 말하지 않고도 서로 통했고, 큰소리로 주장하지 않아도 서로 배려해 주었다.

하영이가 고등학교에 올라가 늦은 시간에 집에 들어오며 한마디 했을 때도 그랬다.

"우리 단지 후문, 밤에 오려면 컴컴해서 좀 무서워."

그 말에 아빠는 "그래?" 하고 말았다. 그런데 며칠 뒤 후문 입구 옆 커다란 나무에 가로등이 달렸다.

"후문에 가로등 생겼다."

하영이 말에 아빠가 빙그레 웃었다. 눈치 빠른 하영이가 "어, 아빠야?" 하고 대뜸 물었다.

"정말? 당신이 달아 달라고 말했어?"

엄마는 아빠가 대답할 사이도 없이 덧붙였다.

"하영이 일이라면 말이 떨어지기가 무섭게 재깍이네."

"당연하지."

아빠는 별일 아니라는 듯이 말했다.

하영이는 헤헤 웃었다.

"아빠!"

아빠와 단둘이 있던 어느 일요일에, 하영이는 제 방에서 거실에 있는 아빠를 불렀다.

"왜?"

"그냥."

그러고는 또 헤헤 웃었다.

하영이는 애교 넘치는 딸은 아니었다. 그러나 아빠는 하영이가 흐뭇해하며 헤헤 웃는 것만으로도 충분했다.

영화를 좋아하는 하영이는 이따금 엄마와 영화를 볼 때면 엄마가 좋아할 만한 것을 골랐다.

"너 보고 싶은 거 봐."

엄마 말에 하영이는 고개를 저었다.

"난 친구들이랑 보면 되는데 뭐. 이것도 보고 싶었던 거야."

엄마는 그 말 속에 담긴 하영이의 마음을 읽을 수 있었다.

'엄마, 평소 영화 볼 기회도 별로 없잖아. 어렵게 얻은 기회, 오롯이 엄마를 위해 써야지.'

그런 마음을 알기에 엄마는 하영이와 함께하는 시간이 더욱 소중했다.

"와! 오이도 포구다!"

이정표를 보는 순간, 하영이와 연희는 방방 뛰었다. 비록 반나절짜리였지만 생애 첫 도보 여행을 무사히 마쳤다는 성취감은 예상보다 훨씬 컸다. 종아리가 살짝 당기고 피곤하기도 했지만 기분은 더할 나위 없이 좋았다.

"우리 수능 마치면 더 먼 데 걸어가 보자. 국토 횡단 같은 거 해 보자."

그 말이 절로 나왔다.

오이도에서 안산으로 돌아오는 길에는 버스를 탔다.

버스 유리창 밖으로 오이도까지 걸으며 보았던 풍경들이 빠르게 지나쳐 뒤로 밀려났다. 그 풍경들 사이사이 지난 추억이 스며들었다. 작은오빠 손을 꼭 잡고 갔던 문방구, 크림 스파게티 담당으로 솜씨를 한껏 발휘했던 일요일 점심, 친구들과 함께했던 거리 축제, 친구 집에서 수다로 밤을 새우고 맞이했던 새벽 풍경, 원고잔도서관에서의 시험공부, 구석구석 누볐던 중앙동 거리…… 수많은 추억 끝에 오이도 여행이 보태졌다.

함께하지 못한 친구들을 만나 시끌벅적 즐거운 저녁을 먹고 집으로 돌아가는 길.

어스름해진 겨울 저녁 골목길에 아빠의 가로등이 빛났다. 그 빛 아래를 걸으며 하영이는 생각했다.

'나는 언젠가 또 불쑥 여행을 떠나겠지. 그때도 오늘처럼 혼자가 아닐 거야. 네 마음속에 엄마, 아빠, 큰오빠, 작은오빠가 또 많은 친구들이 함께할 테니까.'

잇달아 친구들과 새로 맞출 반지에 새기기로 한 문구가 떠올랐다.

We always exist around you. (우리는 항상 너의 주변에 있다.)

하영이는 집으로 기운차게 걸어갔다. 늘 그랬듯이 담담하고 당당하게!

　　　　　　　　　　　　　　　　　　　　　　　　　　　담담하고 당당하게!

네 잎 클로버를 키운 소녀

안산 단원고 2학년 9반 **권민경**

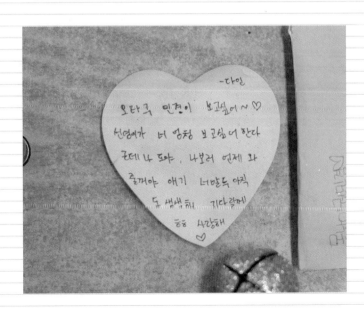

1. 제 2외국어를 배우는 2학년, 민경이 일어 부장을 맡았다. (2014. 4. 15. 교실)
2. 엄마가 만든 참치 김치찌개와 우렁 쌈장에 쌈 싸 먹는 걸 좋아하고,
사과는 꼭 반으로 쪼개 손에 들고 먹고, 빼빼로 과자를 특히 좋아했다.
3. 1학년 6반 교실. 민경이는 빨간색 립스틱을 좋아했다.
손목에는 50센티미터의 긴 머리를 묶을 고무줄을, 목에는 중학교 졸업 선물로 엄마한테 받은 목걸이를 했다.

네 잎 클로버를 키운 소녀

* * * *

네 잎 클로버! 중3 생일에 특별한 선물이라며 친구가 네 잎 클로버를 키우는 작은 종이 화
분을 주었다. 민경이는 설명서대로 종이 화분에 담긴 배양토에 깨알만 한 적갈색 씨앗을
심었다. 너무 깊어도, 얕아도 안 된다. 딱 알맞은 깊이여야 한다. 씨앗을 심었다.

경기도 안산시 단원구 와동. 해남이 고향인 엄마와 용인이 고향인 아빠가 안산에서
일하면서 만나 터를 잡았다. 엄마는 일 분에 한 번씩 진통이 오도록 집에서 호흡을 가
다듬었다. 이제 됐다 싶을 때 집을 나섰다. 병원에서 엄마가 세 번 소리 내어 힘주자 민
경이가 세상과 만났다. 4월 6일, 봄이었다.

한창 농사철이라 바쁜 할머니가 잠시 올라오셨다. 엄마는 자신을 낳아 준 어머니와
자신이 낳은 딸의 얼굴을 바라보았다. 그 순간 뭐라 말할 수 없는 감격으로 가슴이
벅찼다. 나중에 할머니가 된 엄마가, 엄마가 된 민경이와 민경이가 낳은 아기와 마주
할 날을 상상하는 일은 신비롭기까지 했다.

민경이는 낯가림이 심해 엄마한테 딱 달라붙었다. 엄마가 두 살 터울 남동생에게 젖
을 물릴라치면 "엄마 무릎은 다 내 거야"라며 앉아 버렸다. 민경이도 아직 아가였다.
온전히 자기 엄마였는데 어느 날 갑자기 낯선 누군가와 엄마를 나누려 하니 "얘는 누
구야? 엄마는 민경이 엄만데"라며 울었다.

둘째를 낳고 혼자 몸조리해야 하는 엄마는 몇 주만 민경이를 어린이집에 보내려다 그만뒀다. "선생님이 나 운다고 엉덩이 때찌 했어." 여린 살 위로 빨갛게 손자국이 났다. 아이가 처음 남과 관계 맺는 어린이집이 무서운 곳, 울면 혼나는 곳이어서는 안 된다. 민경이가 겪은 일이 엄마는 내내 마음 아팠다.

여섯 살이 되어 민경이가 어린이집에 가기로 했다. 남동생과 함께였다. 집에 갈 시간, 민경이는 친구랑 더 놀고 싶어도 "우리 집에 가서 놀자"고 말하지 못했다. 대신 엄마가 친구 엄마에게 부탁해 함께 놀았다. 친구가 생겼다.

* * * *

일주일 뒤 싹이 텄다. 작디작은 쌍떡잎이 3밀리미터에서 5밀리미터로 점점 자랐다. 열흘 뒤 떡잎 사이에 다른 싹이 움텄다. 그 아이는 맹렬히 자랐다. 해가 지면 잎들이 몸을 접고 잠든다. 물과 햇볕, 민경이가 보내는 사랑스런 눈빛에 종이 화분 여기저기, 싹이 돋았다.

민경이가 화정초등학교에 입학하자 엄마는 다시 직장에 나갔다. 낮에 아이들만 둘 수 없어 밤에 일하기로 했다. 저녁을 챙기고 출근하면 퇴근한 아빠가 아이들을 보살폈다. 아빠는 남매를 늘 깨끗이 씻겨 주고 정성스레 로션을 발라 주었다. 아침이면 엄마가 돌아와 학교로, 어린이집으로 남매를 배웅했다. 엄마가 일을 하자 민경이가 훌쩍 커 버렸다. 학교를 마치면 어린이집에 들러 동생과 함께 집으로 왔다. 엄마가 좀 더 자게 깨우지 않고 놀이터에 나가거나 집에서 동생과 놀았다. 잠시도 엄마를 뺏기기 싫었던 민경이가 어느새 '내 동생'을 걱정했다.

2학년이 되어 단짝 친구도 생겼다. 지현이는 집도 아주 가까웠다. 남동생까지 셋은 하루도 빠지지 않고 뭉쳐 놀았다. 동네 어른들도 세 아이를 알았다. 민경이는 공사장에 쌓아 놓은 모래가 궁금해 올라가기도 하고, 길 가다 흥이 나면 춤을 추거나 노래를 불렀다. 개그맨 흉내를 내면 지현이가 깔깔 웃었다. 지현이는 민경이가 자기를 위해 재미있게 해 주고 뭐든 자기에게 맞춰 줘 고마웠다.

4학년이 되자 민경이가 선부초로, 다음 해에 지현이가 초지초로 전학했다. 같은 단원구여도 초등학생에게는 그 거리가 멀게 느껴졌다. 서로 못 만나다 중1 여름 방학에 지현이가 혹시나 하며 민경이에게 연락을 했다. 전화번호가 그대로였다. 둘은 다시 만나 시간을 이었다.

민경이는 여전히 밝았지만, 지현이가 보기에는 어릴 적 파닥파닥 날갯짓하는 새처럼 생생하던 민경이가 어딘가 모르게 조금은 얌전해졌다. 민경이는 가끔 지현이에게 전학 이전 얘기를 꺼내곤 했다. "너, 그때 기억나?" 민경이네 온 가족을 보았던 지현이다. 민경이는 함께 살지 않는 아빠 얘기를 했다. 그리움이 물씬했다. 생일과 명절 전에 한 번씩 동생과 함께 아빠를 만나지만 아쉬웠다. 같이 밥을 먹고 영화를 보거나, 가까운 바닷가를 찾아 바람 쐬며 이야기하는 시간이 늘 짧았다. "초등학생 때로 돌아가고 싶어. 그때가 제일 재미있었던 것 같아." 민경이는 지갑에 어릴 적에 만든 '메모리수첩'을 넣어 다녔다. 흰 종이를 접어 거기에 아빠랑 동생이랑 셋이 찍은 스티커 사진을 여러 장 붙여 두고는 앞장에 '메모리수첩'이라고 써 놓았다.

* * * *

세 번째, 네 번째 싹이 잎겨드랑이에서 고개를 내민다. 보이지도 않는데 그 안에 통통한 살이 느껴진다. 점점 커져 하루는 반쯤 몸을 펼치더니 다음 날 온몸을 활짝 열었는데 잎이 세 장, 세 잎 클로버. 그새 다시 줄기에 움이 튼다. 떡잎은 아랫자리에 그대로 남아 위로 크는 아이들, 새로 나오는 아이들을 바라본다.

선부중학교 입학식 날, 뒤늦게 헐레벌떡 들어온 여자아이가 뒷자리에 앉았다. 맨 앞에 앉은 민경이는 지수를 단번에 알아보았다. 뒤돌아 큰 눈으로 웃어 주었다. 지수는 의아했다. '쟤가 왜 날 보고 웃지? 모르는 아이인데.' 쉬는 시간에 민경이가 지수에게 갔다.

"우리 화정초등학교 1학년 때 같은 반이었어. 기억 안 나? 정말 반가워."

민경이가 혼자, 먼저, 다가갔다. 반이 달라지고 고등학교가 달라져도 민경이는 중1 때 친구인 지수와 초원이랑 어울렸다. 무더운 여름, 학교 끝나고 집으로 걸어가는 길, 세 아이는 휴대 전화로 영상을 찍었다. 민경이네 집까지 걷는 데 15분, 그날 그 길, 하얀 구름이 낀 파란 하늘, 건물, 지나가는 학생들, 일하는 어른들이 화면 속에서 숨 쉰다. 어느 날은 밤길을 걸으며 드라마 주제가를 틀어 놓고 립싱크하면서, 어느 날은 건물 앞 공터에서 패션모델처럼 이 끝에서 저 끝으로 걸으며 맘껏 웃었다. "엄마, 우리 어쩔 땐 푼수처럼 바보처럼 논다"고 민경이가 말했는데 눈치 안 보고, 잘난 척 하지 않는 아이들이었다. 다른 세상이 궁금했던 세 아이는 서울 명동, 동대문, 대학로, 영등포, 여의도로 전철 타고 버스 타고 걸으며 놀러 다녔다. 중학교 졸업식 날, 민경이는 친구들에게 메신저로 마음을 전했다.

"우린 정말 인연인 것 같아. 힘든 것도, 재밌는 것도, 화난 것도 있지만 서로 기대고 의지한 게 넘 좋았어. 너넨 정말 나한테 최고였어. 카톡도, 전화도 자주 하자. 얘들아 우리 스무 살 되면 펜션 잡구 바비큐파티 하는 거 안 잊었지? 재밌겠당. 3년 금방 갈 거야. 얘들아 사랑해. 나중에 우리 엄마 돼도 애들 데리고 계속 만나자."

민경이는 고등학교 진학을 앞두고 고민이 많았다. 미용과 디자인에 관심이 있지만 밀어붙일 자신은 없었다. 성적도 걱정이었다. 지현이가 가는 특성화고교에 함께 갈까 싶기도 했다. 수학을 좋아하니 인문계 학교로 가서 간호학과를 준비하자는 데에 엄마랑 의견이 맞았다.

2월 예비 소집일에 학교에 가 보니 단원중에서 온 애들이 많았다. 그 애들끼리는 이미 잘 아는 사이였다. 선부중 애들도 있긴 했지만 벌써 짝이 다 있었다. 민경이는 당혹스러웠다.

입학 사흘 뒤, 민경이가 수원과 시화로 학교 간 지수와 초원이에게 물었다. "얘들아 학교 재밌니?" 액정 화면 글자가 표정과 목소리를 지닌 듯했다. 그 문장을 툭 건드리면 눈물이 주르르 흘러내릴까.

두 달 뒤, 첫 중간고사를 보았다. 민경이는 두 시간 자면서 공부했건만 원하는 대로 풀리지 않았다.

"얘들아 나 진지하게 자퇴 생각 중이야. 내가 여기서 왜 배우는지 모르겠고 하기 싫은 곳에 있자니 시간 낭비 같아. 난 차라리 그 시간 동안 내 꿈에 더 다가가면서 만족하며 살고 싶어. 지금 일주일 학교 가며 집에선 짜증, 웃음 한 번 없고, 학교 비위 맞추는 거, 두려워하는 거 하고 싶지 않고. 차라리 집에서 공부하고 디자인 학원 검정고시 준비하면서 계획대로 살고 싶어…… 시험 끝나고 구체적으로 계획 짜 보려고."

****

종이 화분 가득 클로버가 폈다. 화분 밖으로 나온 줄기가 민경이 침대 옆 탁자 바닥에 닿을 정도로 늘어졌다. 땅에서라면 더 빠르게 자라고 퍼져 나갔을 게다. 찰칵, 사진을 친구들에게 전했다.

민경: 실제로 보면 더 풍성하고 이뿌당. / 초원: 오 풍성하당. / 지수: 우와 짱 이뻐.

민경이는 학교 문제는 좀 더 버텨 보기로 했다. 10월이 되면서 집을 옮겼다. 하얗게 도배한 거실이 밋밋했다. 부지런하고 일 무서워하지 않으며 꾸미는 거 좋아하는 엄마와 그 엄마를 닮은 민경이는 도배를 다시 하기로 했다.

민경이가 좋아하는 분홍색으로 골랐다. 도배를 마치니 우중충한 문이 눈에 거슬렸다. 내친김에 두 사람은 페인트칠까지 나섰다. 한 번으로는 안 돼 일주일 뒤 덧칠했다. 엄마랑 일하면서 붙어 있는 게 민경이는 좋았나. 땀 흘려 더운데 엄마에게 바짝 붙어 앉았다.

"엄마 보고 싶어."

"아니, 엄마가 옆에 있는데 무슨 소리야?"

"엄마, 나는 엄마가 옆에 있어도 보고 싶고 보고 싶고 또 보고 싶다!"

"참 나. 너 금방 2학년이야."

"걱정 마. 나 열심히 공부해서 간호사 될 거야. 돈 벌면 엄마 다 갖다 줄 거야."

네 잎 클로버를 키운 소녀

"아이고 안 그러셔도 되네요. 엄마도 일하고, 엄마가 돈이 없는 것도 아닌데."

"난 엄마한테 뭐든 다 해 주고 싶어. 이사 오니까 좋다."

"왜 이렇게 엄마한테 달라붙어, 다 큰 애가."

"엄마랑 이러고 있으니까 행복해. 난 항상 엄마를 다른 사람한테 뺏긴 것 같았어. 근데 지금 여기서는 완전히 내 엄마 같아. 행복해."

민경이는 번개처럼 엄마 입에 뽀뽀를 쪽 했다. 친구들이랑 있다가도, 집에 혼자 있다가도 민경이는 툭하면 엄마한테 문자 보내고, 전화를 했다. 어찌나 엄마를 자랑하는지 친구들이 다들 부러워했다. 민경이는 엄마가 행복하기를 바랐다. 엄마가 슬픈 건 싫었다. 직장 생활에, 살림에, 식구들 돌봄에 한 번에 몇 가지 역할을 하며 헌신하는 엄마가 가끔 힘들어 보였다. 엄마는 똑순이처럼 밝고 힘차게 앞으로 나가건만 왠지 딸 눈에는 엄마가 안쓰럽기만 했다. 어느 밤, 지수와 서로 가족 이야기를 하면서 그랬다. 엄마들 행복에 혹시 우리가 짐이 되면 어쩌지…… 엄마를 똑 닮은 딸은 엄마를 고스란히 느낀다.

벗은 옷은 옷걸이에 걸고, 설거지도 말끔하게 하고, 방도 늘 정리해 잔소리 않게 하는 민경이는 엄마 고향 말로 '실거운(슬거운)' 딸이다. 동생이 책상 앞에서 컴퓨터를 하면 민경이는 동생 침대에 누워 동생 뒷모습을 가만히 바라보곤 했다.

엄마는 그 모습이 좋았다. 남매는 특별히 무슨 이야기를 나누지 않아도 그저 같이 있는 것만으로도 자연스레 서로 위안이 되었다. 민경이는 동생이 아주 활짝 웃는 순간을 사진 찍었다. 동생 모르게 사진을 크게 뽑아 간직했다. 연출할 수 없는 자연스런 표정, 동생 사진을 보면 민경이는 기분이 절로 좋아졌다.

＊＊＊＊

13일 뒤, 여름이 짙어가는 6월 말이었다. 창으로 석양빛이 쏟아져 들어왔다. 클로버 줄기가 축축 늘어졌다. 비상이었다.

민경: 죽지 마. / 초원: 헐, 너무 더워서 다 시들었다. 안쪽에 들여놔. / 지수: 헐? 그제까

지도 멀쩡했는데.

2학기 말부터는 같은 반 선영이와 친해졌다. 선영이가 아침마다 민경이네 집 앞으로 와 학교까지 함께 걸어갔다. 선영이는 워낙 걷는 걸 싫어하나 민경이랑 이야기하며 걷다 보면 힘든 것도 몰랐다. "난 네 맘 이해해"라며 민경이가 자기편이 돼 주어 선영이는 든든했다. 민경이도 선영이와 마음이 통했다. 어느 날은 학교에서 둘이 방과 후 수업을 땡땡이치고 화장실에 숨었다. 마음이 두근거리면서도 통쾌했다. 30분쯤 화장실 거울 앞에서 사진을 찍다가 둘은 학교 밖으로 빠져나왔다. 자유로웠다. 2학년이 되면 민경이는 이과로, 선영이는 문과로 반이 달라진다. 같이 학교 오가며 늘 보겠지만 그래도 서운해 둘은 '이별 여행'을 시작했다. 짜장면, 떡볶이, 스파게티, 닭갈비를 먹으면서, 음료수를 마시면서, 중앙동에 놀러 가면서. 반 아이들이 "대체 너네 이별 여행은 언제 끝나냐?" 했다. 둘은 이별할 수 없어서 계속 이별 여행 중이라 했다.

그런데 마음을 먹는 것과 마음으로 스며드는 그 무언가는 달랐다. 고1 가을, 10월부터 12월 초까지 민경이는 공책에 글을 썼다. 한 줄, 석 줄, 댓 줄. 날짜와 시간도 적었다. 밤 11시, 12시, 1시. 문을 열면 동생도 있고 엄마도 있지만, 휴대 전화를 누르면 당장 수다 떨고 위로해 줄 친구도 있지만, 그 순간만은 빈 공책에다만 이야기할 수 있었다. 여백 위에서 자기와 마주 보았다. 사람은 혼자인 때가 있다. 아무도 대신해 줄 수 없는 고민을 혼자 부둥켜안아야 하는 때가.

- 어쩔 땐 좋고 어쩔 땐 싫고. 어쩔 땐 재미있구 어쩔 땐 진짜 싫다. 들쑥날쑥. 이것저것이 날 좋고 싫게 만든다. 하지만 그것마저 소중하니.
- 힘이 들고 지칠 때엔 구름 낀 맑은 하늘을 올려다봐. 잠시라도 고요해질 테니! 익숙함에 속아 소중함을 잃지 말자! 다른 땐 이때들 그리워할 날이 올 테니.
- 한국사, 국어가 세상에서 제일 싫다. 나두 수학 잘하고 싶고 다 잘해서 엄마한테 자랑스러운 딸이 되고 싶다. 세상에 수학 한 과목만 있었다면 매일 수학만 할 텐데. 엄마 자존심 못 지켜 줘서 미안해. 이번 과학 사회 하나도 모르겠다. 망했다.

- 어쩔 땐 내 자신이 너무 한심하다. 너무 한심해. 진짜 찌질하구나.
- 어른들의 세계는 잘 모르겠다. 나중에는 다 이해된다고 하는데 나중에도 이러면 어쩌지?
- 아빠가 보고 싶구낭~ 아빠 잘 지내는 모습 상상해 보곤 한다!
- 어차피 이뤄질 수 없어. 아니 어차피란 말은 이제 빼자. 내가 가능하게 만들면 돼. 안 되는 건 없으니까! 피곤하면 아무것도 되지 않는데 이 악물면 다 되는 것 같다. 난 할 수 있다.
- 편안^2 - 2편안불안 + 불안^2 = 0, (편안-불안)(편안-불안) = 0, 편안 = 불안
- 피곤한데 할 건 많고…… 자퇴하고 싶다. 자유롭지만 갇혀 사는 것처럼. 친구, 학교, 경쟁, 수학, 학교 다니기 싫다. 너무 슬프다. 우울하다. 그리고 너무 짜증 난다. 아니 학교 안에서 공부하는 게 싫다. 다른 곳에서 공부하고 싶다. 허무하다. 막막하고 무섭고 비참하다. R=VD 자퇴하고 엄마랑 행복하게 살면서 자유롭게 공부해 성공한다. 학교 가기 싫다. 엄마랑 둘이 멀리 가서 살고 싶다.
- 속: 부정적 〉긍정적, 겉: 부정적 〈 긍정적

마음이 자라는 시간. 자신과 대면한 그 시간이 민경이를 더 크게 자라게 할 것이다.

＊＊＊＊

나흘 뒤 낮 5시, 생생한 잎들 사이에서 민경이가 네 잎 클로버를 찾았다.
민경: 네 잎 클로버 짱 많이 핌. 책갈피 만들어야징.
45분 뒤, 민경이는 하얀 클로버꽃을 친구들에게 보여 주었다.
민경: 의문의 꽃. 내 생각엔 민들레 씨가 날아온 듯? (잠시 후) 아냐, 검색해 봤더니 네 잎 클로버꽃이야. 사진마다 저 꽃이. / 지수: 나 이제 봤네. 헐. 네 잎 클로버꽃이 저렇게 생겼어? / 민경: 그런가 봐. 네이버에 네 잎 클로버 쳐 보면 저거 있어.
클로버가 꽃피는 시기는 6월에서 7월 사이. 6월 30일, 민경이가 첫 꽃을 피웠다.

2014년 새해가 밝았다. 겨울이 지나면 2학년이다. 민경이는 버킷리스트를 썼다. 어른이 되어서도 하나씩 이뤄 나갈 목록이다. 착한 엄마를 따라 기부하기는 꼭! 자원봉

사도 우리나라뿐만 아니라 다른 나라 가서도 꼭! 엄마랑 심야 영화 보기는 벌써 했으니까 V 표시를 하고, 공책에 편지도 썼다.

To. 우리 엄마
편지 쓰려니까 또 눈물 나온다. 엄마 내가 미안해 전부 다. 엄마 힘든 거 알면서도 내 성격 못 이겨서…… 내가 울 엄마 닮아 쎈가봐~ 엄마 염치없지만 다음 생에도 우리 엄마 해라! 엄마가 아무리 튕겨도 난 엄마가 너무 좋은데♡ 매일매일 보고 싶고 사랑한다구♡ 난 항상 엄마 편이야. 사랑해!

새해맞이로 민경이는 지수와 화랑유원지에서 해 뜨는 걸 보기로 했다. 1월 25일 새벽 5시로 잡았다가 너무 깜깜해 급히 아침 7시로 시간을 바꿨다. 나갈 준비를 하는데 비가 왔다. 머리 손질만 남았는데 수습불가다. 민경이는 앞머리를 늘 애교머리로 내리는데 이날은 옆으로 넘겨 핀을 꽂았다. 예쁜 이마가 환히 드러났다. 화랑유원지 연꽃 호수를 배경으로 지수와 사진을 찍었다. 봄이 오고 여름이 오면 연잎이 호수를 가득 메울 게다. 너른 호수만큼 너른 잎으로 클 게다. 한 송이 두 송이 연꽃도 필 게다. 어쩔 땐 좋고 어쩔 땐 싫고, 들쑥날쑥하며 힘들게 하는 마음이지만, 이차방정식을 풀어 보니 편안과 불안은 같았다. 삶에 숨은 수많은 방정식을 피하지 않고 풀다 보면 눈물도 좀 줄어들고 어른이 되겠지. 작은 종이 화분에 싱싱하고 풍성하게 클로버를 키우고 꽃까지 피운 민경이 아닌가. 뿌리가 길고 무성하게 자라는 클로버를 넓고 깊은 땅이 아니라 저 작고 좁은 봉투에서 살려 낸 민경이 아닌가.

* * * *

7월 4일, 네 잎 클로버를 종이에 올리고 줄기 가운데에 조그맣게 'Good luck'이라고 쓴 종이를 붙였다. 코팅해 책갈피를 만들었다. 사랑하는 사람들에게 하나씩 나눠 주었다. 행운을 빌어요! 모두 잘 되기를!

네 잎 클로버를 키운 소녀

엄마의 꽃 민정이

안산 단원고 2학년 9반 **김민정**

1. 아빠가 일했던 백암온천에서. 이모가 준 손가방에는 보물 1호 휴대 전화가 들었다.
보물 1호에 엄마, 똘똘이, 친구들, 구운 과자와 빵 등 온갖 추억을 저장했으나 지금은 볼 수 없다. (초1)
2. 초등생 때 엄마와 남대문시장에서 산 머리띠를 통 안 하더니 무슨 일로 하고 나갔다. (중3)
3. 안산호수공원. 엄마는 늘 민정이를 안아 주고 업어 주고 싶었지만 어느 날부턴가 엄마 힘들다고 민정이가
업히지 않았다. 어느새 철이 든 딸, 엄마는 오히려 서운했다. (초3)

엄마의 꽃 민정이

소중한 내 딸 민정아!

알맞게 더운 여름, 내게 선물처럼 태어난 너. 마취 풀리면서 온 병원을 들었다 놨다 한 엄마가 겨우겨우 면회 가서는 너한테 첫마디 한 게 하필 "어유, 못생겼네"였어. 그 말에 네가 "으앙!" 울어 "아냐, 이뻐 이뻐" 하니 신기하게도 울음을 뚝 그치더구나. 앞으로 어떤 민정이가 될 줄 알고, 엄마가 잘못 봐도 한참 잘못 봤지. 하얗고 뽀얀 피부 되려고 빨갛게 태어난 너. 눈썹은 그린 듯하고, 엄마가 젤 좋아하는 세상에서 젤 예쁜 외까풀 진 눈, 귀여운 코에 도톰한 입술, 손마디 주름 쪼글쪼글한 희고 긴 손, 늘씬한 다리에 균형 잡힌 몸매로 클 건데 말이야.

대구에서 널 낳아서는 아빠 일터와 집이 있는 울진으로 바로 왔어. 엄마랑 아빠가 얼마니 뽀뽀를 했는지 네 볼이 다 터 버려서 그다음부터는 한쪽씩 채임제로 뽀뽀를 했어. 자고 일어나면 너는 기어서 아빠를 찾았지. 차 타고 장거릴 가도 졸리면 혼자 발바닥 박수 치다 잠들고, 노래도 옹알옹알, 잠투정 한 번 없던 아가. 널 처음 업을 땐 얼마나 조심스럽던지 이모에게 배워 겨우 업었어. 목욕도 고모한테 검사받아 하고. 손톱은 엄만 겁나서 늘 아빠가 깎아 줬어. 저녁 6시에 아빠가 퇴근해 돌아오면 엄만 그제야 집안일을 시작했단다.

그런데 14개월부터 넌 아빠를 부르지 못했어. 엄마가 어부바하자고 앉으면 업히지 않고 앞으로만 와서 안아 달래. 아빠는 널 꼭 안고만 다녔거든. 그 여름 지리산에서 수해가 나자 아빠는 사람들을 대피시키고 엄마도 모르는 새 구조 요청을 하러 길을 나섰어. 공무원인 아빠는 책임감이 강했거든. 우리는 아빠가 해 주는 이야기를 더는 듣지 못했어.

아빠는 늘 너한테 이야기를 들려줬어. 엄마가 궁금한 게 있으면 아빠는 어디든 데려가 보여 줬어. 차를 타고 가면서 엄마 배 속 네게 이야기를 해 줬지. 그걸 네 마음이 다 기억하나 봐. 자꾸 엄마한테 이야기를 해 달래. 아빠처럼 쓱쓱 짓기가 어려워 대신 세 시간, 네 시간 엄마는 책을 읽어 줬어. 하지만 넌 아빠처럼 그 자리에서 바로 만든 이야기를 원했어.

민정아, 엄마랑 둘이 처음 기차 타고 여행 갔던 여섯 살 때 생각나? 정동진 해돋이 보러 가는 기차에서 재잘재잘 이야기하다 갑자기 네가 막 울었잖아. "엄마, 할머니 되지 마!" 그러고는 엉엉, 울음을 멈추지 않았지. "알았어, 엄마 안 늙을게." 지키지 못할 약속으로 간신히 널 달랬어. 어린 네가 길을 갈 때도 엄마더러 안쪽에서 걸으라 하고, 좀 더 커서는 라식 수술도 부작용 생긴다고 못 하게 하고, 중고생이 돼선 특히 건강 검진 꼭 받으라고 그리 강조했지.

엄마가 꽃 좋아한다고 모기랑 벌에 쏘여 가며 들꽃을 따와 내밀던 너. 그때 넌 유치원생이었어. 엄마가 무지무지 좋아하자 친구들이랑 계단을 내려가면서 "거봐, 우리 엄마 엄청 좋아하지?"라며 뿌듯해하더구나. 조그마한 컵에 물 받아서 들꽃을 꽂아 두고 엄마는 행복했어. 아빠도 엄마한테 들꽃을 따다 주곤 했는데 어쩜 두 사람이 똑같이 엄마를 감동시키는지. 울진 평해초등학교 입학해서는 급식에서 엄마가 좋아하는 거 나오면 꼭 휴지에 싸서 가방 앞주머니에 넣어 오던 '겸둥이'.

초1 때였지. 네가 학교에서 오자마자 물었어. "엄마, 엄마는 어떤 꽃이 젤 예뻐?" 망설이지 않고 "민정이 꽃!" 그랬더니 "아니, 진짜로"라며 되물었지. "엄만 진짜야. 이 세상에서 우리 민정이 꽃이 젤로 예뻐." 나중에 학교에서 쓴 편지 끝에 "엄마의 꽃 민정이가"라고 너는 정확하게 써 줬어. 그럼 그렇고말고.

어느새 쑥 커 버려 와동초등학교 6학년, 민정이 넌 그때부터 베이킹을 시작했어. 필요하다며 물기 덜 마른 그릇을 잠옷에다 쓱 닦기에 봤더니만 "괜찮아, 안 죽어"란다. 당연하지, 바보 어린이. 베이킹 하는 날이면 우리 집은 난리였어. 먼저는 밀가루 반죽하느라, 굽고 나면 쿠키 식힌다고 죄다 펴놓느라 말이야. 그런데 먹을 땐 정말 꿀맛이지. 사 먹는 건 댈 게 아냐. 엄마는 네가 만든 쿠키가 최고였어.

초콜릿을 싫어하는 엄마도 네가 만든 파베초콜릿은 꼭 먹었고. 딸, 너는 케이크랑 마카롱, 초콜릿으로 만드는 걸 좋아했어. 꾸덕꾸덕한 브라우니, 머랭까지는 성공해도 마카롱은 완벽하게 성공 못 했다고 몇 번이나 시도했잖니. '약간, 조금, 살짝'이라는 미묘한 세계를 만나던 시간이랄까. 네가 구운 쿠키에 커피 한 잔 놓고, 우리는 책을 읽었어. 안산중앙도서관에서 잔뜩 빌려 와서 말이야. 조앤 플루크가 쓴 《한나 스웬슨 시리즈》를 서로 바꿔 가며 읽던 날들이 떠올라. 나도 모르게 "딸, 행복해" 그러면, 너는 "해궁, 해궁!" 엄마 이름을 귀엽게 불러 주었지.

중1 겨울 방학이 끝날 무렵부터 넌 수첩 하나에 레시피를 적었어. 이름이 〈베이킹북〉이더구나. 그해 여덟 달 동안 만든 빵과 케이크, 쿠키 41가지 레시피가 거기 고스란히 있어. 날짜를 보니 이틀 사흘 내리 만든 날도 있고, 다이어트 한다고 몇 주 쉬다가 '드디어 터졌다'며 야밤에 쑥카스테라와 치즈카스테라를 구웠어. 시험 마치고 버터 없이 만든 모카롤케이크는 '기대 이상으로 맛있'게 나와 널 위로했지. 후기와 주의할 점에는 실제 만들면서 찾은 알맞은 온도와 문제 해결 방법, 예를 들면 레시피에 나온 박력분이 아니라 중력분을 쓰는 게 오히려 나았다던가 하는 구체적인 내용도 있어. 엄마 반응도 일일이 적어 줘서 고마워.

와동중학교 반 아이들이 맛있다고 한 다쿠아즈, 친구들이 만들어 달랬다며 '피곤한 화요일 밤 10시'에 만들기 시작한 초코머랭쿠키. 친구 소정이 생일 축하 겸 예진이와 주아 주려고 만든 초콜릿케이크는 '아무래도 코코아 가루로만 만들어서 꾸덕꾸덕함

엄마의 꽃 민정이

은 부족했지만 촉촉하고 부드러워서' 맛있었고 소정이도 좋아했다지. 버터링쿠키는 누리에게 선물했고, 어린이날에 만든 브라우니는 '내가 나한테 주는 어린이날 선물인가? 꾸덕꾸덕한 초콜릿 덩어리 정말 환상이었음. 맛있지만 칼로리 폭탄'이었대. 어버이날에는 엄마를 위해 두부 과자를 구웠고, 블루베리 타르트를 만들던 날에는 사촌 오빠가 와서 맛있게 먹었지. 놀러 왔다 가는 이모에게 평해 가서 먹으라고 쑥샤브레와 젤리롤케이크를 구워 주었어.

캐러멜 우유푸딩 아래에는 이렇게 적었어. '내가 생각했던 맛보다 약간 계란 맛. 구멍도 숭숭 나고 어디서 잘못한 거지? 냄비는 태워 먹고, 유리 깨트리고. 그치만 맛있었다. 맛없었으면 우리 엄마 폭발했을 거야.' 그날은 7월 16일이었어. 그 여름날, 네 열정이 데워 놓은 이 세상 온도는 대체 몇 도였을까. 네 친구 다섯 명이 베이킹을 시작한 걸 보면 열정은 누군가에게 옮겨 가 움직이게 하나 봐.

민정이 너는 날마다 달콤한 레시피를 썼고, 해마다 엄마에게 귀여운 편지를 보냈어. 지금 막 도착한 편지처럼 빛바래지 않는 네 편지를 꺼내 본다.

벌써 어버이날이 돌아왔네 엄마. 그리구 어제 미안해. 나도 그럴 생각은 없었는데 나도 모르는 사이에 말이 순식간에 터졌네. 그리고 어제 많이 챙피했지? 엄마 난 이제야 한 가지 깨달았어. 풍선은 언젠가 작아져 쪼그라지지만 꽃 관람제에 간 추억은 영원히 내 가슴속에서 추억으로 남는다는 걸. 그리고 어린이날이나 뭐 나에 관련된 좋은 특별한 날에 엄마가 엄청 잘해 주는데 난 엄마한테 별로 해 준 게 없네! 그치만 이것만은 알아뒀음 좋겠어! 난 세상에서 그 무엇보다 엄마가 좋아! 엄마 사랑해!♥(2006년, 초3)

벌써 2007년도 어버이날이 돌아왔네요. 싱그러운 봄처럼 엄마 점점 예뻐지는 것 같아요. 그리고 어린이날에 에버랜드 간 일 정말 즐거웠어요. 이렇게 엄마는 제가 즐거우라고 신경을 써 주셔서 항상 고맙게 생각하고 있어요. 하지만 전 어버이날에 엄마를 엄청 기쁘게 해 드릴 일이 카네이션과 편지를 써 드리는 정도밖에 없어요. 편지는 항상 비슷비슷한 내용인데 엄마는 왜 그렇게 기뻐하시는지 잘 이해가 안 돼요. 그래서 제가 돈을 모아서 엄마가 갖고 싶은 것을 사 주려고 했는데 엄마는 항상 갖고 싶은 게 없다고 하셔서 선물을 제가 골라 버렸어요. 이상하게 제가 선물을 사 주면 엄마가 더 기뻐하셔야 되는데 오히려 제가 더 기쁜 거 같아요. 돈은 아까워하지는 마세요. 그냥 이것저것 써 보면 좋잖아요. 어버이날은 엄마가 주인공이니까 즐겁게 보내세요.(2007년, 초4)

엄마 이번엔 제 사랑을 담은 삼행시를 준비해 봤어요. 어설픈 점이 있지만 눈감아 주실 거죠?♡
강: 강물처럼 깊은 사랑을 다시 갚을
해: 해가 돌아왔네요. 그동안 감사했어요.
경: 경이로울 만큼 많은 사랑을 주신 엄마 감사해요.(2008년, 초5)

엄마 나 민정이야.
아니 글쎄 내가 이번에 엄마 생일도 모르고 넘어갈 뻔한 것 있지. 엄마 갑작스럽지만 퀴즈야. 나에게 있어 행복이란 무엇일까. 사랑, 돈, 지위, 명예, 친구? 아니 물론 이것도 소중하긴 하지만ㅋㅋ 오로지 정답은 No.1 엄마 하나뿐이란 거 알지? 엄마를 태어나게 해 주신 할머니께 감사드려. 엄마를 이 세상에 있게 한 세상에게 감사드려. 엄마를 웃게 한 무한도전에 감사해. 그리고 무엇보다 지금까지 이렇게 건강한 엄마에게 감사해. 나를 이 행복한 세상에 두 발을 디디게 해 준 엄마에게 감사해. 엄마 마음을 아프게 하는 사람이 있으면 울트라 캡숑 초스피드의 속도로 달려가 뒤통수에 콩 하고 꿀밤 한 대 때려 줄게. 힘든 일 있으면 나에게 다 꼭 말해!
돈은 인생을 살면서 약간의 행복을 첨가해 주는 조미료일 뿐이야. 엄마에게 있어 주재료는 역시 나이겠지.ㅋㅋ 엄마! 우리는 이 세상 최고의 하나뿐인 모녀지간인시 알시. 그리고 하나뿐인 친구인 거 알지. 이 세상이 사라져도 1000년, 10000년 사랑해. 엄마 근데 사회 시간에 보니까 기름 값 진짜 많이 올랐더라. 감기조심하구~ 나처럼 밤에 고생하기 전에.(2008년, 초5)

요즘 질풍노도의 시기가 다가오려 해서 그런가 자꾸 짜증이 나서 요즘 들어 엄마랑 싸우게 된 일이 많아진 거 같아요. 하지만 항상 싸우고 난 뒤에 내가 왜 사랑하는 엄마랑 싸웠나 하는 생각이 든다는 거 알아주셨으면 좋겠어요! 그리고 언제나 사랑하고 있다는 것도

엄마의 꽃 민정이

요. 엄마 언제나 건강 조심하세요. 앞으로도 저 이렇게 사랑해 주시구요. 엄마 정말 정말 사랑해요!(2009년, 초6)

항상 편지를 쓸 때마다 내용이 비슷해지는 것 같애. 속 썩여 드려서 죄송해요, 앞으로 잘 할게요. 근데 그거 다 진심이야. 엄마한테 항상 감사하다고 생각하고 있고 죄송하다 생각 하고 있어. 똘똘이 때문에 많이 힘든 거 알고 있어. 똥 치울 때 냄새도 많이 나고 엄마 비 위도 약한데 설사도 치우고 또 오줌 냄새도 장난 아니고. 엄마가 똥 치우다 하루 다 간다 는 말 들을 때마다 미안해. 근데 똘똘이는 이미 나한테 가족이고 내 낙이야. 엄마 조금만 더 힘내 줘. 엄마 진짜 진짜 미안해. 나도 똘똘이 뒤처리에 힘쓸게! 엄마 15년 동안 키워 주셔서 감사합니다. 엄마 은혜 갚을 순 없겠지만 많이 많이 효도할게. 엄마 어버이날 축 하?? 드립니다.(2011년, 중2)

엄마! 어버이날이네. 난 어린이날에 친구랑 재밌게 놀았는데 어버이날에 엄마도 행복했 으면 좋겠어. 갈수록 사고 싶은 것도 많고 사야 될 것도 많아져서 엄마한테 부담만 늘리는 것 같아서 미안해. 엄마 나 내년이면 벌써 고등학교 가. 시간 참 빠른 것 같지 않아? 16년 동안이나 무탈하게 나 자신에게 부끄럽지 않게 잘 키워 줘서 고마워. 앞으로 엄마한테 잘 부탁할게. 엄마가 항상 나를 위해 애써 주고 사랑해 주는 거 잘 알아. 나도 그런 엄마가 세 상에서 제일로 믿음직스럽고 제일로 사랑해.♡
엄마가 요즘 여기저기 많이 아픈 것 같아서 너무 속상해. 그런 모습을 볼 때마다 빨리 내 가 한의사가 돼서 엄마를 편하게 해 주고 싶어. 나를 위하는 엄마를 위해서라도 앞으로 남 에게도 나 자신에게도 자랑스러운 사람이 되어서 엄마의 기대에 부응할게. 그러기 위해 서 지금보다 훨씬 더 노력해야겠지? 열심히 할게. 엄마 어버이날 축하하고 정말 사랑해. 앞으로 엄마한테도 나한테도 좋은 일만 일어났으면 좋겠다.(2012년, 중3)

초2 때 넌, 엄마 몰래 카네이션을 사서는 물에 담가 숨겨 뒀다가 다음 날 아침 짠 하 고 엄마한테 달아 줬어. 그걸 시작으로 해마다 네 편지가 이어졌어. 생각해 보니 어린 이날이라고, 생일이라고 엄마도 너한테 편지를 썼을까. 기억이 가물가물해. 어디 놀러 가는 걸로, 외식 한 끼로 다했다고 생각하지 않았을까. 뒤늦게 지금, 네게 편지를 써.

엄마가 편지 쓰는 동안 똘똘이는 계속 현관문만 바라봐. 금방 네가 문 열고 올 것 같으니까. 네가 열 살 되던 해 3월, 페키니즈 똘똘이가 왔어. 여러 번 파양되면서 맞기도 해 안경 낀 남자 어른만 보면 심하게 짖었어. 그런 똘똘이를 넌 동생처럼 사랑했지. 엄마가 질투할 정도로. 똘띠니라는 이름도 짓고, 노래도 다섯 곡이나 만들어 불러 줬어.

그런데 똘똘이가 온 첫날, 몇 시간 뒤 우는 소리가 들렸어. 베란다 유리문 밖에서 민정이 네가 펑펑 울더구나. 엄마는 묻지도, 달래지도 못했어. 설명할 수 있는 게 아니라는 걸 너와 난 알지. 네 마음 한 구석 빈자리, 그 헛헛함을 어찌 말로 설명하겠니. 언젠가 엄마가 "딸은 아빠 있는 애들이 부럽지 않아?" 물었더니 "아니, 너무 어렸을 때 그래서 모르겠어, 나는 엄마만 있으면 돼"라고 했지만, '아빠가 살아 돌아왔으면 좋겠다'고 쓴 걸 엄마는 잊지 못해. 말할 수 없을 때, 눈물이 있어 다행일까, 딸.

편지에 적은 대로 네 꿈은 한의사였어. 당연히 파티시에를 꿈꾸기도 했고. '누군가에게 자신의 지식을 나눠 주고 깨달음을 준다는 게 매력적으로 느껴져서' 어려서부터 교사가 되고 싶어도 했고. 그런데 중학생 때 '아이들이 선생님들을 욕하는 것을 듣고 충격을 받아서 교사가 아이들의 존경만을 받는 것이 아니라는 것을 깨닫고' 그 꿈은 접었지. 네일아트사에도 관심을 보였고. 고1을 지나면서는 네가 좋아하는 가수 별이 영향으로 한의사에서 치과의사로 바꾸었지.

넌 호기심이 참 많았어. 타피오카 밀크티(엄만 개구리알 같은 거라고 했지) 음료점이 안산에 생기자 그걸 먹겠다고 그 긴 줄을 섰잖아. 너에 대해서 쓴 글에서 네가 말했어.

미트에서 처음 보는 과자나 빵, 광고에서 새로 선전하는 화장품, 무료 용품과 새로 개발된 아이디어 제품 등 처음 보거나 새로운 걸 경험해 보고 체험하는 것을 좋아합니다. 이건 무슨 맛일까? 이건 어떤 기능이 있을까? 이걸 사용하면 얼마나 편할까? 하는 궁금증 때문에 결국은 구매해서 써 보거나 인터넷에서 후기를 찾아보곤 합니다. 또 새로운 음식을 만들어 보거나 낯선 곳으로 놀러 가서 경치를 보거나 걸어 다니는 것도 좋아합니다. 이렇게 새로운 것을 경험해 보고 알아가는 즐거움이 저는 좋습니다.

정말 그랬어. 넌 좋아하는 음료나 토스트가 있으면 가게 메뉴판에 적힌 순서대로 하나씩 다 먹어 보곤 했는데, 그 개구리알 같은 음료는 어디까지 먹어 보았니? 이제 뭐 먹을 차례야?

편지 찾다 인형이 든 서랍을 여니 손잡이 안쪽에 크게 "엄마, 사랑해!"라고 써 놨더구나. 영롱하고 귀여운 말투로 밤마다 "잘 자, 사롱(사랑)" 인사해 주던 우리 딸. 아침에 일어나면 "검둥이 일어나째요", "곤주(공주) 얼른 일어나요, 학교 가야지요", "이쁜 딸 학교 안 가요?"라며 엄마는 최대한 부드럽고 말랑말랑한 목소리로 너를 깨웠지. 하루도 빼먹기 싫은, 일상이 주는 기쁨이었어. 엄마가 현관에서 가방 메어 주며 "잘 갔다오시구레" 그러면 넌 "응, 잘 갔다 올게" 그러지.

학교 가는 네 볼에 뽀뽀하는 게 엄마한테는 하루를 시작하는 의식이야. 공부하고 집에 무사히 오면 얼마나 반갑고 좋은지. 엄마가 외출했다 돌아와 먼저 와 있는 네게 "딸~ 엄마 왔쪄요" 하면 "네~ 왔쪄요?" 해 주고, 가끔 엄마가 뭐라 뭐라 말도 안 되는 얘길 하고서도 "그지~ 따~알?" 하면 "으~응" 이러면서 엄마 편 돼 주고, 기분 맞춰 주고, 맞장구쳐 주던 우리 민정이. 엄마는 너랑 얘기할 때만이 즐겁고 행복하고 만족스러운데, 그 누구도 대신할 순 없는데……

네가 쓴 편지 중에는 석 장을 꼭꼭 채운 편지도 있어. '소녀시대' 한정판 인형을 사게 허락해 달라던 편지. 그 절절한 편지를 엄마가 어찌 모른 척 하겠니. 그런데 네 말마따나 원한다고 다 얻는 게 아니었어. 인터넷 접수 시작하자마자 동이 났으니. 너는 소녀시대를, 특히 티파니를 좋아했어. 화성 전곡항 그 뙤약볕에서 콘서트 본다고 몇 시간을 서 있었어, 우리.

네가 고1 때 엄마 산에 다니면서 들으라고 가수 별이 노래를 핸드폰에 저장해 주었잖니. 엄마가 별이에게 쏙 빠져 "세상에서 별이가 노랠 젤 잘해" 하니까 "엄마 귀는 별이 노래에 최적화돼서 그래"라고 했지. 머리부터 발끝까지 다 맘에 드는 내 딸. 말투나 행동, 맵시, 마음씨, 쿠키·케이크·제느와즈 만들어 주던 그 솜씨까지 모두 다 최고지. 엄마는 모든 게 네게 최적화돼 버린 걸.

민정아, 엄마는 네게 들려주고 싶고, 묻고 싶은 게 많아. 어디쯤에서 이 편지를 마쳐야 할지 모르겠어. 아무래도 엄마는 계속 너한테 편지를 써야 하려나 봐.

어릴 적에 네가 엄마 옆에서 갑자기 없어져 심장이 쿵 내려앉은 일이 세 번 있었어. 그때마다 다시 엄마 옆에 와 노래 부르던 너. 그때처럼 우리 꼭 다시 만나자. 기다리는 거 정말 힘들고 싫지만 엄만 기다릴래. 널 사랑하는 맘만 놔두고 다 바꾸어 멋진 엄마로 다시 태어나게 해 달라고 기도할게. 넌 엄마에게 왔던 더없이 완벽했던 그 모습 그대로 와 줘라, 응? 그땐 썩은 이 나라 말고 네가 원하는 나라에서 그 어떤 것에도 구애받지 않고 사고 없이 건강하고 즐겁고 행복하게, 네 말처럼 알콩달콩 살자, 오래오래. 엄마는, 언제나 엄마 곁에 있는 널 느껴. 영원히 사랑할 거야. 우리 민정이 다시 만날 때까지 길고 긴 안녕!

'나무 유명교주 고혼천도 지장보살'

김아라, 수호천사 우리 딸!

안산 단원고 2학년 9반 **김아라**

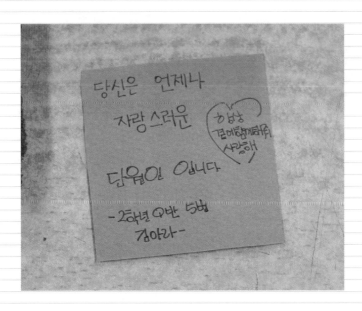

1. 고잔초등학교 5학년 운동회 날 신나게 응원하다.
2. 중2 때, 대부도에서 아빠와 바람 쐬러 나들이하다.
3. 초등학교 1학년, 용인 에버랜드 가족 봄나들이.

김아라, 수호천사 우리 딸!

"아라야, 밥 먹어!" 밥을 하고 국을 끓이면 아침마다 널 깨웠단다. 아빠는 어제 근무했던 터라 여섯 시 반에 일어나야 했지. 졸린 눈을 비비며 너는 욕실에서 이 닦고 머리 감느라 부산을 떨었고. 아빠는 그사이에 미역국에다 김치, 계란프라이, 고등어구이, 콩나물무침으로 밥상을 차렸어. 식탁에 앉아서도 너는 연신 시계를 훔쳐보았지. 등교 시간에 늦지 않으려고 말이다. "빨리 먹어라. 학교 늦겠다." 수저를 놀리는 널 보면서도 아빠는 안쓰러웠어. 네가 밥 한 공기를 다 먹었으면 아빠 마음이 편하련만 그게 말처럼 쉽지 않았어. "얼른 먹어라." 고등어 가시를 발라 살을 밥에 얹어 준다, 콩나물을 얹어 준다, 아빠도 너와 덩달아 손길이 바빴지. 시계를 곁눈질하던 너는 급기야 물에 만 밥을 허겁지겁 입에 쓸어 넣다시피 했고. 고작 5분이었어, 네 아침 식사 시간이 말이다. 엎어지면 코 닿을 데 학교가 있는데도 넌 날마다 부리나케 집을 뛰쳐나가곤 했어. 쫓기듯 학교로 향하는 널 아빠는 지각하지 않을까 지켜봐야 했지. 학교 정문에서 '바른 생활부' 아이들이 호루라기를 불까 봐 마음을 졸이며 눈으로 확인해야 했어. 우리 딸 아라(娥羅)가 무사히 학교에 갔다 싶으면 아빠는 집에 들어와 막걸리를 마시고 잠을 청했단다.

우리 딸 아라가 먹고 싶다면 아빠는 뭐든지 다 차려냈어. 버스 운전을 쉬는 날, 김치된장찌개, 짜장면, 짬뽕, 탕수육, 낙지볶음, 잡채밥까지 오빠와 네가 원하는 음식은

다 만들었어. 어렸을 때 오빠와 넌 빼빼 말랐잖니. 너희들을 시골에 데려가면 할머니가 애들을 어떻게 먹이기에 꼬챙이처럼 말랐냐고, 아빠를 타박했지. 워낙 말라깽이였으니 체력이 좋을 리 없었어. 허구한 날 경기를 해서 엄마와 아빠를 놀라게 했단다. 편도선이 아프고 감기가 걸렸다 싶으면 영락없이 경기를 일으켰고, 그때마다 아빠는 가슴이 철렁했으니까. 실제로 네가 경기를 심하게 일으켰다가 사경을 헤맨 적도 있었다. 입술이 파래지고 흰자위가 눈을 덮으며 까무러치는데, 아빠는 네 숨이 멎는 줄만 알았어. 부랴부랴 널 안아다 찬물로 씻기자 네가 '아앙!' 하는 울음을 터뜨리며 깨어났지.

아빠가 집에 있는 날은 너희들 먹을 거를 사다 날랐어. 피자, 치킨, 초콜릿, 돼지족발, 막국수…… 커 갈수록 넌 음식을 안 가리고 뭐든지 잘 먹었어. 오빠에게 돼지 된다고, 그만 먹으라고 잔소리를 해 대는 널 보는 아빠는 얼마나 흐뭇하던지. 학교에서 운동회를 하면 해마다 김밥을 쌌고. 아빠 요리 솜씨는 너희들 덕분에 날로 좋아졌어. 너희들이 좋아하는 삼계탕, 돼지고기볶음, 소고기불고기를 철철이 해 먹였어. 세끼 식사는 물론 도시락에 김밥까지 음식에 정성을 쏟았으니까. 고교에 들어간 네가 키가 171센티까지 커지자 고기 먹는 걸 걱정할 정도였잖니.

아빠가 쌀 씻고 요리를 할라치면 책상에서 공부하던 네가 쪼르르 달려와 먹고 싶은 것을 조잘조잘했어. 그리고 김치, 고추장, 반찬, 수저, 냅킨, 컵을 식탁에 놓으면서 친구들이며 학교 일들을 수다를 떨었잖니. 아빠는 일하러 나가지 않는 날은 너희들하고 함께 밥을 먹으려고 최선을 다했어. 회사에 나가더라도 네가 저녁을 해 먹을 수 있도록 식재료를 냉장고에 채워 두는 걸 잊지 않았으니까. 그마저 여의치 않은 날은 피자라도 주문해서 오빠하고 먹으라고 문자를 보냈고. 식탁에 앉으면 넌 친구들 얘기를 입에 올렸어. 우리 딸 아라는 친구들한테 참 잘했더구나. 아빠가 신학기 학부모 모임에 갔더니 선생님들이, "아라 같은 딸이면 열 명도 키우겠다"고 네 칭찬을 어찌나 하던지. 단원중학교 때 단짝인 '쭌희'가 생각나는구나. 고등학교에서 요리를 전공한다는 그 애가 만들어 준 탕수육을 먹고 왔다면서, 너도 요리를 해 보겠다고 수선을 피웠더랬지. 네가 태권도를 배운 것도 친구 '예은' 때문이었어. 단원고에 입학하기 전이었지 아

마. 태권도 학원에 갔다 오면 넌 아침에 일어나지도 못하고 축축 늘어졌어. "아라야, 그렇게 힘든데 감당할 수 있겠어?" 아빠가 걱정되어 물을라치면 넌 "아빠, 나 할 수 있어. 태권도 꼭 배울 거야" 하고 물러서지 않았으니까. 단원고에 진학하사 수업 끝나고 태권도 배우고 오면 지쳐서 나가떨어지기 일쑤였어. 넌 몸살을 앓기까지 했잖아. 엄마와 오빠가 널 설득하고, 선생님이 태권도 배울 때가 아니라고 한 다음에야 태권도를 그만두었지. 그리고 중국 교포 친구 '향매'가 떠오른다. 그 애 집에서 중국 요리도 먹으며 얘기를 나누었다고 했지. 네가 향매에게 "있잖아, 중국에서는 생각할 때도 중국어로 하니?"라고 물어봤다기에 한참 웃었더랬다. 아라 너는 향매에게 영어를 가르쳐 주고, 향매한테는 중국어를 배운다고 했어. 중학교 때 너는 친구들과 밖에서 어울리느라 몸살이 날 정도였잖니. 그만큼 친구들을 좋아했어. 고교 때는 친구들 공부를 가르치러 다녔지. 어느 날 아빠가 어디 가냐고 물었더니, 애들 영어 가르쳐 주러 간다더구나. "아빠한테 말 안 했는데, 애들이 과외 선생님한테는 짜증 나서 공부를 못 하겠대. 애들이 나하고 공부하면 편하다고 해서 영어 가르쳐 주기로 했어." 가위로 자른 피자를 아빠 입에 넣어 주면서도 우리 딸 아라는 친구들 얘기를 하느라 입이 쉴 틈이 없었지. 여우 짓을 해 가며 네가 싸 준 삼겹살 맛을 어찌 아빠가 잊을 수 있겠니!

우리 딸 아라는 아빠 얼굴만 봐도 맞아, 아니야 다른 걸 거야, 하는 식으로 아빠 속내를 다 알았지. 아빠가 회사 다니면서 밥해 주고 살림도 하니까, 네가 아빠 힘든 줄 알았나 보다. 언젠가 네가 말했잖아. "아빠, 조금만 참아. 내가 대학교 갈 때까지만 기다려 줘. 그때는 내가 아빠 도와줄 테니까."

"벽에 갇힌 공간에서 사는 거 싫어." 어느 날 꿈을 말하던 네가 털어놓았지. 아빠는 아라가 자신만의 공간을 원하고 있음을 깨달았어. 방이 셋이었지만 네게는 너만의 방이 없었으니까. 아빠와 오빠가 하나씩 차지하고, 어려서부터 엄마와 한방을 쓴 아라는 2층 침대에서 지냈고. 중3 때 너는 높은 성적을 받았어. 너는 기숙사가 있는 학교로 진학하기를 원했지. 2층 침대가 고작이었던 너는 자기만의 공간이 절실했어. 하지만 널 곁에 붙들어 두고 싶었던 아빠는 네 소원을 들어주지 못했구나.

아빠는 네가 초등학교 선생님이 되기를 바랐다. 네가 초등학교 3학년 무렵, 우리는 관산도서관에서 도서대출증을 만들고 시립도서관을 자주 다녔어. 세계 여행서, 동화책, 과학 서적을 함께 읽고 아빠와 넌 숱한 얘기를 나누었어. 네가 중3 때였을 거야. 아빠가 세계를 여행한 한비야 씨 책을 소개해 준 걸 기억하니? "우리 딸도 세상을 넓게 볼 수 있게 자랐으면 좋겠다. 대한민국 좁은 틀 안에 갇혀 살란 법은 없다. 공부 많이 해서 외국으로 나가서 취직해도 좋고. 원하는 대로 살아라."

"내가 하고 싶은 거 하면서 사회생활 활발하게 하고 싶어. 창조적인 일을 하면서. 건축가 어때? 건축 설계를 하는 거야." 어려서 그림을 잘 그렸던 넌 미대나 건축 설계를 하고 싶어 했지. 이과를 택한 네 적성에도 맞았고. 무엇보다 아빠는 네가 안정적인 직업을 갖기를 바랐어. IMF 구제 금융 사태를 겪은 탓이 컸을 거야. 우리 딸만큼은 번듯한 직장을 얻기를 아빠는 바랐으니까.

"공무원이나 공사 직원이 좋지 않겠냐? 복지 제도도 좋고 정년이 보장되고 말이야. 나중에 시집가서도 애 낳고 할 텐데, 보육 시설이 잘된 곳이 좋잖아. 그런 면에서는 공무원이 든든하지. 사기업은 임신하면 그만둬야 하고, 재취업도 힘들잖아."

"아빠는 내 나이가 몇인데 벌써 그런 얘기를 하고 그래?" 아빠 말에 너는 눈을 흘겼어. "그래도 현실적인 꿈을 꿔라. 직업 선택을 할 때는 중소기업을 다니더라도 오래 일할 수 있는 직장이 최고야." 밥을 먹다가도 텔레비전에서 취업 뉴스가 나오면 아빠는 널 불러냈으니까. 뉴스를 보면서 취직이 얼마나 중요한지 일깨워 주고 싶어서였어.

네 진로 문제를 더욱 심각하게 생각하게 된 건 '진로 직능 테스트' 결과가 나온 뒤였어. 학교에서 실시한 테스트 결과는 네가 이과를 택한 것이 옳았음을 증명했잖니. 자연스레 공대 화학과나 건축학과, 전자공학과, 산업디자인학과, 화학 연구원, 건축 설계 따위를 입에 올리게 되었고. 화학과 출신인 아빠는 회사 연구직이 되면 좋다는 식으로 설명을 곁들였잖니. "수능을 잘 봐서 내신 특별 전형으로 대학을 갈 수 있으면 좋겠지. 성적이 좋아야 네게 더 많은 선택권이 주어지는 거니까." 그때 처음으로 아빠는 네게 약사를 권했지. "약사가 되면 좋겠다. 물론 성적이 좋으면 의사도 될 수 있지만. 안정된 삶을 살아가려면 안정된 직업은 필수다. 사회적으로 존경받는 직업이면 더욱 좋고." 아빠는 네게 거듭 안정된 직장을 강조했어. 화학과 나온 아빠가 왜 버스 운전을 하게 됐는지 중학생인 네게 들려주었잖니. "실험실 연구원으로 있던 회사에서 구제 금융 사태가 터지자 아빠는 직장을 관둘 수밖에 없었다. 명예퇴직이랍시고 하고 나니 장래가 불안했어. 우리 가족이 살아갈 날을 생각하니 안정된 직장이 우선이었고. 그래서 서슴없이 버스 운전을 택했다."

바야흐로 네 꿈은 초등학교 선생님에서 약사로 바뀌었다. 초등생 때 바이올린 콩쿠르에서 본뜬 손을 너는 '황금 손'이라고 이름 붙였어. 그리고 꿈을 이루려고 공부에 매진했고. "10년 후 내 꿈은 약사다"라고 자신 있게 외쳤잖니.

아빠는 우리 아라를 가르칠 때 신이 났었다. 수학 한 문제를 가르쳐 주면 '플러스 알파'라고나 할까, 넌 성큼 앞서 나갔지. 단원고에 입학한 너는 학원 안 다니고 스스로 계획을 세워서 공부하겠다고 했잖아. 그래서 아빠가 노트북을 사 주었고, 교육방송을 보면서 혼자 공부했어. 너는 수학과 과학 공부를 하다 모르는 게 있으면 아빠에게 물었어. 그래서 아빠는 네가 질문을 할까 봐 늘 공부를 했단다. 대학 화학 교재, 수학의 바이블, 미적분학, 생물화학을 곁에 두고 틈틈이 들여다보았어. 대학생으로 돌아간 것처럼 말이다. 네가 참고서를 들고 언제 질문할지 모르니까 책을 손에서 놓을 수가 없었어. 아빠도 이렇게 한다, 그러니 너도 할 수 있다는 걸 보여 주고 싶어. 자신감을 심어 주려고 말이다. 그러니 우리 딸 아라는 아빠를 봐서라도 열심히 안 할 수 없었을 테고. 아빠와 넌 수학 문제를 머리를 싸매고 함께 풀었지. 남들이 아는 것은 너도 알아야 한다고 귀띔해 주면 넌 수학 공식을 기어코 네 것으로 만들었고.

네가 책상에서 공부하면 아빠는 사과나 바나나를 간식으로 갖다 주었어. 그러면 넌 화학 반응식에 대해 물었고. "모든 화학 반응은 산과 알칼리 반응이다. 산성기가 높고…… 알칼리…… 원소 주기율은 자유 전자가 돌아다니며 부족한 것과 결합

한다……" 너는 아빠가 가르쳐 준 것을 부호로 표시해 가며 공부했잖아. 중요한 것은 ☆☆, 모르는 것은 V, OX 하는 식으로. 공부 방식이 학교 다닐 때 아빠를 닮아서 무척 놀랐었다. "공부도 사람이 하는 것이다. 모든 걸 잘할 수는 없다. 세상도 사람이 만든 것이고, 사람은 문제를 극복할 수 있다." 넌, 모르는 것은 그냥 넘어가지 않았어. 단어장을 만들어서 길거리를 돌아다니면서도 반복해서 들여다보았으니까. 언젠가 문제를 푸는 널 보면서 우리 딸이 아빠 영향을 받은 듯해서 몹시 기뻤다. "쉬지 않고 머리를 쓰는 사람은 자신의 능력을 키우고 발전하는 법이다. 머리 나쁘다는 얘기는 사람을 차별하고 기죽이려는 거다. 거기에 휘둘리면 안 된다. 사람이 관심을 갖고 노력하면 문제는 풀리는 법이다."

"아빠 말대로 하니까 문제가 풀리네, 됐어. 정말 기분 좋아." 네 기쁨은 그대로 아빠의 기쁨이었어. "아빠도 수학, 화학 하기 싫었다. 그런데 대학 입시를 보고, 나온 점수대로 대학을 가다 보니 화학과에 갔다. 처음에는 막막했지만 전공을 때려치울 수도 없고. 눈 딱 감고 열심히 하니까, 싫어하던 수학 화학도 좋아지더라. 그러니 아라야, 너도 포기하지 말고 끈질기게 덤벼 봐. 수학 화학하고 친해질 거야."

아빠는 수학을 힘들어하는 네게 일종의 '풀이 노트'를 만들어 보라고 했어. "수학도 하나의 문장이다. 차분하게 연립 방정식, 함수 풀이 노트를 만드는 습관을 들여라. 문제를 푼 노트를 버리지 말고 나중에 시험 볼 때 독서하듯 읽어 봐라!" 아빠는 우리 딸 아라를 가르치는 데 전혀 힘든 줄 몰랐어. 너는 뭐든지 빨리 받아들이고 공부 효과가 금세 나타났으니까. 아빠가 답을 적을라치면, 넌 스스로 문제를 풀었어. "아빠, 알았어, 알았어. 그만, 내가 해 볼게."

"우리 아라, 내 딸!"

아빠는 버스 운전을 하다 힘들면 네 이름을 불러 보곤 했단다. 그러면 언제라도 힘이 솟았으니까. 아빠 지갑에는 초등학교 1학년 때 찍은 우리 딸 사진이 들어 있어. 시립도서관 도서대출증 만들 때 찍은 사진이지. 아빠가 지갑을 보여 줬으니 너도 알고

김아라, 수호천사 우리 딸!

있을 거야. 그뿐만이 아니다. 아빠는 운행하는 버스에도 아라가 바이올린을 연주하는 사진을 붙이고 다녀. 초등학교 3학년 땐가, 음악 학원에서 학부모 초청 연주회를 했고, 그날 찍은 사진을 액자에 넣어 준 것이란다. 아빠는 언제나 그 사진을 수호천사처럼 운전대 옆에 붙이고 다니지. 아라야, 넌 아빠가 널 끔찍이 생각하는 걸 알고 있었어. 언젠가 본 네 일기장에 '아빠가 나한테 너무 관심을 쏟는 게 부담스럽다'고 했더구나. 그래서 아빠도 조심스러웠다. 중학생 때 아라가 참고서를 사면 아빠가 계산했는데, 고교생이 되고 나서는 그런 일에서 손 떼고 네 스스로 하게 했어. 수학여행도 네가 판단해서 알아서 하라고 했고.

아빠가 보기에 우리 딸 아라는 집안의 구심점이요, 삶의 활력소였어. 몸이 아픈 엄마 대신 네가 집안 살림을 틈틈이 맡아야 했고. 아빠는 네가 중학생 때 일주일에 한 번씩 3~4만 원 용돈을 주었어. 그리고 아빠는 네게 따로 생활비도 건넸고. 아빠가 쉬지 않는 날은 네가 반찬이며 식재료를 사들여야 했지. 넌 중1 때부터 생리대도 네 스스로 샀어. 우리 동네 '정원마트'에서 주로 생필품을 구입했잖아. 우리는 네 이름으로 회원 가입을 했어. 아빠는 물건을 사더라도 언제나 네 이름으로 샀고, 적립금 점수를 높여서 보너스도 받고 말이지. 우리 딸 아라는 어려서부터 10원, 100원 용돈을 주면 모았다가 아빠에게 보여 주곤 했어. 나중에 아빠가 적금 통장을 만들어 줄 만큼 넌 용돈을 아껴 썼지. 아빠는, 기왕 네게 살림을 맡겼으니 대차대조표를 만들어 입출금을 정리하는 가계부를 써 보라고 권했어. 네가 잘하면 용돈도 주고 그걸 모아 적금 들고, 나중에 대학 갈 때 네 학자금으로 쓸 생각이었으니까. 적금과 예금을 통해서 아빠는 네게 경제관념을 심어 주려고 했어. 나중에 우리 딸이 결혼해서라도 살림을 반듯하게 하고 잘살 수 있게 말이다. 아빠는 집안 살림하는 네가 안타까웠어. 생활비로 반찬이나 사는 정도였어도 공부하기에도 벅찬 너였잖아. 그래도 아빠는, 아라가 대학에 가면 적금 따위 은행 일은 빼고 집안 경제권을 다 넘기려고 했어. 그만큼 넌 우리 집안 기둥이었으니까.

아빠는 결혼해서 한 달도 안 쉬고 일했어. 그리고 일상에서 뭐든지 우리 딸 아라에 맞춰 살았어. 열두 시간 넘게 일하지만 네 얼굴을 보면 시름을 잊을 수 있었어. 아빠는 아라가 중학생일 때도 하루에 네 얼굴을 한 번은 봐야 했으니까. 자주 볼수록 힘이 났어. 어렸을 때부터 초등생 때까지는 우리 아라를 옆에서 끼고 잤으니. 아빠는, 앞으로 우리 가족을 부양할 놈이 누굴까? 자주 생각했어. 엄마와 오빠를 건사하고 집안을 이끌 사람이 누굴까? 아라, 너밖에 없었어. 좋은 학원도 못 보내 줬는데, 넌 학교에서 3등을 했으니 아빠가 기대를 할 수밖에. 철도 일찍 들었고, 반듯하게 자라 준 네가 한없이 고마웠단다. 집안을 빛낼 인물이 되겠구나 생각했지. 아빠는 우리 딸 아라를 위해 모든 것을 희생하겠다고 다짐했고.

아라 네겐 오른쪽 겨드랑이에 검은 점이 있어. 아빠는 어렸을 때 널 목욕시키면서 알아보았어. 얘가 나중에 특출한 인물이 되겠구나 생각했지. 콩알만 한 겨드랑이 검은 점을 증표로 여겼으니까. 왕건은 비늘이 있었다는데, 너는 검은 점이다, 훌륭한 사람이 되리라 격려해 주었잖니. 아빠는 수학여행 갔다 오면 부산에 있는 아파트를 팔더라도 아라가 꿈을 펼치고 공부할 수 있게 해 주리라 결심했어. 우리 딸 아라는 아빠 희망을 저버릴 놈이 아니었으니까. 대학에 들어가면 동네잔치를 하리라 마음먹었어. 여러 사람 앞에서 우리 딸 아라를 잘 키운 걸 자랑하고 싶었어. 아빠는 피곤에 찌들었다가도 네 손길만 닿으면 반짝하고 새로 태어났으니까. 우리 딸 아라는 참 속이 깊었어. 나이에 비해 성숙했고. 아빠가 일하고 돌아오면 넌 쑤시는 어깨와 무릎에 파스를 붙여 주며 말했어.

"아빠 힘들어서 어떡해. 아빠가 고생하는 거 나 다 알아. 이담에 내가 아빠 호강시켜 줄 때까지 건강해야 돼."

누구랑 여행해도, 어디를 여행해도

안산 단원고 2학년 9반 **김초예**

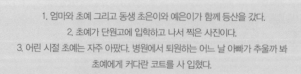

1. 엄마와 초예 그리고 동생 초은이와 예은이가 함께 등산을 갔다.
2. 초예가 단원고에 입학하고 나서 찍은 사진이다.
3. 어린 시절 초예는 자주 아팠다. 병원에서 퇴원하는 어느 날 아빠가 추울까 봐
초예에게 커다란 코트를 사 입혔다.

<h1 style="text-align:center">누구랑 여행해도, 어디를 여행해도</h1>

밤이 깊었다. 초예는 방문을 열었다. 문은 소리 없이 열렸다. 거실은 어두웠다. 초예는 조심조심 부엌으로 가 물 한 잔을 마셨다. 그리고 컵을 개수대 안에 소리 나지 않게 넣었다. 자기 방으로 돌아오려다가, 불쑥 아빠 엄마가 보고 싶어졌다. 초예는 안방 문을 살그머니 열었다. 아빠 엄마는 세상모르고 자고 있다. 딸들 말이라면 뭐든 다 들어주는 아빠, 세상에서 제일 따뜻한 엄마. 초예의 입꼬리가 빙그레 올라간다. 초예는 안방 문을 가만히 닫고 동생들과 같이 쓰는 방으로 돌아왔다. 동생 초은이, 예은이는 이불을 다 차 버렸다. 피식 웃음이 났다. 녀석들, 아직 쌀쌀한데. 초예는 가만히 이불을 덮어 주고 다시 책상 앞에 앉았다. 부드러운 스탠드 불빛이 초예를 감쌌다.

물건들을 정리하던 중이었다. 버릴 것. 놔둘 것. 동생들 줄 것. 옷가지와 학용품 그리고 자질구레한 몇 가지 물건. 한 달 전에도 한 번 정리를 했고 지난주에 한 번 더 책상 서랍이며 옷장을 싹 정리했다. 이제 남은 몇 가지만 정리하면 꼭 필요한 물건만 남게 될 거다. 정리를 하지 않는다고 뭐라 할 사람은 없다. 엄마는 이런 걸로 잔소리하지 않는다. 하지만 초예는 정리를 하고 싶었다. 어렸을 때부터 초예는 물건 정리하는 게 좋았나. 필요 없는 걸 가지고 있으면 거추장스런 느낌이 들었다. 하지만 수학여행을 앞둔 지금, 초예는 좀 더 특별한 기분으로 물건들을 정리했다.

이틀 뒤면 수학여행이다. 지금 들뜬 마음으로 수학여행 갈 준비를 하지만, 다녀와서는 공부에만 전념하고 싶다. 돌아와서 깔끔하게 정리된 책상에 앉으면, 뭐든지 절로 머리에 쏙쏙 들어올 거다.

고2 그리고 봄, 요즘 초예 마음속에서 몇 개의 문장이 꿈틀거렸다.

더 잘하고 싶어.

열심히 해 볼래.

나, 할 수 있을 것 같아.

선생님 덕분이다. 1학년 때 최혜정 선생님을 담임으로 만나면서 많은 게 달라졌다. 원래 원곡고를 갈 생각이었는데, 마지막에 마음을 바꾸어 단원고를 지원했다. 생각해 보면 다행이다. 원곡고에 갔으면 최혜정 선생님을 만날 수 없었을 테니까. 선생님은 언니 같고, 이모 같다. 성적으로 아이들을 평가하거나 기죽이지 않는다. 아이들 꿈을 비웃지 않는다. 할 수 있다고 말해 준다. 그래서 다들 선생님을 좋아했다.

2학년으로 올라가며 선생님이랑 헤어진다는 생각에 무척 속상했다. 최혜정 선생님의 과목은 영어. 이과반 담임이 될 확률은 거의 없었다. 그런데 거짓말 같은 일이 일어났다! 선생님이 이과인 초예네 반 담임을 맡게 된 것이다. 선생님이 담임이 되었다는 걸 알게 된 날 초예는 퇴근하는 엄마를 마중 나갔다. 화정천을 엄마와 같이 걸으며 초예는 또 최혜정 선생님 반이 되었다고, 얼마나 좋은지 모른다고 신나게 종알거렸다. 기뻐하는 초예를 보며 엄마도 흐뭇해했다. 뭐든지 다 잘될 것 같은 기분이었다. 선생님과 함께라면, 더 열심히 해 볼 수 있을 것 같았다.

어, 이게 뭐지?

정리하려고 내 놓은 공책들 사이에 무언가가 삐죽이 튀어나와 있었다. 사진이었다. 아빠가 찍어 준 사진 속에서 초예는 두꺼운 코트를 입고 있다. 팔이 길었는지 소매가 한 번 접혀 있다. 다섯 살 때쯤이었던 것 같다.

초예는 사진을 들여다보았다. 갑자기 코끝이 찡해졌다. 초예와 바로 아래 동생 초은이는 어려서 자주 아팠다. 다섯 살 때까지 봄과 가을, 계절이 바뀔 때면 늘 병원에 입원하곤 했다. 엄마 표현에 따르면 옆에서 콧물만 훌쩍여도 초예와 초은이는 폐렴에 천식, 열성 경기까지 와 버렸다. 엄마는 그때마다 초예와 초은이를 업고 병원으로 뛰어갔다. 사진 속 그날은 초예가 병원에서 퇴원하는 날이었다. 갑자기 쌀쌀해진 날씨가 마음에 걸렸던 아빠는 급히 코트를 사 초예에게 입히고 사진을 한 장 찍었다. 아빠는 항상 그랬다. 딸들을 위해서라면 무엇도 아끼지 않았다.

아기였을 때 아빠는 초예를 항상 안고 다녔단다. 겨울이면 커다란 코트 안에 쏙 넣어 가지고 바람 한 오라기 들어가지 않게. 얼마나 안고만 다녔는지 엄마가 그러다가 초예 다리에 힘이 안 생길까 봐 걱정을 했을 정도란다. 물론 초예는 그 시절 일은 하나도 기억나지 않는다. 하지만 기억나지 않아도 안다. 아빠는 분명히 그랬을 거다. 세상에서 가장 큰 보석이라도 되는 듯, 초예를 소중히 안고 다녔을 거다. 지금은 다 커서 아기 때처럼 안아 줄 수 없지만, 마음속에서 초예는 늘 아빠에게 폭 안겨 있다. 한겨울 매서운 바람을 막아 준 아빠의 커다란 코트는 지금도 초예의 마음을 감싸고 있다.

바람만 불면 열이 오르고 기침을 하는 어린 초예와 초은이를 병원으로 안고 달려가며 엄마는, 그리고 아빠는 얼마나 속이 상했을까? 초예는 사진 속 어린 자신의 모습을 보며 엄마 아빠의 마음을 심작해 보았다. 다행히도 학교에 들어가면서 병원에 입원하는 일은 거의 없었다. 그래도 다른 아이들에 비해 체력이 달리는 건 어쩔 수가 없었다. 같이 놀다가도 먼저 지쳤다. 늦게까지 공부하는 것도 힘들었다. 그러던 것이 중학교에 들어와서야 건강이 좋아지며 뭐든 좀 해 볼 만해졌다. 공부 욕심도 생겼다.

공부 욕심이 생기면서부터 초예 눈에 동생들이 들어오기 시작했다. 일하는 엄마를 대신해서 동생 초은이와 예은이 그리고 조카를 챙기기 시작한 것이 그 무렵부터였다. 학교에서 돌아오면 엄마랑 이모가 퇴근해 집에 올 때까지 동생들 간식 먹이고 숙제를 챙겼다. 새 학기가 되면 동생들을 서점에 데리고 가 문제집을 고르게 하고 시험 기간에는 얼마나 공부를 했는지 검사도 했다. 물론 모르는 것도 가르쳐 주었다. 동생들이 미리미리 공부 기초를 닦아 놓기를 바랐다. 힘들게 일하고 늦게 들어오는 엄마가 집에서만큼은 편했으면 싶었다. 그렇게 중학교 시절을 보냈다. 친구들이랑 놀러 다니는 것도 동아리 활동 같은 것도 할 짬이 없었다.

엄마는 초예를 걱정했다. 이 모든 게 너무 부담스럽지 않을까, 하고.
초예도 느낄 수 있었다. 엄마가 무엇을 걱정하는지. 무엇을 미안해하는지.

물론 초예도 때로 힘들었다.
동생들이 따라 주지 않을 때, 피곤해서 그냥 누워 있고만 싶을 때, 숙제며 수행이며 할 일이 너무 많을 때, 가끔 초예도 도망치고 싶었다.
하지만 아빠 엄마가 그리고 이모가 나를 믿고 동생들을 맡겼다고 생각하면 기운이 났다.
동생들이 나를 보고 있다고 생각하면 힘이 났다.
초예는 언니 오빠가 없는 게 늘 아쉬웠다. 잘 모르는 것이 있을 때, 엄마 아빠 아닌 다른 의논할 사람이 필요할 때 서운했다. 그래서 동생들에게 든든한 언니가 되어 주고 싶었다. 좀 더 커서 동생들이 모르는 걸 물어볼 때 잘 대답해 주고 싶었다.

고등학생이 되면서부터는 동생들을 더 챙기고 싶어도 그럴 시간이 없다. 저녁잠이 많은 초예는 새벽 4, 5시에 일어나서 부족한 공부를 하고 학교에 갔다. 하루 종일 학교 수업을 듣고 야자까지 마치고 나면 밤 10시. 별일이 없으면 아빠는 항상 학교 앞에서 야자를 마치고 나오는 초예를 기다린다.
야자는 10시에 끝나는데 아빠는 8시 반부터 학교 앞에 와서 기다린다. 뭘 그렇게 일찍부터 기다리고 있느냐고 엄마가 타박을 할 때도 있지만, 아빠는 굴하지 않았다. 늘

8시 반이면 도착해서 학교 정문에서 걸어 내려오는 초예가 가장 잘 보이는 자리에 차를 댔다. 공부를 하다 시계를 올려다보았을 때 8시 반이 되었으면, 초예는 이제 아빠가 왔겠구나 짐작했다. 지금 교문 밖에서 우리 아빠가, 세상에 하나뿐인 우리 아빠가 날 기다리고 있다고 생각하면 초예는 저절로 심장이 따듯해졌다. 등을 똑바로 세우고 더 열심히 공부할 수 있었다.

더 열심히 해서, 초예는 간호학과에 가고 싶다. 가서 장애가 있는 아이들을 돕고 싶다. 지금 성적으로는 어림도 없다. 하지만 노력해 보고 싶다. 선생님도 할 수 있다고 이야기해 주셨다. 엄마는 중간만 하면 된다고, 무리하지 말라고 말한다. 초예가 어려서부터 몸이 약했기 때문에 건강을 해치는 게, 엄마는 싫은 거다. 그런 엄마가 초예는 고마웠다. 엄마는 초예를 닦달해 본 적이 없다. 조금씩 노력하고 있으면 늘 응원하고 지켜봐 주었다. 하지만 중간만 해서는 원하는 과에 갈 수는 없다. 그래서 초예는 마음을 더 단단히 다잡는 것이다.

초예는 내친김에 사진을 더 꺼내 보았다.

사진 한 장이 눈에 들어왔다. 온 가족이 강원도에 놀러 갔을 때의 사진이다.

정확히 어디를 갔는지는 기억나지 않는다. 하지만 분명 가족 모두 신나게 차를 타고 달렸을 거다. 초예 얼굴에 저절로 미소가 번졌다. 옛날 일들이 떠올랐다.

초예가 유치원에 다니던 시절, 어느 날 아빠에게 이렇게 말했다.

아빠 나 유치원 차처럼 눕는 차 타고 싶어.

유치원에서 운행하는 차의 의자가 젖혀지는 것이 그때는 그렇게 신기할 수가 없었다. 의자를 젖히면 차가 방처럼 변하는 게 무척 재미있어서 아빠를 졸랐다. 초예가 그린 밀을 하고 열나 안 있어서 아빠는 정말로 '눕는 차'를 사 가지고 왔다. 9인승 승합차 카니발. 초예네 가족은 그 차를 타고 전국 방방곡곡으로 놀러 다녔다.

숙소를 잡을 필요도 없었다. 목적지를 딱히 정하지도 않았다. 어디로 갈지는 운전대를 잡은 아빠 마음이었다. 아빠는 뒷자리의 의자를 모두 젖혀서 차 안에 커다란 방을 만들어 주었다. 그건 세 자매들의 방이었다. 신나게 달리다가 마음에 드는 곳이 나타나면 차를 세웠다. 왁자지껄 놀다가 배가 고프면 차 뒤로 그늘막 텐트를 치고 밥을 해 먹거나 라면을 끓여 먹었다. 그리고 또 달렸다. 그러다가 밤이 되면 적당한 곳에 차를 세우고 차 안에서 잠을 잤다. 아빠는 운전석, 엄마는 조수석에서 그리고 딸들은 뒷자리에서. 초예네 가족은 이 여행을 '묻지 마 관광'이라고 불렀다.

일이 바쁜 아빠는 잠시라도 짬이 날 때면 가족들을 차에 태웠다. 묻지 말고 따라오라고 하면서. 남들 다 다니는 유명한 곳에는 가지 않았다. 오래간만에 가족끼리 보내는 시간인데 관광객들에게 치이는 게 싫었던 거다. 초예는 이 묻지 마 관광이 정말 좋았다. 떠날 때는 가슴이 두근거렸고 도착하는 곳마다 마음에 쏙 들었다. 묻지 마 관광만 계속하다가 한번은 펜션을 정하고 여행한 적도 있다. 재미있을 줄 알았는데 의외로 답답하고 심심했다. 역시 우리 가족은 묻지 마 관광 체질이구나 싶었다. 아빠만이 줄 수 있는 선물이었다.

그리고 보니 작년 여름에 떠났던 여행도 잊을 수 없다. 작년에는 외할머니가 계신 광양에 갔다. 그런데 우연히 외삼촌들과 이모도 일정을 맞출 수 있게 되었다. 대가족의 이동이었다. 엄마가 어렸을 때 소풍을 갔다던 계곡에서 놀기로 하고 천관산을 찾아갔는데, 가뭄 때문인지 아무리 돌아다녀도 계곡을 찾을 수가 없었다. 그러다가 겨우 찾게 된 것이 야트막한 농수로. 가족들은 그곳에 자리를 잡았다. 동생들은 참방거리며 신나게 물놀이를 했다. 그런데 초예는 심술이 났다. 얕은 물에 발이나 담그는 건 너무 시시했다. 심통이 난 초예를 보고 삼촌들이 웃었다. 그리고 말했다.

어디 가고 싶어? 우리 초예. 고등학생 돼서 공부하느라 너무 힘들지?
삼촌들이 초예 가고 싶은 데 다 데려다줄게.

초예는 바다를 보고 싶었다. 삼촌은 기꺼이 초예를 바다에 데려다주었다. 바다를

누구랑 여행해도, 어디를 여행해도

보니 가슴이 뻥 뚫리는 것 같았다. 다음 날 초예가 또 바다를 보고 싶다고 하자 삼촌들은 휴가를 연장까지 하며 초예가 원하는 것이라면 다 들어주었다. 고마운 이모 그리고 삼촌들. 초예의 입가에 배시시 웃음이 번졌다.

이렇게 가족 여행을 많이 다녔는데도 온 가족이 제주도에 가 본 적은 한 번도 없다. 엄마가 비행기 타는 걸 너무 무서워하기 때문이었다. 엄마는 비행기 타는 게 무서워서 신혼여행도 경주로 다녀왔다고 했다. 그런데 세 자매가 점점 자라고 엄마 때문에 다 같이 제주도에 갈 수 없게 되자 엄마는 계속 아쉬워했다. 이모가 그런 엄마를 채근했다. 나를 딱 한 번만 믿고 비행기를 타 보자고 했다. 결국 엄마는 지난가을 태어나 처음으로 비행기를 탔다. 이모랑 제주도 여행을 하고 돌아온 것이다. 이젠 비행기를 탈 수 있겠다고, 다 같이 꼭 제주도에 여행 가자고 말하는 엄마의 눈빛이 반짝거렸다. 엄마한테 용기를 준 이모가 초예는 고마웠다.

여행 다니는 걸 좋아하는 이모는 내일 제주도 가는 비행기를 탄다. 사실 이모는 초예를 데리고 가고 싶어 했다. 초예는 뱃멀미가 무척 심하다. 아빠 고향인 임자도에 갈 때 십여 분 배를 타고 가는 것도 괴롭다. 그런 초예가 걱정이 돼서 이모는 하루 먼저 비행기로 제주도에 데리고 가서 맛있는 것도 사 먹이고 구경도 좀 시켜 준 다음, 단원고 친구들이 배로 제주에 도착하는 시간에 맞추어서 차로 항구에 데려다줄 요량이었던 거다. 초예는 이모가 마음을 써 주는 것이 고마웠다. 마음이 흔들렸던 게 사실이다. 이모랑 함께라면 편하고 쾌적할 거다. 비행기도 타 보고 싶었다. 하지만 초예는 결국 최혜정 선생님 그리고 친구들과 함께 배를 타고 가는 것으로 결정을 내렸다. 명색이 수학여행이지 않은가? 조금 힘든 것도 추억이 될 것 같았다.

이제 책상은 깨끗해졌다. 필요 없는 물건은 없다. 다 정리하고 나니 초예는 마음이 개운했다. 물건들을 정리하면 마음도 가지런해진다. 마지막으로 수학여행 갈 가방을 쌌다. 옷가지들, 비비크림, 립글로스, 드라이와 미니 고데기도 챙겼다. 마지막으로 새로 산 신발을 가지런히 놓았다. 며칠 전 엄마랑 커플로 산 운동화다. 엄마랑 똑같은 신발을 신고 걸으면 엄마랑 같이 있는 기분이 들 거다. 엄마는 안산에서, 초예는 제주도에서. 멀리 있지만 같이 있는 거다.

가방까지 다 싸고 나니 초예는 이제 진짜 홀가분했다.
하지만 아빠, 엄마, 초은이, 예은이를 두고 간다고 생각하니 또 좀 허전하다.
누구랑 여행해도, 어디를 여행해도, 가족들과 함께하는 것만은 못하다.
모든 행복한 추억은 식구들 얼굴과 함께 완성된다.
다음번에는 가족들이랑 꼭 제주도에 가야지.
초예는 혼자 다짐을 했다.

잠자리에 든 초예는 마음속으로 꾹꾹 누르듯 혼잣말을 했다.

난 정말 사랑을 많이 받은 것 같아.
행복한 추억이 이렇게 많다니.
고마워요. 아빠, 엄마.
날 이렇게 잘 키워 줘서 정말 고마워.
수학여행 다녀와서 더 열심히 할게.
초은아, 예온아 우리 더 힘내자.
어렸을 때 아파서 엄마 아빠 힘들게 해 드린 만큼,
이제는 속상하실 일 없게 더 잘하자.
아빠, 엄마, 초은아, 예은아!
우선 내가 먼저 제주도 다녀올게요.
다음엔 다 같이 가는 거야.
가서 우리 가족 멋진 추억을 만들어요.

엄마, 얼굴 예쁘게 작게 낳아 줘서 고마워

안산 단원고 2학년 9반 **김해화**

1. 다섯 살 때 안산 화랑유원지에서 여동생 해수와 함께 엄마가 찍다.
2. 2013년 10월 남이섬 가족 나들이(왼쪽 해화, 엄마, 여동생)
3. 단원고 1학년 때 김초원(화학) 샘이랑, 벚꽃 핀 날 점심 무렵(남색 상의)

엄마, 얼굴 예쁘게 작게 낳아 줘서 고마워

'지금 자면 꿈을 꾸지만 깨어 있으면 꿈을 이룬다.'

해화는 단원고에 입학하자 인생 설계도 '나의 로드맵'을 작성했다.

1단계: 18세, 영수 모의고사 1등급 받는다.

2단계: 2016년 20세, 경희대 한의대에 장학생으로 입학한다.

3단계: 2026년 30세, 경희의료원에 한의사로 들어간다.

최종: 경희의료원에서 한의학 최고 교수가 되고 의료원장이 된다.

"엄마, 나 심화반 됐어!"

단원고에 갓 입학한 해화는 집에 오자마자 엄마를 다그쳐 불렀다.

"전교에서 성적순으로 사십 명이 뽑혔어. 거기에 내가 들어간 기야. 과목마다 이동 수업하면서 심화 학습하는 반이야. 아, 기분 짱이야! 교회 가서도 자랑해야지. 얼굴 예쁘지, 몸매 날씬하지, 김해화(金海和)는 똑똑해! 경희대 한의대 간다! 아자, 아자!"

"잘했다, 우리 딸! 역시 우리 큰딸이 최고다!"

엄마 노보임(盧保任)은 발을 구르며 좋아서 어쩔 줄 모르는 해화를 안아 주었다. 어제 신입생 입학 설명회에 다녀왔기에 딸의 기쁨을 실감할 수 있었다.

남에게 지기 싫어하는 해화가 공부에 눈 뜬 건 동생 해수(海秀)때문이었다. 초등학생 시절, 해수가 전 과목 만점을 두 차례나 받아 왔다. 당연히 엄마는 해수를 칭찬했고, 샘이 많은 해화는 그 꼴을 그냥 보아 넘기지 못했다. 엄마 아빠의 칭찬을 독차지한 동생이 미워서 견딜 수가 없었다. 짜증 내고 심통 부려 봤지만 해수를 향한 질투는 가시지 않았다.

동생에게 질 수 없다고 이를 악문 해화는 그때부터 공부에 매달렸고, 드디어 중학교 1학년 때 전교 7등을 했다.

"엄마 아빠가 올백 맞았다고 해수만 칭찬했을 때 나 기분 너무너무 나빴어."

여봐란 듯 성적표를 내민 해화는 그동안 쌓인 울분을 홀홀 털어놓았다.

"이제야 말이지만 자존심 상해서 미칠 뻔했다니까."

"나, 빨리 '쌍수'(쌍까풀 수술) 해 줘."

화장실로 뛰어들며 해화는 엄마를 보고 외쳤다. 아침마다 치르는 전쟁이었다. 새벽 세 시까지 공부하고 잤던 터라 눈이 잘 떠지지 않았다. 오늘 아침에도 아빠가 흔들어 깨워서야 겨우 일어났다. 해수가 깨기 전에 화장실을 차지하려면 서둘러야 했다. 머리 감는다, 헤어 드라이기를 윙윙거리며 젖은 머리 말린다, 뒤미처 들어온 해수와 욕실에서 한바탕 소동을 벌이기를 몇 분이나 했을까. 해화는 부리나케 거울에 얼굴을 들이밀었다.

아침 전쟁의 하이라이트는 누가 뭐래도 쌍까풀 만들기였다. 언제나처럼 쌍까풀 없는 밋밋한 눈이 아쉬웠다. 쌍까풀만 있다면 미모가 한층 더 빛날 텐데. 해화는 예쁜 눈을 기대하며 쌍까풀 액을 눈에 발랐다. 아침도 거르고 쌍까풀 액으로 정성을 다해 보지만 마음먹은 대로 쌍까풀을 빚어내기란 여간 어렵지 않았다. 날마다 황금 같은 아침 시간을 쌍까풀 만드는 데 바치고 있었다. '쌍수'를 하면 아침마다 이 난리를 피우지 않을 텐데.

"엄마, 어제는 나경이가 내 눈을 비비는 바람에 얼마나 웃겼는지 알아? 한쪽은 커지고 한쪽은 찌그러져서 완전 짝짝이 눈이 됐다니까. 단원고 퀸이 놀림감이 돼서 되겠냐고."

언제나 자신감 넘치는 해화에게도 콤플렉스가 있었다. '수능 시험 볼 때 코 킁킁대다가 다른 수험생들한테 방해된다고, 퇴장당할까 봐 걱정'인 코와 고르지 않은 치아, 쌍까풀 없는 눈. 그중에서도 쌍까풀 없는 눈은 거울을 볼 때마다 눈살이 찌푸려졌다.

초등학교 때 테이프로 만든 쌍까풀은 하루도 넘기지 못했다. 중학교에 들어가서는 쌍까풀 수술을 해 달라고 노래를 불렀다. 해화가 쌍까풀 없는 눈에 맺힌 한을 푼 건 단원고에 입학하고 나서였다. 2013년 1학년 2학기 중간고사가 끝난 날, 해화는 병원에서 90만 원을 들여 쌍까풀 수술을 하였다.

수술은 잘 되었다! 드디어 고대하고 고대하던 예쁜 쌍까풀 눈이 생긴 거였다. 해화는 날아갈 듯이 기뻤다. 테이프를 붙인 부은 눈일망정 거울에서 눈을 뗄 줄을 몰랐다. 붓기가 빠진 다음 날은 체험 학습이 예정되어 있었다. 해화는 수술한 눈에 테이프를 붙이고 신나게 이화여대를 다녀왔다. 테이프가 떨어지고 병원에서 소독을 받으면서도 쌍까풀진 눈은 보기만 해도 미치도록 좋았다. 학생 할인을 받았다지만 수술비 90만 원이 적지 않은 돈임을 해화는 알고 있었다. 그날, 밤늦게 귀가한 아빠에게 말했다. "아빠, '쌍수' 해 줘서 고마워."

아빠는 왜 엄마를 못살게 구는 걸까.

술 먹고 밤늦게 들어온 아빠가 엄마와 부부 싸움을 하면 해화는 속이 너무 상했다. 아빠에게 처음으로 대들었던 날도 아빠가 집안 문제로 엄마와 말다툼을 벌였기 때문이었다. 그날도 아빠는 가족이 우선이고 그다음이 교회라고 엄마를 몰아붙였다.

방안에서 공부하던 해화는 참다못해 방문을 열고 뛰쳐나갔고, 아빠에게 퍼부어 댔다.

"아빠, 왜 또 술 먹고 와서 엄마 괴롭히는 거야. 엄마가 병원에서 고생하는 거 뻔히 알면서 이러면 안 되잖아. 따뜻한 말로 위로는 못 해 줄망정 엄마를 왜 못살게 구냐고. 그러는 아빠는 술 담배도 끊지 못하잖아. 엄마한테 잘해 주지도 못하면서 왜 엄마를 몰아세우는 거야."

"해화야, 지금 그게 아빠에게 할 소리야? 엄마만 부모야? 나도 부모고 아빠인데, 이렇게 막 대해도 되는 거야? 이 집에서 아빠는 뭐하는 사람이야?"

아빠 김형기(金炯基)는 해화의 행동에 적지 않은 충격을 받았다. 큰딸이 인상 쓰면서 저리 '들이댈' 줄은 몰랐다. 이 상실감이라니! 가슴 한 구석이 뻥 뚫린 듯 허전했다. 아내와 두 딸과 살갑게 지내지 못한 것은 사실이었다. 딸들과 아내에게서 소외됐다고나 할까. 아내와 딸들이 다니는 교회에도 이따금 가다 마다할 뿐이었고, 셋이서 자주 가는 영화관도 함께 가 본 적이 없었다.

큰딸 해화가 아빠도 신앙생활을 하기를 바랐으나, 직장 때문에 그렇게 할 수가 없었다. 애들이 어렸을 때, 대부도에 낚시하러 가서 자전거 태워 준 것 말고는 변변한 가족 여행도 못 해 봤다. 게다가 아내와 해화는 일요일을 교회에서 하루 종일 보내다시피 했다. 그러니 쉬는 날에도 가족들과 더불어 시간을 보낸 적이 드물었다. 먹고살기에 허덕이느라 큰딸 해화에게 정을 주지는 못했더라도 섭섭한 감정은 가눌 길이 없었다. 아빠 김형기는 그날 밤 집 밖에서 술로 서운함을 달랬다.

막상 아빠에게 쌓인 불만을 쏟아부었건만 해화는 이내 후회했고, 아빠가 몹시 걱정스러웠다. 하필 아빠의 생일에 이런 일이 생길 건 뭐란 말인가. 해화는 부랴부랴 아빠에게 문자를 보냈다.

「아빠, 어디 있는지 모르겠는데, 너무 걱정돼. 운전도 그렇고…… 표현을 못 했다뿐이지 내겐 아빠 엄마가 다 소중해. 아빠 말대로 대화가 안 통한 것 같아. 큰딸답게 부모님 속 안 썩여야 하는데…… 엄마를 더 생각했던 것 같아. 아빠 고생하는 것은 생각 안 하고. 투정만 부리고…… 지금 12시가 넘었는데 걱정돼. 미안해…… 아빠, 사랑해!」

집 안에서 아빠가 보는 데서도 속옷 차림으로 다니는 해화였지만 아빠에게 속내를 털어놓지는 못했다. 해화가 아빠와 대화 물꼬를 튼 건 고교에 입학해 한차례 더 마찰을 빚고서였다. 어느 날 밤늦게 돌아온 아빠는 해화 방에 들어가서 책도 펼쳐 보고, 서랍도 열어 보며 이것저것 해화 소지품들을 뒤적여 보았다. 아빠로서 큰딸 해화를 더 잘 알고 싶어서였다. 그러나 해화는 아빠의 행동을 몹시 못마땅하게 여겼고, 부당한 간섭이라고 따지고 들었다.

부녀간의 충돌은 해화가 2013년 어버이날 아빠에게 장문의 편지를 쓰고 나서야 화해하기에 이르렀다. 큰딸의 진심이 우러난 편지를 읽은 아빠 김형기는 눈물을 쏟았고, 휴일이면 감자탕, 백숙, 떡볶이, 닭볶음 요리를 해 주며 부녀 사이에 도타운 정을 쌓아 나갔다.

어쩌다 교회에 간 날이면 점심을 함께하며 해화와 얘기를 나누었다. 친구와 싸운 날에는 "큰딸, 친구를 이기려고 하지 말고 져 줘라. 애들을 감싸 줘야지 잘 지낼 수 있지"라고 격려해 주었다.

"아빠는 술만 먹으면 엄마한테 말을 너무 막 해. 우리 집 가장으로서 엄마를 더 배려해 주고, 엄마에게 잘해 줬음 좋겠어. 아빠 잘해!"

해화도 아빠에게 스스럼없이 속말을 털어놓았다.

큰딸과의 벽을 허문 아빠는 해화에게 더욱 관심을 기울였다. 밤잠 설치고 공부하는 해화가 힘들어하는 날에는 차로 학교에 데려다주었다.

"네가 원하는 삶을 살아라. 무엇을 하면서 살고 싶은지 생각하고, 그것을 이루기 위해 최선을 다하고. 목표로 삼은 경희대 한의대 진학해서 네 꿈을 이루기 바란다."

"아빠, 고마워. 나도 최선을 다하고 있어. 내 꿈을 이루고 말 테니 지켜봐 줘."

"엄마 아빠는 너희들 공부를 위해서라면 몸이 부서지더라노 뭐든지 할 거다. 돈이 많아서가 아니다. 너희들이 하고 싶은 것을 하면서 살아가기를 바란다. 공부만은 원 없이 할 수 있도록 뒷바라지해 주겠다. 엄마가 새벽까지 당직 서 가며 일을 하는 것도 다 너희를 위해서다. 네가 원하는 것은 다 해라, 필요한 것은 다 해라, 사고 싶은 것도 사고. 하지만 대학은 네가 목표한 곳을 가면 좋겠다. 우리 큰딸은 아빠가 믿는다."

귀갓길 늦은 밤, 아빠 김형기는 버릇처럼 환하게 불을 밝힌 해화 방을 눈에 담곤 하였다.

"엄마, 오늘은 선부중 다닐 때 친했던 애들을 우리 학교로 데려와서 저녁 함께 먹었어. 지우, 도연이, 수빈이, 빛나라하고 내가 초지고와 선부고로 간 애들을 초청했어. 고등학생 되고 나서는 야자다 뭐다 해서 얼굴을 보기가 너무 힘든 거 있지. 하영이, 한솔이하고 오랜만에 밥 같이 먹으니까 정말 좋더라. 걔네들한테 우리 체육복하고 교복 입히니까 감쪽같이 단원고 학생이 된 거 있지. 우리가 준 식권으로 같이 밥 먹었는데 안 들켰어. 아슬아슬하니까 밥도 더 맛있고, 무지하게 재밌었어."

"엄마, 사진 봤어? 야자 들어가기 전에 사물함에 몇 명이나 들어갈 수 있나 시험해 봤거든? 우와! 그 좁은 데 다섯 명이나 들어가는 거 있지? 치마 입고 종이짝처럼 구겨지면서 꾸역꾸역 기어들어 갔는데, 다섯 명이 꽉 차는 거 있지. 아무래도 우린, 너무 날씬해. 기념으로 인증샷도 찰칵 했지."

해화는 하루에도 여러 차례 엄마와 통화했다. 학교에서 벌어진 일을 미주알고주알 속삭였고(단원고 학생들은 수업 시간에는 핸드폰을 선생님께 반납했다), 집에 와서도 병원에서 근무하는 엄마에게 틈만 나면 수다를 떨었다. 해화는 엄마 친구였다. 세상에서 가장 믿고 의지한 사람이 엄마 노보임이었다. 중학교에 입학하면서부터였다. 엄마가 친구처럼 다가왔다.

엄마 노보임은 야자가 끝날 시간이면 해화에게 전화를 걸었다. 야간 근무가 없는 날은 어김없이 해화를 마중 나갔다. 해화와 화정천을 걸어서 집으로 돌아오는 길은 둘만이 누릴 수 있는 오붓한 시간이었다. 천변을 따라 죽 걷다 보면, 중간쯤에서 친구들과 무리 지어 오는 해화를 만났다. 엄마는 부러운 눈으로 인사하는 해화 친구들을 앞세워 보냈다. 그리고 가로등을 머리에 이고 해화와 나란히 걸었다. 낮에도 통화를 했건만 해화는, 중앙동에 있는 '유가네 닭갈비' 집에서 친구들과 닭갈비 볶음밥을 맛나게 먹었다는 둥, 서울 올림픽공연장과 인천 공연장에서 보았던 슈퍼주니어 멤버 이름을 줄줄이 외우지 않나, 댄스 동아리 친구가 춤을 가르쳐 준다고 했는데, 몸치라서 안 된다고 사양했다는 둥, 김빛나라에게 평생 친구 인증서 1호를 만들어 주었다는 둥, 교회에서 대학 탐방 동영상을 만드느라 다녀온 경희대는 꼭 가고 싶은 대학이라고 입을 쉬지 않았다.

수학여행 가기 며칠 전이었다.

「나 지금 학교로 간다.」

여느 날처럼 엄마 노보임은 해화에게 문자를 보냈다. 그런데 돌아온 답변이 뜻밖
이었다.

「엄마, 오늘은 안 나와도 돼.」

그 무렵 엄마는 해화에게 남자 친구가 있음을 해수를 통해 알고 있었다.

잠자기 전 '카톡'을 열심히 하는 언니에게 해수가 누구냐고 캐물었고, 해화는 남자
친구가 생겼다고 동생에게 귀띔해 주었다. 그날 밤 엄마는 집에 온 해화를 슬쩍 떠보
았다.

"오늘은 누구랑 왔어?"

"응, 3학년 오빠가 데려다줬어. 엄마가 뭐라 할까 봐 말 안 했어. 그 오빠 공부도 잘
해, 잘생겼고. 2학년에 올라와서 그 오빠가 먼저 사귀자고 했어."

해화는 벚꽃을 배경 삼아 3학년 오빠와 찍은 사진을 엄마에게 스스럼없이 보여 주
었다. 활짝 웃는 두 아이가 그렇게 예쁠 수가 없었다.

"엄마도 맘에 들어?"

"우리 딸이 좋으면 엄마야 그만이지."

엄마에게 감출 게 없었던 해화는 "오빠 멋쩡!" "나 보고 싶었셩?" 애교 섞인 말투로
주고받은 문자를 엄마에게도 보여 주었다.

늘 밝게 웃는 해화 얼굴이 무섭게 험악해지는 날이 있었다. 그때만큼은 엄마도 해
화를 슬금슬금 피했다. 시험 성적이 떨어진 날이면 해화에게서 냉기가 감돌았다. 평
소 같으면 엄마! 아빠! 다녀왔습니다, 할 텐데 시험을 못 본 날은 인사만 꾸벅하고 자
기 방으로 쑥 들어가 버렸다.

성적표를 보고 엄마가 말이라도 붙일라치면, "담에, 잘하면, 될 거 아냐. 나, 지금, 엄

　　　　　　　　엄마, 얼굴 예쁘게 작게 낳아 줘서 고마워

마하고, 말할 기분, 아니거든. 성적 맘에 안 들어, 기분, 짱, 나쁘거든!" 평소와 달리 또 박또박 끊어서 말을 뱉었다. 꾸짖는 것도 아닌데 제풀에 화가 난 해화는 인상을 찌푸리면서 엄마에게 사납게 덤볐다. 그날부터 해화는 밤잠을 줄이고 악착같이 공부에 매달렸다. 포기할 줄 모르는 해화를 알기에 엄마는 몸 상할까 살살 공부하라는 말은 입에 담지도 못했다.

엄마에게 해화는 삶의 전부였다. 친구들과도 어울리지만 해화는 엄마와 함께 다니기를 무척 좋아했다. 엄마가 해화의 학교생활을 훤히 들여다보았듯, 해화도 엄마가 만나는 사람들을 다 알고 지냈다. 교회 신도들, 의사 간호사 병원 동료들, 엄마 친구들 모임에 해화는 어려서부터 참석했다. 꼬맹이 때 엄마 친구들이 뭘 물어보면 해화는 똘똘히 답했고, 사람들에게 칭찬받는 자신을 보고 흐뭇해하는 엄마를 보면 그렇게 좋을 수가 없었다.

해화는 엄마와 일상에서 함께 놀았다. 해수가, 오늘 공포 영화 보러 가자, 하면 엄마와 함께 토요일 밤 10시에 극장에 갔다. 엄마와 해수, 해화는 연극, 영화도 자주 보러 다녔지만, 외식도 즐겨 했다. 엄마가 근무하는 우정병원 근처에 있는 '피자 앤 파스타'에는 단골로 드나들었다(시간을 낼 수 없었던 아빠하고는 중학교 졸업식 날 피자집에 한 번 갔을 뿐이었다).

엄마 아빠 생일을 꼬박꼬박 챙기는 해화이지만 2012년에는 특별히 미역국을 끓여 냈다. 생일 케이크를 준비한 해화는 해수와 더불어 집 안에 풍선을 주렁주렁 매달았고, 계란찜에 다섯 가지 반찬으로 '오첩반상'을 차려 냈다.

엄마가 촛불을 끄자 해화는 해수와 힘껏 노래를 불렀다. 생일 축하합니다! 사랑하는 우리 엄마 생일 축하합니다! 해화는 엄마를 얼싸안으며 속삭였다. 엄마, 사랑해! 엄마 생일을 정성껏 차릴 줄 알았던 해화는, 밤늦게 공부하다 새벽 3시면 병원에서 당직 서는 엄마에게 전화를 걸었다.

"엄마, 나 공부 다 했어. 이제 잘게."

"우리 딸 늦게까지 공부하느라 고생 많다. 몸 축나서 어쩌나. 알았다, 어서 자. 엄마
도 일 열심히 할게."

"3월 31일이었나? 우리 식구들이 오리탕 먹었잖아. 모처럼 아빠랑 함께하니까 정말
좋았어. 히히 난 왜 이렇게 고기를 좋아하나 몰라?"

"꽃우물 오리탕집? 그래 담에 또 가자. 아빠도 꼭 모시고 가자."

해화는 손으로 얼굴을 어루만지며 말했다.

"엄마, 나 얼굴 예쁘게 작게 낳아 줘서 고마워."

그리움의 조각을 이어 붙이다

안산 단원고 2학년 9반 **김혜선**

1. 중학교 2학년 때, 언니, 사촌 언니들과 메이크업 쇼(서울)에서 예쁘게 화장을 하고 신이 난 혜선이.
   메이크업 일을 하는 사촌 언니가 혜선이를 변신시켰다.
   연예인도 만나고 사랑하는 언니들과 예쁜 모습으로 종일 행복했던 하루.
2. 수학여행 가기 전 벚꽃이 만발한 교정에서, 쉬는 시간이면 달려 나와 친구들과 사진을 찍었다.
3. 혜선이가 그토록 좋아한 배우 김우빈의 편지.

그리움의 조각을 이어 붙이다

가족을 이어주던 끈, 혜선이

혜선이는 IMF 때 태어났다. 그 시절 많은 사람들이 그랬듯 혜선이네 집도 아빠의 사업 실패로 어려움을 겪었다. 그래도 천성이 밝은 혜선이는 늘 활기찼다. 엄마는 혜선이가 부러웠다. 언니도 혜선이가 부러웠다. 무뚝뚝한 경상도 남자 아빠, 내성적이고 말이 없는 언니, 애살 없이 덤덤한 성격의 엄마. 가족 넷 중에 필요한 말 말고 진짜 대화를 하는 분위기 메이커는 혜선이뿐이었다. 이런 부모 사이에서 어떻게 혜선이 같은 아이가 나왔는지 신기할 정도로 밝고, 활달하고, 애교 넘치는 막내였다. 학교 다녀오면 엄마 옆에 붙어 그날 있었던 일이며 친구들 얘기를 재잘재잘 들려줬고, 때로는 엄마의 고민 상담도 해 주더니 어느덧 같은 여자로 엄마를 이해하는 진짜 친구 같은 딸이 되었다. 혜선이와 엄마는 서로에게 영원한 내 편이었고, 특히 혜선이의 엄마 사랑은 각별했다.

어쩌다 학교 앞을 지나게 되어 엄마가 메시지를 남기면, 혜선이는 외출증을 끊어 득달같이 달려 나왔다. 친구들을 대여섯 명씩 데리고 나와 피자를 사 달라고도 했다. "너 만나면 기본이 십만 원이다" 하면서도 엄마는 좋았다. 언제나 엄마를 반겨 주는 딸. 만나면 돈을 쓰면서도 기분이 좋아 일부러 길을 돌아 지나가면서 딸을 만났다. 둘이 외출을 하게 되면 "엄마, 영화 한 편 보고 들어가자"며 데이트를 청했다. 사촌 오빠가 같이 살 때는 새벽 6시에 나가는 엄마 대신 오빠 운동화를 빨아 놓고, 제 교복도 빨아 두곤 했다.

"이거 누가 빨았어?" "내가." "왜?" "엄마 힘들잖아."

엄마는 웃으면서도 눈물이 쏟아졌다. 네 단짜리 서랍장을 사면 키 큰 언니가 숙이기 힘들다며 아래 서랍을 쓰고, 물건을 사도 언니 먼저 맘에 드는 색깔을 고르라고 양보하는 아이. 흉흉한 소문에 걱정되어 일진 애들하고 놀면 안 된다는 엄마한테 혜선이는 "하나하나 알고 보면 다 좋은 애들이야, 티브이로 심한 일만 봐서 심각하게 생각하는데 안 그래. 나쁜 애들 아니야"라고 했다.

어떤 친구든 구분 없이 사귀어서 엄마의 편견을 오히려 부끄럽게 만들었다. 부도가 나서 백일이며 돌잔치도 못 해 줬는데, 괜찮다며 언니의 돌 사진을 제 사진첩에 꽂아 두던 딸. 챙겨야 할 친구가 많아 늘 부족한 용돈에 허덕이면서도, 아빠의 생일에 손수 케이크를 만들어 오던 귀염둥이 막내.

엄마는 혜선이를 보면 생동감이 느껴졌다. 내가 살아 있다는 걸 느끼게 해 주던 아이. 에너지가 넘쳐서 대체 누굴 닮았을까, 돌연변이라고 불렀던 딸. 밤 10시 반만 되면 다녀왔습니다, 하며 혜선이가 들어올 것만 같다. 제 방 침대에 벌러덩 누워 "쫌만 있다 씻을게" 할 것만 같고, 엄마 곁에 와서 또 하릴없는 수다를 조잘거릴 것만 같다. 그런 딸이 옆에 없으니 집이 온통 휑하다. 엄마는 날개가 뚝 부러진 새가 된 것 같다. 혜선이 없이 다시 날 수 있을까.

혜선이의 꿈, 조선공

중학생이 된 혜선이가 어느 날 시각 디자이너가 되고 싶다고 했다. 처음 들어 보는 말이라 엄마는 무언가를 그리고 디자인하는 일인가 보다 생각했다. 디자인 쪽은 미대 진학을 목표로 학원을 보내야 하는데 학원비가 많이 든다고 했다. 한 번도 엄마한테 뭘 조른 적 없는 무던한 혜선이도 이때는 쉽게 포기하지 못했다. 그만큼 원하는 일인데 선뜻 해 줄 수 없었던 엄마는 많이 울고 고민하는 혜선이 모습에 마음이 아팠다. 속 깊은 혜선이는 곧 다른 꿈으로 목표를 바꿨다. 안산의 과학 중점 학교인 양지고를 가고 싶다고 했다. 어릴 때부터 수학이랑 과학을 워낙 좋아하던 아이니 진로도 그쪽으로 정한 눈치였다.

하지만 양지고는 집에서 다니기에 많이 불편한 학교였다. 한 번에 가는 차가 없어 새벽에 나서야 하는데 엄마는 혜선이가 3년 내내 힘들게 학교에 가도록 할 수는 없다고 했다. 혜선이도 엄마의 마음을 이해했고 결국 집에서 다니기 편한 단원고에 가기로 했다.

두 차례 좌절이 있었지만 언제나 긍정적인 혜선이답게 이것저것 알아보고 궁리를 하더니 1학년 2학기 때 조선공이 되겠다고 했다. 배를 만드는 일인데 그 가운데 시각 디자인의 꿈도 포기하지 않으면서 할 수 있는 분야가 있다며 좋아했다. 혜선이는 차근차근 꿈을 키워 갔다. 교무실에 들락거리며 선생님들도 잘 모르는 조선공의 세계를 알아보기 시작하더니 부산에 있는 한국해양대학교에 진학하겠다고 했다. 친구들도 혜선이를 통해 조선공이라는 직업을 처음 듣기 시작했다.

혜선이랑 엄마는 안산의 서점을 다 돌며 조선공에 대한 책을 사려고 했지만 구할 수가 없었다. 혜선이는 조선소에 직접 가서 배 만드는 과정을 보고 싶어 했다. 적극적으로 알아보고 다녔는데도 궁금증이 다 풀리지 않았다. 조선공으로 진로를 정한 후부터는 그쪽 얘기를 많이 했다.

한번은 선생님 친구 아들이 발명한 온열 구명조끼 얘기를 열심히 들려줬다. 배 사고가 나서 물에 빠지면 저체온증 때문에 위험하니까 온열 구명조끼를 발명했다는 거다. 혜선이는 그 얘기를 엄마에게 들려주며 이걸 입으면 물속에서 따뜻하게 오래 버틸 수 있다고 좋아했다.

배를 만들고 싶던 아이 혜선이는 아마도 세월호에 오르자마자 호기심 가득한 눈으로 구석구석을 다녔을 것이다. 조선공이 되어 배에 탄 자신을 상상하며 누구보다 행복해했을 혜선이가 눈에 선하다.

그리움의 조각을 이어 붙이다

신나는 학생회, 그리고 금요일엔 구 반 모임 '금구모'

혜선이는 단원고에 진학했다. 활동적이고 리더십이 있던 아이라 들어가자마자 학생회 간부에 지원했다. 친구와 어울리는 걸 좋아하고, 또래들과 무언가 해내는 걸 즐기는 혜선이한테 잘 맞는 일이었다. 체육부에 지원한 혜선이는 체육 대회나 행사에서 안무를 곧잘 맡았다. 춤을 잘 추기도 했지만 친구들의 군무를 짜고 지도하는 걸 워낙에 즐겼다. 집에 친구들을 데려와서 늦도록 연습을 하고, 부족한 친구들을 상대로 수십 번 반복하면서도 얼굴 한 번 찌푸리지 않았다. 학생회에서도 혜선이는 모두가 좋아하는 체육부 차장이자 사랑받는 막내였다.

학생회는 할 일이 많았다. 안산 지역의 다른 학생회와 교류 활동을 하고, 아침이면 한 시간씩 먼저 등교해 캠페인을 벌였다. 봄가을 체육 대회와 단원제 기간이 되면 정신없이 바빴다. 아침 일찍 나가 밤늦게 들어오고, 공부와 병행하려면 번거로운 일이 많은 활동인데도 혜선이는 학생회를 무척 사랑했다.

혜선이가 활동한 9대 학생회는 임기가 애매했다. 4월이면 끝나야 하는데 그러자니 5월 체육 대회가 걸렸다. 새로 집행부를 뽑게 되면 경험이 없는 학생회가 큰 행사를 치러야 하는 상황이었다. 혜선이는 체육 대회가 5월 중순에서 말이니까 그것까지 책임지고 임기를 마무리하자고 건의했고, 학생회 친구들과 선생님들도 모두 동의했다.

봄 수학여행을 다녀와서 바로 5월 체육 대회 준비를 하기로 하고 여행을 떠났다. 막내지만 필요한 일에는 자기주장을 분명히 해서 설득시키는 강단과 리더십이 있었다. 회의를 하다가 친구들이 장난치고 딴 길로 새면 혜선이가 나서서 곧잘 분위기를 환기시키고는 했다. 어려도 제 할 말은 또렷하게 하는 아이였다.

열다섯 명밖에 안 되는 작은 규모라 혜선이는 누구보다 학생회 친구들과 가깝게 지냈다. 학생회 활동은 혜선이한테 학교생활의 활력소였다. 학생회에도 혜선이가 활력소였다.

그리고 또 하나, 혜선이의 1학년 생활엔 빼놓을 수 없는 친구들이 있다. 금요일엔 구

반 모임, '금구모'. 단원고 1학년 9반 친구 열네 명이 만든 모임의 이름이다. 어찌나 잘 지내는지 부모들도 모두 내 아이들처럼 예뻐했다. 혜선이가 활짝 웃고 있는 사진이 두 장인데 바로 9대 학생회와 금구모 친구들이다.

금구모 친구들의 사진은 지금도 동네 사진관에 걸려 있다. 만 원씩 들고 가 사진을 찍고 온 날, 혜선이는 '우리가 포즈를 너무 잘 잡아서 사진관에 금구모 사진이 걸렸다'며 좋아했다. 2학년에 올라가서도 금요일이면 학교 식당에서 함께 밥을 먹던 혜선이의 금쪽같은 친구들이다.

풋사랑

체육부 차장에 임명된 혜선이는 바로 위 선배에다 학생회의 사수인 근희와 일을 함께했다. 근희는 체육부 부장으로 차장인 혜선이의 직속 선배였다. 혜선이와 근희는 체육 창고 관리를 맡아 점심시간이면 공을 빌려주고 장부에 기록하는 일을 했다. 싹싹한 혜선이는 근희를 오빠라고 부르며 편하게 대했고 잘 따랐다. 근희는 활달한 성격의 혜선이가 마음에 들었다.

가을 축제 준비를 위해 학생회 모두 춤 연습을 하던 때, 실수로 다리를 다친 근희는 단체로 추는 춤에서 빠지게 됐다. 미안한 마음에 간식을 사 들고 가면 혜선이는 "다친 사람이 더 속상할 텐데 미안해하면서 자꾸 이런 거 사 오지 말라"고 잔소리를 했다. 혼이 나면서도 자신을 위해 주는 혜선이 마음이 좋았다.

2013년 가을 축제를 준비하면서 혜선이 생일 선물도 함께 준비했다. 뭐가 갖고 싶은지 물으니 시계를 갖고 싶다고 했다. 혜선이가 원하는 시계를 알아내고 돈을 모았는데 생일 전까지 조금 모자라 내년으로 미루는 대신 이어폰이랑 편지를 마련해서 줬다. 내년에는 시계도 주고 마음도 전하리라 마음먹었다.

근희는 11월 대축제를 끝내고 혼자 운동을 시작했다. 내년 4월까지 꾸준히 살을 빼고 5월 체육 대회 마치면 고백할 생각이었다. 30킬로를 뺐다. 민지, 현수, 혜선이랑 시험 끝나면 놀러 가기로 했으니 그때 노래방에 가면 혜선이 노래를 들을 수 있겠구나 기대했다. 하지만 혜선이의 노래는 끝내 들을 수 없었다.

조그만 몸, 큰 마음

혜선이한테는 단짝 친구들이 있다. 큰 주희, 작은 주희, 소영이. 넷은 어릴 때부터 같은 학원에 다니며 자매처럼 지냈다. 화정초등학교, 석수중학교까지 함께 다니다 고등학교는 큰 주희랑만 단원고에 갔다. 다행히 주희는 돌아왔다.

11월 22일, 사고가 난 후 처음 맞은 혜선이의 생일. 단짝 친구들이 안산의 '치유공간 이웃'에서 생일 파티를 준비했다. 엄마는 펑펑 울었다. 친구들이 말하는 혜선이는 엄마 생각보다 훨씬 따뜻하고 좋은 아이였다. 고민도 잘 들어 주고, 언제나 친구를 먼저 배려하고, 그러면서 자기 주관이 뚜렷한 친구. 내 딸이지만 이렇게 잘 살다 갔구나, 그 짧은 생 동안 친구들한테 이렇게 좋은 기억들을 남기고 갔구나…… 고맙고 자랑스러워서 눈물이 났다.

그리고 보니 혜선이의 따뜻한 모습들이 조각조각 떠올랐다. 불우 이웃 돕기 모금통을 보면 꼭 돈을 넣고 지나가고, 학교를 마치고도 청소하시는 분을 도와 같이 청소를 하고 오던 아이. 친구들 열댓 명한테 춤 연습을 시키면서 수십 번을 틀려도 몇 시간 동안 짜증 한 번을 안 내던 아이. 생일이면 가게를 차려도 될 만큼 과자 박스, 과일 상자, 케이크며 선물을 넘치도록 받아 오던 아이. 새로 반 배정을 받으면 하루 만에 "엄마 나 오늘 친구 열다섯 명 사귀고 왔어!" 하며 웃던 딸.

혜선이를 그리워하는 말들 중에는 유독 그런 내용이 많았다. '고민 상담도 잘 들어 주던 언니……', '너한테 톡하면 내 얘기 다 들어 주고 괜찮다고 다독여 줬는데……', '전학 왔을 때 나한테 진짜 잘해 줬던 너', '내 인생 처음으로 혜선이가 직접 케이크를 만들어 줬는데……' 먼저 다가와서 말 걸어 주고, 인사해 준 친구. 친구들과 섞이지 못한 친구에게 늘 시선이 가 있던 친구. 누가 가르치지 않았는데도 혜선이는 그렇게 잘

자랐다. 친구들은 그래서 아직 혜선이를 보내지 못한다. 여전히 주인 없는 혜선이의
페이스북에 와서 서로 혜선인 내 거라며 애끓는 그리움을 남기고 있다.

목소리, 웹툰 소녀, 게임의 달인, 나의 스타 김우빈

"혜선이요? 혜선이 하면 일단 목소리죠. 엄청 시끄러워요!(웃음)" "혜선이는 목소리
도 크고 리더십이 있어요." "혜선이는 목소리가 허스키하고 독특해요." "제일 먼저 시
끄러운 애라고 써 주세요!(웃음)" 혜선이 하면 누구나 허스키한 목소리를 떠올린다. 혜
선이는 큰 소리를 내거나 소리를 지르면 안 되는 목소리를 가졌다. 친구들 춤 연습시
키느라 진을 뺀 날은 목소리가 안 나와서 병원에 가서 치료를 받아야 했다. 그러면서
도 너 없으니 연습이 안 된다는 소리에 또 달려 나가고 만다.

엄마는 혜선이가 친구들과 노는 것만 좋아하는 줄 알았지 컴퓨터 게임을 잘하고,
웹툰을 좋아한단 걸 몰랐다. 혜선은 컴퓨터 게임을 아주 잘했다. 친구들이 배우고 싶
어도 손이 너무 빨라 배우지 못할 정도로 잘했다. 지금도 혜선이가 잘했던 주종목
R2Beat나 테일즈런너는 아이디가 그대로 살아 있다.

게임과 함께 혜선이가 좋아했던 하나는 웹툰이다. 혜선은 작가들이 올리는 정식 연
재물 말고도 일반인들이 올리는 것까지 친구들한테 추천을 할 정도로 웹툰을 좋아했
다. 동아리 후배는 지금도 11시 넘으면 혜선이 누나가 "얘들아 웹툰 나왔다!!!! 할 거
같고, 웹툰 다 보고 웃겼던 거 말할 거 같다"고 한다. 친구들 모두 웹툰만 보면 혜선이
생각이 난다.

사고가 난 후 어떤 친구들은 생전에 좋아했던 스타들이 직접 조문도 오고 애도를 표
했다. 혜선이 친구들은 그걸 볼 때마다 부러웠다. 혜선이는 배우 김우빈을 정말 좋아
했다. 무명 시절부터 김우빈을 알아보고 좋아한 게 혜선이의 자부심이다. 친구들은 혜
선이 추모관에 김우빈의 사인이라도 넣어 주고 싶었다. 간절한 바람이 닿아 이제는 유
명한 배우가 된 김우빈이 직접 혜선이에게 정성껏 편지를 써 주었다. 혜선이는 아마

그리움의 조각을 이어 붙이다

하늘에서도 좋아서 팔짝팔짝 뛰고 있겠지.

그리고…… 벚꽃 엔딩

혜선이는 일주일 만에 돌아왔다. 160센티미터 키에 통통한 몸. 쌍까풀 없는 큰 눈에 긴 눈썹. 자기 얼굴을 맘에 들어 한 혜선이. 그 얼굴 그대로 못 올라올 걸 염려했는지 학생증을 가지고 돌아왔다. 가방은 텅 비었고, 신발은 한쪽뿐이었다.

하필 IMF 때 태어나 고생고생하다가 살 만하니 가 버린 아이. 혜선이가 좋아한 엄마표 치즈떡볶이를 자주 해 주지 못한 것도, 라식 수술을 못 해 준 것도, 새 운동화를 신겨 보내지 못한 것도, 엄마는 모두 한이 됐다. 혜선이는 짧은 생 동안 만난 누구에게든 최선을 다해 잘해 주었는데, 남은 이들은 시간이 있을 거라 여기고 못 했던, 미뤄 둔 일들만 생각이 난다.

해마다 벚꽃이 필 때면 단원고는 작은 천국이 됐다. 혜선이는 벚꽃 핀 교정을 많이 사랑했다. 하얀 꽃이 지면 이내 푸른 잎들이 싱그러운 물빛을 뿜어 올리던 아름다운 교정. 3층에 교실이 있는 주희는 2층의 혜선이랑 수학여행 가기 전날에도 사진을 찍었다.

동아리 후배도, 금구모 아이들도, 학생회 친구들도, 단원고 친구들 모두 쉬는 시간이면 쏟아져 나와 4월의 벚꽃 아래서 작은 천사들이 됐다. 벚꽃처럼 눈부시고, 벚꽃처럼 예뻤던 아이들은 벚꽃처럼 졌다. 민승이 나온 삭은 주희, 이제 선배가 되어 후배를 뽑은 한빈이, 열쇠고리에 혜선이를 박제한 큰 주희. 그리고 혜선이를 사랑한 모든 이들의 가슴으로 작은 벚꽃 하나 조용히 스며든다.

짧지만 빛났던 혜선이의 삶. 마지막 순간까지 웃으면서 친구들을 다독였을 혜선이를 기리며, 언제나 혜선이가 친구들한테 했던 말들로 그리움의 마지막 조각을 잇는다.

인생의 끝에서 웃을 수 있도록 하자. 행복해야 돼. 내 새끼. 우리 혜선이.

그리움의 조각을 이어 붙이다

행복한 사람, 자기를 사랑할 줄 아는 사람

안산 단원고 2학년 9반 **박예지**

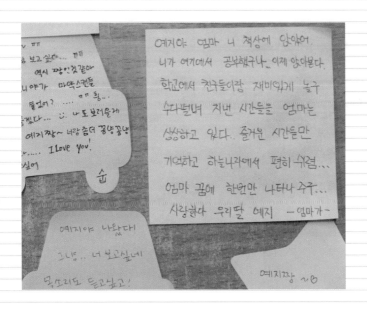

1. 하고 싶은 것도 많고, 노는 것도 좋아하고, 음식도 잘 만들고,
노래와 춤을 좋아하던 재능 많고 욕심 많은 열일곱 살의 예지.
2. 단체 티를 맞춰 입고 가족 여행을 떠나던 날. 예지네 식구는 유난히 여행을 많이 다녔다.
3. 와동어린이집에 다녔던 일곱 살 때. 예지는 어려서부터 삼촌, 이모, 아빠 친구인
삼촌들 속에서 자라 사랑을 듬뿍 받아 밝고 명랑한 아이였다.

행복한 사람, 자기를 사랑할 줄 아는 사람

내가 아무것도 아니었다는 게 믿어지지 않는다. 아무것도 아니었는데 겨자씨보다 작은 심장이 생기고, 그 심장이 뛰고, 고사리처럼 작은 손가락과 발가락이 생기고, 점점 커져서 2.85킬로그램의 작은 아기가 되어 세상에 태어나다니. 그런 생명체가 걷고 생각을 하고 말을 하고 온갖 감정이 생기다니. 내가 태어나기 전의 세상은 어땠을까? 내가 죽고 난 뒤의 세상은 또 어떨까? 나는 어디에서 와서 어디로 가는 걸까? 내 몸이 생기지 않았을 때 내 영혼은 어디 있었을까? 내가 죽은 뒤에 내 영혼은 어디로 갈까? 그런 생각이 들 때마다 이 세상의 모든 생명이라는 게 다 놀랍고 신기하기만 하다.

스물한 살의 엄마는 밝고 명랑한 아가씨였다. 아빠는 씩씩한 직업 군인이었는데, 엄마는 아빠의 성실함에 반해서 외할머니의 반대에도 불구하고 아빠와 결혼을 했다고 한다. 내 생각에 엄마는 정말 철이 없어도 너무 없는 거 같다. 나라면 좀 더 재미있게 청춘을 즐기다가 나중에 결혼할 텐데. 아니 요즘은 결혼해서 아기 낳고 키우는 것도 힘든 시대니까 어쩌면 결혼하지 않고 혼자 살지도 모르겠다. 어쨌든 철없는 엄마 덕분에 내가 태어났으니, 고맙다고 해야 할까?

나는 1997년 12월 9일에 태어났다. 세상에, 12월 9일이라니. 배 속에서 두 살이나 먹고 나왔다. 엄마가 조금만 더 버텼으면, 아니 내가 엄마 배 속에서 조금만 더 버텼더라면 나는 빠른 98이 되었을 텐데 그건 좀 억울하다. 더 억울한 게 있다. 간호사가 "예쁜 공주님이 17시 45분에 태어났습니다" 하고 말하며 나를 보여 줬을 때, 엄마는 "아이고 정말 못생겼네” 하며 얼굴을 찡그렸다고 한다. 갓 태어난 아기는 대부분 외계인처럼 쭈글쭈글하고 못생겼다는 걸 나도 아는데 엄마는 몰랐던 걸까? 만약 그때 내가 그 말을 알아들었다면 엄마를 한 번 째려봤을 텐데. 그래도 엄마가 “건강해서 정말 다행이야” 하며 좋아했다고 하니 용서를 해 주기로 했다.

엄마는 나에게 최고로 좋은 이름을 지어 주고 싶다고 했다. 이름은 내가 평생 가지고 살아야 하는 거니까 아주 신중하게 생각하고 또 생각했다고 한다. 그래서 고른 이름이 슬기로울 예, 지혜로울 지, 예지. 슬기롭고 지혜롭게 자라라는 염원이 담겨 있는 이름이다.

가끔씩 내 이름을 생각하며 내 이름처럼 슬기롭고 지혜롭게 자라야지, 하는 다짐을 하곤 한다. 하지만 그게 어디 생각처럼 그렇게 쉽나? 예지라는 이름은 얌전하고 예쁘장한 이미지를 떠올릴 수 있지만 실제의 나는 그렇지 않다. 나는 장난도 좋아하고 놀기도 좋아하고 먹는 것도 엄청 좋아하고 성격도 무지막지하게 밝다.

내가 이런 성격을 갖게 된 건 엄마 탓이 크다. 엄마는 어려서부터 나를 험하게 키웠다고 한다. 엄마는 너무 어려서 애를 낳아 잘 몰라서 험하게 키웠다고 했지만, 나는 그런 엄마에게 오히려 감사한다. 온실 속의 화초처럼 매사에 간섭하고 보호하려고만 했다면 이런 밝은 성격이 되지 못했을 테니까 말이다.

어렸을 때부터 나는 또래 아이들보다 어른들하고 더 많이 놀았다. 우리 집에는 이모와 삼촌이 늘 함께 살다시피 했는데 이모나 삼촌과는 나이 차이도 얼마 안 나서 마치 언니나 오빠 같았고, 어떤 때는 친구 같았다.

아빠 엄마 친구들과도 친하게 지냈다. 두 분은 자주 친구들 모임에 나가셨는데 그때마다 나와 내 동생을 데리고 갔다. 어른들이 있는 곳에서도 나는 재미있게 놀았다. 아빠 친구들에게는 삼촌이라고 불렀는데 삼촌들은 진짜 친조카처럼 나를 “우리 예지”라고 부르며 예뻐해 주셨다.

우리 가족은 여행을 자주 다녔다. 여름에는 바다로, 겨울에는 스키장으로, 봄가을에는 산으로 등산을 갔다. 나는 특히 겨울을 좋아했는데 겨울에는 보드를 탈 수 있기 때문이다. 겁이 별로 없는 나는 엄마보다 보드를 더 잘 탄다. 비행기를 혼자 탄 적도 있었다. 온 가족이 제주도에 놀러 간 적이 있었는데 학교 때문에 어쩔 수 없이 나 혼자 씩씩하게 비행기를 타고 올라왔다.

어려서부터 사람들이 북적이는 곳에서 살았고 가족 여행을 많이 다녀서인지 나는 사람들과 어울리는 게 정말 좋다. 그래서 초등학교 때도 친구가 많았다. 그런데 중학교 배정을 받고 조금 걱정이 됐다. 배정받은 원일중학교에는 내가 졸업한 선부초등학교에서 함께 올라간 친구가 별로 없었기 때문이다. 친구를 못 사귀면 어쩌지? 그런 걱정이 앞섰다. 하지만 생각을 고쳐먹었다. 그래, 내가 먼저 다가가서 말을 걸면 되지 뭐.

중학교에 입학하자 나는 혼자 있는 아이들에게 먼저 다가갔다. 아이들은 처음에는 어색해하다가도 금세 친해졌다. 친구가 여덟 명쯤 모였을 때 우리는 '가족 놀이'를 하기 시작했다.

'가족 놀이'란 가상의 가족을 만들어 진짜 가족에게 하는 것처럼 하고 노는 놀이다. 할아버지, 할머니, 아내, 남편, 막내딸 등 각자의 역할을 맡았는데 나는 막냇사위를 맡았다. 나하고 절친인 현주가 막내딸을 맡았으니까 나하고 현주는 부부가 된 셈이었다.

현주와 나는 서로를 '여보', '당신'이라고 불렀다. 현주는 작고 사랑스럽게 생겨서 언제나 내가 보호해 주고 지켜 주고 싶었다. 나는 현주에게 진짜 남편처럼 아무나 만나지 마라, 쏘다니지 말고 일찍 집에 들어가라, 인터넷 소설 너무 많이 읽지 마라 등 잔소리해 댔다. 그때마다 착한 현주는 내 말을 잘 들었다. 그렇다고 현주에게 잔소리만 한 건 아니었다. 김치볶음밥도 해 주고 떡볶이도 해 주고 졸린 눈 비벼 가며 편지도 써 줬다.

현주의 잔소리도 만만치 않았다. 나는 아침잠이 많아서 학교에 자주 지각했다. 어느 날은 급하게 뛰어가다 계단에서 넘어져 무릎이 까졌다. 현주에게 "여보 나 무릎에 피 났어" 하고 엄살을 부렸을 때, 현주는 안타까워하면서도 "그러게 좀 일찍 일어나" 하고 잔소리를 해 댔다.

가상이었지만 우리 가족은 정말 재미있었다. 할머니는 치매에 걸리고 할아버지는 몽유병 환자에 부부는 자주 삐걱거리는 역할 놀이를 하며 아직 경험해 보지 못한 새로운 가족 관계를 미리 경험했다. 나중에 진짜 결혼이라는 걸 하게 되면 새로 만난 가족하고도 잘 지낼 수 있을 거 같았다.

가족 놀이는 3년이나 계속됐다. 아직도 그 놀이는 계속되고 있는데 언젠가는 손자 손녀 등 새 식구도 늘어나겠지.

우리는 늘 새로운 놀이를 개발했다. 롯데월드에 놀러갔을 때는 문을 확 열며 〈겨울왕국〉의 주제곡인 〈렛잇고〉를 불러 젖혔다. 지금 생각하면 창피한 일이지만 그때는 사람들 시선은 신경 쓰지 않았다.

버스에서 자주 하던 놀이도 있었다. 우리 중 한 명이 모르는 사람을 붙들고 "우리 어디서 만난 적 없어요?" 하고 묻는 거다. 그러면 상대는 어리둥절한 표정으로 '이 여학생을 어디서 만났더라?' 하고 고민한다. 짓궂은 장난이었지만 지켜보는 우리는 웃음을 참느라 애를 먹었다.

나는 친구들에게 장난치는 걸 정말 좋아했다. 한번은 현주에게 전화를 걸어 대뜸 이렇게 물었다.

"파란색이 좋아, 분홍색이 좋아?"

현주는 왜 묻느냐고 했지만 나는 계속 대답을 재촉했다. 현주가 마지못해, "파란색"이라고 대답하자 나는 전화를 끊었다. 나중에서야 스톱워치를 사는데 파란색을 살까 분홍색을 살까 고민했다고 말해 주자 현주는 배꼽이 빠져라 웃었다.

나는 아무래도 흥이 많은 아이인 것 같다. 만날 에너지가 넘치고 하루하루가 너무나 재미있다. 학교에서는 남자애들하고 주로 뛰어놀았다. 복도 끝에서 끝까지 뛰기도 하고 총싸움을 하고 놀기도 했다. 컴퓨터 게임도 좋아해서 게임 속에서 만난 친구들도 많다. 우리 교실이 5층에 있을 때는 쉬는 시간마다 1층에 있는 친구 교실로 놀러 가기도 했다.

하지만 뭐니 뭐니 해도 내가 가장 좋아하는 것은 노래다. 나는 노래 부를 때가 제일 행복하다. 친구들과 자주 노래방에 갔는데 내 단골 노래방은 학원 옆에 있었다. 학원에 가기 전 노래방에 들러 노래를 하고 학원 아래층에 있는 분식집에서 떡볶이를 먹고 마지막으로 학원에 갔다.

노래방에서 노래를 부를 때는 완전히 내 세상이었다. 한번 마이크를 잡으면 놓기가 싫었다. 노래를 부르며 춤도 추곤 했는데 그럴 때면 친구들이 너무나 신이 나 박수를 쳐 주었다.

내가 좋아하는 가수는 투애니원이다. 내 휴대폰 컬러링도 투애니원 노래로 했고 엄마 컬러링도 투애니원 노래로 바꿔 주었다. 투애니원 중에서 특히 박봄을 좋아한다. 내가 박봄 노래를 부르면 친구들은 감탄을 한다. 오디션 프로그램에 한번 나가 보라고 나를 부추길 때도 있다. 한번 나가 볼까? 진지하게 그런 생각을 해 본 적도 있었다.

솔직히 텔레비전에서 오디션 프로그램을 볼 때마다 나가고 싶어 몸이 근질거렸다. 오디션 프로그램에 나가면 카메라와 많은 관객들 앞에서 노래를 해야 한다. 내가 과연 노래방에서처럼 잘 부를 수 있을까?

노래를 좋아하고 잘한다고 해서 다 가수가 되는 것은 아니다. 우리 학교에도 노래도 잘하고 얼굴도 예쁜 아이들이 얼마나 많은데. 아니 전국은 물론 해외에서까지 노래를 잘하는 사람은 셀 수도 없이 많다. 또 오디션 프로에서 뽑혔다고 해서 다 가수가 되는 것도 아니다. 노래방에서 취미로 노래하는 것과 그것을 직업으로 하는 것은 엄청난 차이가 있다. 엄청나게 피나는 노력과 끔찍하게 치열한 경쟁을 뚫어도 유명한 가수가 될까 말까 한 세상이다. 그런 생각을 하자 우울해졌다. 그래, 노래는 취미로 하고 진짜 내가 좋아하는 일을 찾자. 그렇게 결심하고 가수에 대한 미련을 버렸다.

고등학교에 올라가자 장래에 대한 고민이 시작됐다. 중학교 때처럼 마냥 즐겁고 신나게 지낼 수는 없었다. 앞으로 평생 어떤 일을 하며 살아야 할지 진지하게 고민하기 시작했다.

초등학교 때부터 나는 수학을 잘했다. 아무리 어려운 문제라도 집중을 해서 풀면 다

풀렸다. 심지어는 노래방에서 노래를 하며 수학 문제를 푸는 신공을 발휘할 때도 있었다. 수학 문제를 풀 때는 나도 모르게 굉장히 집중을 하게 된다. 그래서 다른 과목은 몰라도 수학 과목은 전교에서 상위권에 들 정도다.

수학도 좋아하고 컴퓨터 다루는 것도 좋아하다 보니, 컴퓨터 프로그래머가 되고 싶은 꿈이 생겼다. 꿈이 생기고나서부터 조금 더 전문적으로 공부를 하고 싶은 욕심도 생겼다. 친구가 다니는 안산디자인문화고에는 컴퓨터 관련 학과가 있었는데, 그 학교에 가서 일찍 내 전공 분야를 공부하고 싶었다.

친구에게 그 학교로 전학 가고 싶다고 고백했다. 친구는 부모님과 상의하라고 했지만, 부모님이 걱정하실 것 같아 말할 용기가 나지 않았다. 우리 가족을 위해 힘들게 일하시는 두 분에게 내 문제로 걱정을 끼쳐 드리고 싶지 않았다.

아빠는 묵묵히 매사에 최선을 다하는 분이다. 아빠가 화내는 것을 별로 본 적이 없다. 매달 꼬박꼬박 내 통장으로 용돈을 보내 주시는데 용돈을 쓸 때마다 아빠가 얼마나 힘들게 이 돈을 버는지 생각하고 한 푼이라도 아껴 쓰려고 한다.

엄마는 성격이 시원시원하고 활달하다. 같이 나가면 우리를 친자매로 볼 만큼 엄마는 젊고 예쁘다. 친구들한테도 엄마가 예쁘다고 얼마나 자랑을 하고 다니는지 모른다. 엄마랑 수다를 떨고 함께 쇼핑을 하고 함께 요리를 하는 시간이 정말 좋다. 물론 엄마한테 짜증이 날 때도 있다. 내 사정을 몰라주고 무조건 화를 낼 때는 서운해서 펑펑 울기도 했다. 그런데 엄마랑 아무리 싸워도 10분을 넘지 못한다. 10분만 지나면 언제 그랬냐는 듯 우리 둘은 평소 때와 다름없이 친구 사이로 돌아가 버린다.

하지만 10분이 지나도 화가 풀리지 않을 때가 있다. 엄마가 화장실을 쓸 때다. 엄마는 꼭 내가 화장실이 급할 때만 화장실을 독점한다. 우리 집에는 화장실이 하나밖에 없어서 아침마다 화장실 쟁탈전이 벌어진다.

"엄마, 급해. 빨리 나와."

발을 동동 구르며 문을 두드려도 엄마는 나오지 않는다. 아우, 빨리 나와. 계속 문을 두드리면 엄마는 안에서 짜증 섞인 목소리로 말한다.

"넌 왜 만날 내가 화장실에 들어올 때마다 급하대?"

그건 내가 하고 싶은 말이다. 왜 엄마는 꼭 내가 화장실이 급할 때마다 화장실을 쓰는 거냐고!

엄마가 직장에 다니기 때문에 우리 집은 집안일을 나눠서 한다. 내 동생은 이불 개기, 나는 청소하기, 엄마는 식사 준비.

청소를 할 때 음악을 크게 틀어 놓으면 신이 나서 청소가 즐겁다. 청소를 하며 그 음악에 맞춰 춤을 추기도 한다. 하기 싫은 일을 할 때는 되도록 신나게 하자는 게 내 철학이다. 이런 초긍정적인 성격은 아마도 엄마한테서 물려받은 거 같다.

아빠한테서는 절약 정신을 물려받았다. 어렸을 때부터 받은 세뱃돈과 용돈을 차곡차곡 모았다. 꼭 필요할 때 돈을 쓸 때면 내가 꼭 훌륭한 어른이 된 것 같아 기분이 좋다. 내가 처음으로 목돈을 쓴 건 내 피아노를 샀을 때였다. 그때 피아노 가격이 80만 원이었는데 내 돈으로 샀다. 지금도 내 보물 1호는 내 방에 있는 피아노다.

두 번째로 목돈을 썼을 때는 아빠 차를 바꿀 때였다. 차 살 돈이 모자라는 것 같아 나는 선뜻 거금을 내놨다. 놀라는 아빠 엄마를 보며 어찌나 내 자신이 자랑스럽고 뿌듯하던지……

하지만 뭐니 뭐니 해도 이 박예지의 진가가 드러났을 때는 우리 집을 샀을 때였다. 그동안 세를 살다가 처음 우리 집을 장만했을 때 나는 내 작은 힘이라도 보태고 싶었다. 통장에는 10년 동안 모은 용돈이 800만 원 정도 들어 있었다. 솔직히 이 돈을 집값에 보태라고 선뜻 부모님에게 내주기 전에 갈등도 있었다. 어떻게 모은 돈인데, 하는 생각에 아깝기도 했다. 하지만 통 크게 생각하기로 했다.

'내가 평생 살 내 집인데 나도 보태야 하는 건 당연한 거야. 돈은 다시 모으면 돼.'

그렇게 생각하자 마음이 홀가분해졌다.

새집으로 이사하고 나서 얼마나 좋았는지 모른다. 나도 내 방이 생긴 것이다! 아침에 일어나면 내 방 벽에 등을 대고 키를 재 보았다. 연필로 차곡차곡 내 키를 표시해

행복한 사람, 자기를 사랑할 줄 아는 사람

두었다. 나도 엄마만큼 키가 크고 싶은데 좀처럼 빨리 자라지 않았다. 그래도 벽에 표시해 둔 걸 보니 어쨌든 키는 조금씩이지만 자라고 있는 것 같아 흐뭇하다. 딱 엄마만큼만 크면 좋겠는데.

2014년 4월 4일. 이날을 잊을 수가 없다. 엄마 생일을 앞두고 나는 뭘 선물해야 좋을지 몰라서 고민했다. 그러다 예쁜 엄마를 더 예쁘게 해 줄 화장품을 선물하기로 결정했다. 화장품 가게에서 반짝반짝 빛나는 펄이 들어간 핑크색과 흰색 아이섀도를 골랐다. 우리 엄마는 화장을 안 해도 예쁘지만 이렇게 환한 색을 바르면 더 예쁠 거야. 지금은 비싼 선물을 못 해 주지만 나중에 돈 벌면 더 좋은 선물을 해 줘야지. 참, 생각해 보니 며칠 뒤에는 또 외할머니 생신이다. 외할머니를 위해서는 더 젊어지시라고 영양 크림을 골랐다.

나는 가족과 함께 사는 게 행복하다. 친구들과 노는 것도 재미있다. 비록 앞으로 내가 원하는 꿈을 이룰지 못 이룰지 미래가 불안하지만, 오늘 하루 최선을 다해서 즐겁고 행복하게 살고 싶다.

초등학교를 졸업할 때 쓴 '내가 나에게 보낸 편지'를 읽어 보니, 그때도 지금과 똑같은 생각을 하고 있었구나.

사랑하는 박예지에게.
행복한 사람, 자기를 사랑할 줄 아는 사람,
그리고 자기를 사랑하는 사람들을 사랑할 줄 아는 사람
그게 바로 우리 예지란다!
궂은일 도맡아 하면서 예쁘게 웃던 보배 예지야~
중학생이 되어서도 이렇게 예쁜 모습은 변치 말기!

행복한 사람, 자기를 사랑할 줄 아는 사람

다시 올게요

안산 단원고 2학년 9반 **배향매**

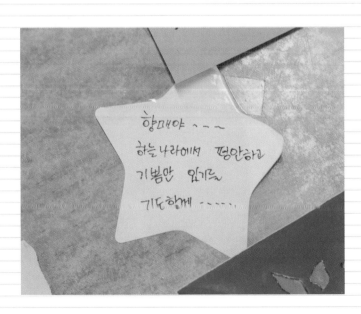

1. 중3 봄에 외가 친척들과 함께 여행 간 속초 바닷가에서 언니와. 비가 많이 내려 민박집에서
비가 그치기를 기다리다 빗줄기가 가늘어지자 바닷가에 나왔다. 옷이 다 젖어도 즐거웠다.
2. 2007년 9월. 엄마가 한국에 있는 아빠에게 보여 주려고
공원 여기저기서 사진을 찍었다(중국 안산시 219공원).
3. 2014년 2월. 안산 중앙동에서 찍은 가족사진

다시 올게요

1997년 7월 1일, 음력으로는 5월 28일이야. 중국 안산시 천산구 송삼태자향 이태자촌, 한 산부인과 병원에서 아이가 태어났어. 의사가 진맥만으로 여자아이라 알려 줬는데 엄마 배가 워낙 불러 다들 쌍둥이 아닐까 했어. 한 달 된 아이처럼 얼굴이 동글동글 살이 포동포동, 몸무게를 달아 보니 글쎄 여덟 근 칠 량! 4.4킬로그램이었어. 보통 아기는 다섯 근 얼마였지. 일곱 근 나가는 아기도 드물어 간호사들이 깜짝 놀랐어. 중국 정부가 소수 민족에 한해 두 자녀를 낳아도 되게끔 정책을 바꿔 엄마 아빠가 12년 만에 얻은 둘째야.

아이가 태어난 날은 홍콩이 중국으로 돌아온 날이야. 중국말로 홍콩을 샹강이라 발음하는데 그 샹(향기로울 향) 자에, 아이 언니 이름 끝 자인 매화 매 자를 가져와 아빠가 이름을 지었어. 향매, 배향매!

아빠와 엄마는 중국 지린 창춘 분들이야. 향매 외할머니, 외할아버지는 어릴 적 각자 부모를 따라 한국에서 지린으로 왔어. 아버지 댁은 증조할아버지 대에 지린으로 왔고. 향매 부모님은 좀 더 나은 일자리를 찾아 지린에서 안산으로 왔어. 중국 안산시는 철강 산업으로 유명하거든. 그런데 철강 회사에 마땅한 일자리가 없었어. 아버지는 다른 일을 찾아 부지런히 움직였어. 엄마는 향매가 유치원에 들어갈 무렵인 4살쯤부터 한국 식당에서 일을 하였고.

어린 향매는 저 혼자 잘 놀았어. 배만 부르면 뒹굴뒹굴 놀다가 잠이 오면 칭얼대지도 않고 자기 이불 들고 방 한쪽 구석에 가서 자는 거야. 동네 이 집 저 집 다니며 놀다가도 자기 몸이 뭔가 안 좋다 느끼면 집에 와서 이불 펴고 베개 놓고 누워. 엄마가 왜 그러냐고 물으면 말도 시키지 말라며 몸이 나을 때까지 쉬는 거야. 세 식구는 향매를 보면서 "뭔 아가 저럴까" 신기했어.

저녁밥 먹고 나면 집 앞 골목에 할머니들이 나와. 조그맣고 나지막한 집들이 나란히 어깨를 댄 골목에서 할머니들은 향매 보는 재미에 취했어. 어린 향매가 할머니들 앞에서 노래 부르고 춤추고 재롱을 떨었거든. 돌 지나면서 말도 배우고 걸음도 빨랐는데 세 살부터는 한국 노래도 불렀어. 텔레비전에서 나오는 노래, 아버지가 혼자 흥얼댄 노래, 언니가 방 닦으면서 절로 부른 노래, 향매는 한번 듣기만 하면 '라랄라', 곧바로 따라 불렀어.

중국 안산시 천산구 조선족 소학교는 유치원 과정이 3년, 초등 과정이 6년이야. 유치원생 향매는 유독 치마저고리를 좋아했어. 외출할 때면 늘 노란 저고리에 무릎 조금 아래까지 내려오는 분홍 치마를 입었어. "나는 치마저고리가 예뻐서 좋아"라며 소학교 때까지도 자주 입었어. 다른 아이들은 학교 행사에서 필요할 때만 입고 보통 때는 입지 않았다는데 말이야.

2007년에 엄마와 아빠는 큰 결심을 했어. 일자리를 찾아 조상들이 태어나 살던 고향, 한국으로 가기로. 엄마와 아빠 형제자매들이 먼저 한국에 가 정착했고, 한국에서 일하고 온 사람들이 중국으로 돌아와 이야기를 전해 주기도 했고, 한국 텔레비전 방송을 통해 늘 보고 들은 터라 처음 가 보는 한국이지만 낯설 것 같지는 않았어. 당장 네 식구가 함께 움직이긴 어려워 11살 향매는 23살 언니와 중국에 남았어. 그해 4월에 아빠가 먼저, 그리고 10월에는 엄마가 한국 가는 비행기를 탔어. 향매가 4학년 2학기에 아빠가, 5학년 1학기에 엄마가 가신 거야. 중국은 가을 학기에 새 학년을 시작하거든. "엄마 아빠가 돈 많이 벌어야 너 공부도 시켜 주고 좋은 대학도 가지." 눈물이 글썽거렸지만 향매는 씩씩하게 아빠와 엄마를 떠나보냈어.

엄마와 아빠는 한국에 와 경기도 안산에서 일자리를 찾았어. 일을 마치고 단원구 원곡동으로 오면 대략 저녁 9시가 돼. 중국은 저녁 8시쯤이야. 엄마와 아빠는 집에 오는 길에 딸들에게 전화를 했어. 만 원짜리 국제전화 카드를 사면 며칠 못 가. 날마다 30분씩은 목소리를 들으니까. 밥은 잘해 먹는지, 가스는 위험이 없는지, 밤에 문단속은 잘하고 자는지, 엄마는 두 딸을 살얼음에 내려놓은 듯 했거든. 언제쯤 전화가 올지 아는 향매는 벨이 울리면 냉큼 수화기를 들었어. "엄마 언제 와?" 날마다 물었어. 아직 어린 애잖아. 엄마가 그립잖아. "엄마 돈 많이 벌어야 너 맛있는 거 많이 사 주지." 교육이든 생활이든 향매에게 풍족하게 해 주고 싶어 멀리 왔지만, 사실은 엄마도 딸들이 못 견디게 보고 싶었어. 하지만 갈 수 없었어. 목표한 게 있고, 가면 바로 못 오니 그리움은 가슴 저기에 쟁여야만 했지.

자매는 새벽 5시 반, 6시면 일어났어. 7시쯤 학교에 도착해야 하거든. 학교 가는 길이 위험해 언니가 늘 데려다줬어. 네거리를 건널 때 신호등을 안 지키는 운전자들이 많아서 어른이 아이들과 함께 다녔어. 아침 청소하고 8시에 수업 시작하면 낮 4시에야 마쳐. 다시 언니를 만나 집에 오면 어느새 저녁이야. 언니는 정성껏 음식을 만들었어. 또래보다 작은 향매가 키가 쑥쑥 크려면 뭘 먹여야 좋을지 인터넷에서 찾아보곤 했어. 향매는 언니랑 잤는데 엄마 팔 만지던 버릇이 있어서 자다가 언니 팔을 만지고는 했어. 언니는 깜짝 놀라 깼지. 어느 날 향매만 한 곰 인형을 사 주면서 혼자 자 보라고 했어. 사람은 언젠간 독립해야 하잖아. 물론 향매는 곰 인형을 안고 언니 옆으로 다시 파고들곤 했지만.

중국에서 6월 1일은 6.1절, 아동절이야. 그래, 어린이날! 2008년 6월 1일, 5학년 2학기였어. 아동절 기념 학예회 공연에 향매가 만담극 주인공을 맡았어. 중국에서 유명한 만담 배우 송단단과 조본산이 했던 공연을 어린이들이 올린 거야. 맞아, 향매가 송단단! 집에서 날마다 연습을 했어. 공연 날 할머니들이 입는 꽃무늬 일바지를 입고 연기를 하는데 언니도 깜짝 놀랐어. 무대에 서니까 더 잘하지 뭐야. 그날 객석은 할머니, 할아버지들로 꽉 찼어. 다른 나라로 일하러 간 부모들이 많아 학교에는 조부모와 사는 학생들이 많았거든. 어르신들은 능청스레 연기하는 향매에게 쏙 빠졌어. 공연이 끝나자 다들 힘차게 손뼉을 쳐 주었어. 향매가 무대에서 내려오자 할머니들이 향매 얼굴을 한 번씩 다 만지면서 잘했다고 칭찬했지. 언니는 동생이 자랑스러운 한편, 향매의 재능을 활짝 펼치게 뒷바라지하지 못하는 게 안타까웠어.

2009년 가을, 향매는 안산시 천산구 조선족 제1중학교에 입학했어. 조선족 제1중학교는 중고등 과정으로 6년제야. 다른 지역 조선족 학교는 중학교 과정까지만 있어서 이 학교로 오는 외지 학생들이 많았어. 자취를 하거나 멀리서 통학을 하는 거지.

드디어 엄마가 만 3년이 지나 딸들을 보러 왔어. 향매는 언니와 함께 선양공항으로 엄마를 마중 나갔어. 안 본 사이 엄마 눈에는 향매가 얼굴이 더 커지고 눈이 쪼그매졌대. 향매는 궁금했어. "근데 엄마 공항 오는데 왜 사람마다 쿠쿠 밥솥을 다 들고 있어?" 엄마도 한국에서 쿠쿠 밥솥을 선물로 보냈어. 고향에 남은 가족들이 조금이라도 편하게 따뜻하고 맛있는 밥을 먹으면 좋겠다는 마음에 국제 택배로 부치거나 집에 올 때 들고 오는 거겠지. 음, 그러니까 밥솥은 마음인 거야.

이제 두 딸도 한국으로 가기로 했어. 엄마는 중국에 남아 기숙 학교에 들어가 공부를 하는 게 어떻겠느냐 했지만 향매가 그러고 싶겠어? 한국 방송을 보면 학교 왕따 문제가 심각해 엄마는 걱정했지만, 향매는 걱정 없어. 평시 아빠는 향매를 보면서 "바윗돌에 올려놓아도 먹고 살" 아이라고 했어. 아버지 말로 "어디에 내버려 두어도 걱정 안 되게 지절로 다 해내는" 아이였어, 향매는.

엄마가 한국으로 돌아가고, 몇 달 뒤 기다리던 한국행 비자가 나왔어. 그런데 향매 것만 나왔네. 향매 혼자 한국으로 가야 했지. 출발 전날 밤, 자매는 침대에 누워 밤새 이야기를 나눴어.

2011년 8월 20일 선양공항. 향매는 영어 책과 사전을 담은 가방과 쿠쿠 밥솥이 든 상자를 손에 들고 비행기에 올랐어. 화물칸에 싣는 짐은 향매가 감당하기에는 너무 커서 향매가 인천공항에서 짐 찾을 일이 언니는 걱정됐어.

한 시간 반을 날아 드디어 향매가 인천공항에 도착했어. 향매가 끌고 나오는 짐을 보고 엄마가 놀라 버렸어. 비행기 안 향매 둘레에 앉은 어른들이 어느새 향매 이모, 삼촌이 되어 이야기를 나눴대. 입국 신고서도 어른들에게 물어서 잘 썼대. 그리 알게 된 어른들이 향매 짐을 차곡차곡 짐수레에 실어 줬어. 향매는 마음에 무엇을 담아 왔을까. 향매가 지닌 설렘과 기대는 어떤 빛깔이었을까.

중국에서 중학교 2학년 2학기 과정을 마치고 온 향매는 안산 원곡동 관산중학교에서도 2학년 학생이 되어 2학기를 시작했어. 나이로는 제 학년이야. 관산중은 다문화 거점 학교야. 하지만 당시에는 외국에서 온 학생들이 잘 적응하지 못해 학교를 오다 말다 결국 그만두는 일이 많았어. 교감 선생님은 향매에게도 그런 걱정을 했어. 하지만 아빠는 걱정 말라고 했지. 다음 날 학업 수행 능력을 알아보는 시험을 보았어. 향매가 수학과 영어, 과학 문제를 척척 풀자 교감 선생님이 깜짝 놀랐지 뭐. 향매는 전혀 염려하지 않아도 돼.

4년 만에 엄마 아빠와 한집에 사니 향매가 얼마나 좋았겠어. 그런데 언니가 자꾸 마음에 걸려. 엄마가 저녁마다 전화한 것처럼 이제 향매가 언니에게 전화를 했어. 물론 엄마가 퇴근하고 돌아올 때까진 기다려야 해.

"언니!"

수화기 저편에 언니를 불러 놓고 그다음 말이 없어. 눈물이 말을 막았어.

"향매야!"

언니도 동생을 부르고 아무 말도 하지 못해.

마음이 조금 진정이 되면 향매가 학교 이야기를 해 줬어. 어린 동생이지만 늘 다른 사람을 배려하고 공감할 줄 알아 향매는 학교 적응도 무리 없이 잘했어. 당연한 일이야.

향매 짝은 명주, 명주 단짝은 예림이. 그래서 향매, 명주, 예림이는 친구가 됐어. 두 친구 말고도 더 여럿 친구들이 함께 어울렸어. 중3 올라가서도 향매는 여전히 예림이랑 같은 반이야. 한국서 이제 막 한 학기를 보낸 향매를 위해 학교에서 배려했지.

3학년 5반 담임 선생님은 강병래 선생님. 관산중에 전근 와 처음 맡은 학생들이라 향매를 비롯해 아이들에게 더 정이 갔지. 학생들은 '아빠 같은 선생님'이라 했어. 선생님은 국어를 가르치는데 향매는 상대적으로 국어가 어려웠어. 조선족 학교도 한글로 수업을 하니까 읽기와 쓰기를 다 할 줄 알지만 아무래도 생활과 문화가 다르니 쉽지는 않았겠지. 선생님 말씀으로 가끔 국어 수업 시간에 향매가 졸았대. 엉뚱한 대답으로 수업 중에 친구들을 웃게 하는 일도 있었는데 그게 일부러 장난치는 게 아니라 순수해서 빚어진 일들이야. 향매는 꾸밈이 없는 아이, 늘 해맑게 웃는 아이였대. 일하는 엄마와 아빠를 안쓰러워하며 나중에 부모님께 효도할 거라고 선생님께 말할 때는 의젓하게 다 컸어.

향매랑 명주랑 예림이는 어디 가는 것보다 집에서 노는 걸 좋아했어. 향매 엄마가 해준 매운닭발볶음을 함께 먹었고, 예림이네 집에 가면 일찍 퇴근한 아빠가 저녁을 만들어 주었어. 명주 아빠가 해 주신 달걀부침도 맛있었고. 향매는 예림이 다리를 베고 눕는 걸 좋아했어. 밖에서 만나 걸을 땐 손잡거나 팔짱을 끼었고. 늘 무릎을 내주는 예림이는 한 번도 그게 귀찮지 않았어.

명주는 다른 학교로 가고 향매와 예림이는 1지망으로 쓴 단원고에 갔어. 향매는 집 가까이 원곡고와 신길고가 있는데도 버스를 타야 하는 단원고를 갔어. 예림이랑 함께 다니고 싶었거든. 자기가 선택한 일이니 피곤해도 아침마다 알람 시계 소리에 맞춰 혼자 벌떡 일어났어. 집 앞 네거리 버스 정류장에서 125번 버스를 타면 바로 예림이에게 문자를 보내. "나 125번 탔어." 그럼 예림이가 자기 집 근처 버스 정류장에서 기다렸다 만나는 거지. 고등학교 와서 반은 달라도 아침마다 함께 학교 가고 저녁에도 별일 없으면 서로 기다렸어.

향매와 명주, 예림이는 앞으로 올 미래를 상상하며 놀았어.

"대학에 가면 동아리에 들지 말자. 놀 시간 없으니까."

"술 마시고 취하면 집까지 데려다줄게."

"우리 셋은 함께 사는 거야."

이야기에 이야기를 이으며 웃었어. 애들의 계획은 구체적인 실천도 있어. 뭐냐고? 향매와 예림이가 건국대를 탐방한 날, 배가 고파 카페에서 먹을 걸 시켰어. 선물로 컵을 주자, 향매가 "이건 우리 나중에 자취할 때 쓰게 내가 보관할게"라고 했거든. 함께 살 상상만으로도 즐거웠어. 있잖아, 보통 친구들끼리 싸우기도 하고 삐지기도 하고 토라지기도 하고 그러잖아. 근데 향매와 친구들은 한 번도 싸워 본 적이 없다지 뭐야.

향매는 뭔가 하나에 꽂히면 질릴 때까지 파고드는 성격이야. 먹는 거든 입는 거든 노래든. 1학년 때는 단원고 앞 분식점 떡꼬치에 꽂혀 거의 날마다 하나씩! 미국 가수 켈리 클락슨이 부른 노래 〈비커즈 오브 유〉를 좋아해 수없이 반복해서 들어 끝내 외웠지. 생일 선물로는 뽀로로 캐릭터가 들어간 물건들로만 친구들한테 받았어.

향매는 노란색을 좋아했어. 중3, 2학기부터는 다니던 보습 학원을 그만두고 학원 아래층에 있는 용천합기도장에 나녔어. 중간에 연극 동아리 공연 준비로 잠시 쉰 적이 있긴 하지만 1년 반이나 운동을 했지. 어느 날 향매가 위아래 노란색 추리닝을 입고 도장에 나타났어. 남자 사범님이 입을 다물지 못했어. "향매야, 너 노란 병아리야?" 노란색이라면 무엇이든 좋아했어. 심지어 레몬을 오렌지처럼 썰어서 그대로 씹어 먹었지. 2014년 설이 지난 뒤 향매가 가족사진을 찍자고 했어. 친구들과 다녀온 중앙동 이미지 사진관으로 식구들과 함께 갔어. 그 사진 속에서도 향매는 개나리빛 스웨터를 입었어. 좋아하는 까만 매니큐어를 손톱에 바르고.

향매는 먹는 걸 참 좋아했어. 언니가 보기에는 아직 애기 입맛이었어. 사탕, 젤리, 음료수 같은 군것질거리를 좋아했다는데 집에서야 엄마가 만들어 준 음식이 최고지. 엄마는 쉬는 일요일이면 향매가 좋아하는 걸 만들었어. 향매는 엄마가 만든 만두를 좋아했는데 배추를 데쳐 다지고 피망과 돼지고기, 소고기를 잘게 다져 넣어. 볶음이나 고기를 구우면 꼭 '즈란'을 넣거나 찍어 먹었어. 씨앗인데 독특한 향이 났어. 향매는 중국 음식, 특히 사천 음식을 그리워했어. 원곡동에도 중국 음식점이 꽤 되는데 중국에서 먹는 것과는 다른가 봐. 나중에 수능 시험 마치면 예림이, 명주와 중국에 여행 가자고 벌써 오래전에 약속해 두었어.

향매는 고등학교에 오면서 조향사를 꿈꿨어. 영어도 좋아하고 중국어야 말할 것도 없으니 부모님은 통역하는 일을 하면 잘하겠다 했지만 향매는 그 일이라면 자기가 언제든 가능하니 우선은 꼭 하고 싶은 일을 하겠대. 이과를 선택해 2학년부터 화학을 공부했는데 꽤 재미있어 했어. 연세대 화학공학과를 목표로 잡았어. 향매는 친구들과 화장품 가게에 가면 제일 먼저 향을 맡아 보는데 베이비파우더향을 좋아했어. 향매가 그랬어.

"조향사가 되면 첫 번째 향수는 언니를 위해 만들고, 두 번째 향수는 예림이를 줄 거야."

친구 명주가 서운하지 않았냐고? 아니 얘들은 서운하고 토라지고 그러는 사이가 아냐. 향매랑 명주는 관산중까지 두어 정류장 길을 늘 걸어 다녔어. 눈이 오거나 길이 얼어 둘이 미끄러지고 엉덩방아 찧기도 하면서. 사시사철 그 길을 걸으면서 이야기를 하거나 하지 않거나 서로 자유롭고 편했어. 그런 사이야, 얘들은.

고등학생이 된 향매가 금방 대학에 갈 거고 자기 꿈대로 유학도 가고 싶다고 하니 엄마 아빠는 더 바삐 일을 했어. 아빠는 지게차 운전을 하고, 엄마는 자동차 부품을 만들어. 아빠는 전부터 주야간 교대 근무를 했고, 주간만 일하던 엄마도 교대 근무를 시작했어. 그래도 일이 하나도 힘들지 않았대, 엄마는. 시간도 엄청 빨리 갔대, 엄마는. 막내딸이라는 희망이 있으니까. 막내가 꾸는 꿈이 있으니까. 자식이 꿈꾸는 것만으로도 부모는 배가 부르니까. 그 꿈을 이루게 뒷바라지해 주고 싶으니까. 언니는 처음에는 수원에서 그리고 나중에는 안산에서 전자 회사에 다녔어. 가족 모두 지금보다 나은 미래를 꿈꾸며 열심히 일했어. 향매도 수학여행을 다녀오면 스마트폰을 일반폰으로 바꿔 공부에만 집중하겠다고 했어. 액정 화면이 깨진 스마트폰을 아빠가 새 걸로 바꿔 주겠다는데도 싫대.

2학년 올라가면서는 공부에 좀 더 시간을 내야 하니까 합기도를 그만뒀어. 아니 그만뒀다기보다 잠시 쉬는 거야. 여자 사범님에게도 전화로 "수학여행 다녀와 보러 갈게요" 했거든. 사범님들과 친구들과 운동하며 쌓은 정을 잊을 수가 없거든. 길에서 합기도장 노란색 승합차를 보면 향매는 반갑게 달려가 인사했어. "샘, 저 방학하면 다시 갈게요" 그랬거든. 다시 간다고.

이제 2013년 5월 15일의 향매만 잠깐 들여다보고 이야기를 마쳐야겠어. 그날은 스승의 날이잖아. 향매는 예림이와 단원고 앞 올림픽기념관 버스 정류장에서 관산중 가는 버스를 탔어. 5월인데 아직 동복 재킷을 입고 손에 장미꽃 한 송이씩 들고서. 관산중 교문을 들어서는데 오른쪽 초록 철망 담에도 장미가 폈어. 운동장에서 강병래 선생님이 학생들과 축구를 하는데 거의 끝나가. 향매와 예림이가 선생님을 보고 달려갔어. 향매가 선생님을 꼭 안았어. 예림이도 선생님을 꼭 안았어. 후배 남학생들이 어리둥절한 표정으로 바라봤어. 당황스럽기는 선생님도 마찬가지야. 혹시 선생님을 이리 꼭 안아본 적 있어? 이렇게 달려가 안고 싶은 선생님 있어? 선생님은 향매와 예림이에게 저녁으로 추어탕을 사 줬어. 학교 아래 인력 사무소가 즐비한 거리야. 두 아이는 고등학교 생활을 신나게 이야기했어. 집 가까이까지 차로 데려다준 선생님에게 향매가 환히 웃으며 말했어.

"선생님, 해마다 스승의 날에 올게요. 내년에도 꼭 다시 올게요."

그날, 무대의 막이 오를 때

안산 단원고 2학년 9반 **오경미**

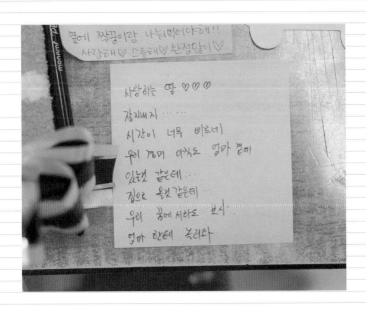

1. 경미는 몸을 쓰며 뛰어노는 걸 참 좋아했다. 세 살 때부터 롤러블레이드를 탔고,
자전거도 벽을 짚어 가며 저 혼자 배웠다. 6학년 때까지 태권도를 배우러 다니기도 했다.
2. 경미 여덟 살 때 동생 윤미가 태어났다. 경미는 떼쟁이 윤미의 투정을 다 들어주었다.
3. 고등학교 1학년 때부터 연극반 활동을 했다.
첫 공연에서 남자 역할을 맡아 와이셔츠를 입고 넥타이를 맨 채 기념사진을 찍었다.

그날, 무대의 막이 오를 때

"나 연극반 들어갈까?"

경미가 처음 이 말을 했을 때, 친구들은 미리 약속이라도 한 듯 엇비슷한 표정을 지었다. 눈을 휘둥그레 뜨고 의아한 눈빛을 하거나 내가 뭘 잘못 들었나 하는 얼굴로 "어딜 들어간다고? 연구반?" 하고 되물었다. 사실 경미는 연극반보다는 과학 동아리 쪽이 더 어울리는 아이였다. 대부분의 여자애들이 몸서리치며 싫어하는 수학과 과학 과목을 진심으로 좋아하고 또 잘했기 때문이다. 그에 비해 사람들 앞에 나서는 일은 썩 달가워하지 않았다. 조잘조잘 말이 많은 편도 아니었고, 얼굴이며 몸을 치장하는 일에도 별 관심이 없었다. 그런데 갑자기 연극배우를 하겠다고?

연극반 오디션 날짜가 다가오자 한 친구가 경미에게 합격 비법을 알려 주겠다고 부산을 떨었다. 유명 배우들이 발음 연습을 할 때마다 쓰는 방법이라며 볼펜을 입에 물고 말하는 연습을 하라고 했다. 경미를 보채다 못해 자기가 몸소 시범까지 보였다. 소가 여물을 씹듯 우물대는 모습을 보고 경미와 친구들이 한바탕 웃음을 터뜨렸다.

"일단은 목소리 큰 게 제일이야!"

"천만의 말씀, 무조건 표정 연기로 승부해야 한다고!"

다른 친구들도 앞다투어 훈수를 보태었다. 정작 경미는 배시시 웃고만 있는데, 저희들이 더 조바심을 치며 옥신각신하였다. 집에 가서 남몰래 볼펜을 가로물고 또박또박 대사 연습을 했는지, 밤새 거울을 들여다보며 울고 웃고 화내는 연습을 했는지는 누구도 알 수 없지만, 경미는 며칠 뒤 오디션을 무사히 통과하였다.

연극반 선배들은 한동안 경미만 보면 잔소리를 했다. 선배들한테 깍듯이 대답하지 않고 자꾸 말끝을 흐린다는 게 타박의 이유였다. 경미에게는 선배들 앞에서 싹싹하게 구는 일이 까다로운 수학 문제를 푸는 것보다 몇 배 더 어려웠다. 타고난 성정이 그렇다는 걸 선배들은 미처 알지 못했다. 막 말문이 트인 어린 여자애들이 온종일 엄마를 따라다니며 종알종알 묻고 떠들 때에도 경미는 혼자 엎드려 책을 보며 무던히 놀았다. 덥다, 춥다, 아프다, 흔한 어리광도 거의 없어서 가끔씩 엄마 속을 태우기도 했다. 얘가 왜 이렇게 일찍 자나 싶어 이마를 만져 보면 열이 펄펄 끓고 있었다. "아프면 말을 해야지!" 하고 야단을 치면 "별로 안 아팠어" 하며 웃었다. 경미가 워낙 그런 녀석이라는 걸 선배들이 다 알기까지 시간이 좀 걸렸다.

운동장 가장자리마다 벚꽃들이 하얗게 피어날 무렵, 본격적인 연극 연습이 시작되었다. 한 해 동안 연극 지도를 맡아 줄 선생님도 새로 오셨다. 키도 크고 얼굴도 희멀끔한 선생님은 매번 후줄근한 차림으로 나타나 여자애들을 실망시켰다. 자다가 막 일어난 것 같은 부스스한 머리 모양에다 무릎이 툭 튀어나온 운동복을 입고 연습실 문을 드르륵 열면 여자애들이 동시에 "아이고, 얼굴이 아깝다" 하며 한숨을 내쉬었다.

하지만 선생님이 매번 옆구리에 끼고 오는 희곡들은 결코 우습거나 가볍지 않았다. 둘러앉아 다 같이 희곡을 읽다 보면 익숙하고 지루하던 것들이 아주 다르게 느껴졌다. 십대라는 시간도, 집과 학교라는 공간도 전부 낯설고 특별해 보였다. 아무에게도 들려준 적 없는 자기만의 이야기를 품고 있는 것 같았다. 희곡은 모든 것들을 다시 살아 움직이게 하는, 힘차고 생생한 이야기였다.

청소년 연극제 무대에 올릴 작품이 결정되었다. 아들을 일 등급 인간으로 바꾸기 위해 고군분투하는 부모의 모습을 풍자적으로 그린 블랙 코미디 〈일 등급 인간〉이었다. 사람에게 등급을 매기는 사회와 그 안에서 안간힘 쓰며 살아가는 이들의 모습을 우스꽝스러우면서도 묵직하게 보여 줘야 하는 작품이었다. 아이들 얼굴에 긴장감이 흐르기 시작했다.

몇 날 며칠 대본을 돌려 읽고 난 뒤에 배역을 나누었다. 경미에게 주어진 것은 사장 역할이었다. 자신이 맡고 싶은 배역을 써내는 과정이 있긴 했지만, 모든 아이들이 고대하던 역을 얻은 건 아니었다. 경미는 원하던 역할을 차지한, 몇 안 되는 운 좋은 배우였다. 양복 입고 넥타이를 매야 하는 남자 역이었지만, 경미에게는 아무 문제 되지 않았다. 경미는 중학교 3학년 때부터 바지 교복을 입고 다녔다. 내내 기르고 다니던 머리를 짧게 자르고 나서부터였다. 속바지 안 입어도 되고 스타킹 안 신어도 되니 세상 편하고 좋다면서, 고등학생이 되어서도 줄곧 바지 교복을 고집했다. 친구들은 경미와 같이 찍은 사진을 블로그에 올리면서 장난삼아 '내 남자 친구'라고 꼬리말을 달았다. 깜박 속는 사람들이 많다며 깔깔대고 웃었다.

문제는 목소리였다. 경미는 목소리가 크지 않았다. 본래 입이 무겁고 팔랑거리지 않아 남몰래 속 얘기를 털어놓는 친구가 많았다. 하지만 무대에서는 사정이 달랐다. 맨 뒷자리에 앉은 관객한테까지 대사가 똑똑히 들려야만 했다. 경미가 맡은 사장 역은 인간을 더 나은 등급으로 업그레이드시켜 주는 인간 개조 회사의 대표라서 더욱 크고 자신감 넘치는 목소리가 필요했다.

"사장, 목소리 크게!"

"안 들린다. 목소리 더 크게!"

선생님은 연습 시간마다 경미를 닦달하였다. 하지만 배에 힘을 꽉 주고 쩌렁쩌렁 큰 소리를 내는 일은 말처럼 쉽지 않았다. 뒤에서 혼자 연습을 하고 있으면 선배들이 쫓아와 "더 크게! 아직도 멀었다!" 조용히 을러댔고, 동기들도 틈만 나면 옆에 와서 "경미야, 조금만 더 크게 해, 아직도 잘 안 들려" 하며 근심 어린 얼굴을 했다.

배우들이 대본을 얼추 외우고 나자 무대 위에서 이리저리 움직이는 연습을 했다. 연습실로 빌려 쓰고 있는 음악실 바닥에 무대 출입구를 적당히 표시해 두고, 대본에 쓰인 대로 등장과 퇴장을 반복하였다. '등퇴장이 어려워 봤자 얼마나 어렵겠어?' 했던 아이들은 누구 할 것 없이 손발이 바짝 얼어붙는 경험을 했다. 제 집 안방인 듯 무대를 거침없이 누비고 다닌 아이가 아주 없지는 않았지만, 대부분의 아이들에게 무대는 더없이 막막하고 당혹스러운 공간이었다.

사장인 경미는 고객의 집을 방문하는 장면으로 무대에 처음 등장하였다. 문을 열어 주면 집에 들어가 인사를 하고 몇 걸음 걸어가 의자에 앉는, 그리 특별할 것 없는 동작 이었다. 그런데 무대에 첫발을 내딛는 순간부터 뭔가가 좀 이상했다. 진짜 무대도 아 니고 그저 음악실 바닥이라는 걸 뻔히 아는데도 갑자기 걸음걸이가 어색해지고 손짓 이며 고갯짓들이 다 뻣뻣하게 느껴졌다. 조금 커졌던 목소리까지 대번 오그라들었다.

"사장, 다시 등장!"

"걷는 게 아직도 이상하다. 나갔다 다시 들어와!"

선생님의 닦달이 또 시작되었다.

매일매일 고단한 연습이 이어지던 중에 일이 터졌다. 연극반원들은 다른 아이들이 방과 후 수업과 야간 자율 학습을 하는 동안 음악실에 모여 연극 연습을 했다. 따로 시 간을 내기 어려웠기 때문이다. 아이들은 남들 공부할 시간에 연극 연습을 하고 있다 는 사실을 집에다 이야기하지 않았다. 짚을 지고 불구덩이로 뛰어드는 짓을 굳이 할 이유가 없었다.

경미 엄마는 통장 정리를 하다가 고개를 갸웃하였다. 매달 자동이체 되던 방과 후 수업비가 두 달째 빠져나가지 않았던 것이다. 학교로 확인 전화를 해 보니, 경미가 방 과 후 수업을 신청하지 않았다고 했다. 자율 학습도 안 한다고 했다. 밤늦게 돌아온 경 미는 그제야 자초지종을 털어놓았다. 연극을 하고 싶다고, 왜 하고 싶은지는 잘 모르 겠는데 그냥 꼭 해 보고 싶다고 했다.

경미는 여태 자라면서 어른들한테 꾸지람 들은 적이 거의 없었다. 뭐든 곧이곧대로 해야 제 마음이 편한 성품이라 딱히 꼼수를 부리거나 거짓말을 한 적도 없었다. 그런 데 한 번씩 엄마를 깜짝 놀라게 하곤 했다. 다섯 살 때는 유치원 버스를 타지 않고 혼자 유치원까지 걸어가 집과 유치원을 발칵 뒤집어 놓았다. 건널목을 여러 번 건너야 하 는, 다섯 살배기 걸음으로는 꽤 먼 거리였다. 왜 그랬냐고 물으니 '걸어갈 수 있을 것 같아서'라고 대답했다. 한참 기타에 빠져 독학으로 기타를 배우던 때에는 느닷없이 베이스 기타와 앰프를 끙끙대며 집에 들고 왔다. 친구 것을 잠깐 빌려 왔나 보다 했는데, 알고 보니 중고품을 사 온 것이었다. 기타는 마음에 드는데 가진 돈이 없어 열 달 동안 할부하여 값을 치르기로 하고 일단 가져왔다고 했다. 기타를 끌어안고 좋아하던 아이는 기어이 용돈을 모아 제 힘으로 할부금을 다 갚았다.

엄마는 경미의 눈을 가만히 들여다보았다. 엄마를 한 번씩 놀라게 했던, 조용하지만 격렬한 호기심이 경미의 두 눈에 일렁이고 있었다. 결국 엄마는 '성적 떨어지지 않게 할 것'을 조건으로 연극 연습을 허락하였다. 태어나자마자 눈을 또록또록 뜨고 세상을 둘러보았던 딸아이를 엄마는 오래도록 믿고 이해해 주고 싶었다.

사장 역할만으로도 벅찬 경미에게 새로운 임무가 주어졌다. 원작에는 없지만 극의 재미를 위해 노래하고 춤추는 코러스들을 등장시키기로 했는데, 그중 한 부분을 경미가 도맡게 된 것이다. 술주정뱅이도 완벽한 비즈니스맨으로 탈바꿈시켜 준다는 인간 개조 회사의 광고 장면이었고, 술주정뱅이로 등장하여 비즈니스맨으로 퇴장해야 하는 광고의 주인공이 바로 경미였다.

"술 취한 사람은 그렇게 걷지 않아!"

"눈을 더 게슴츠레 뜨고!"

"목소리가 너무 말짱하다! 다시 연습해 와!"

선생님은 똑바로 걷기도 어려운 무대 위에서 술 취한 남자가 되어 주정을 하라고 했다. 술 취한 남자가 어떻게 말을 하고 어떻게 걸음을 걷는지 고민해 오라고 자꾸 등을 떠밀었다. 연습실 구석마다 고민거리를 짊어신 배우들이 이마를 찡그리고 있었다. 우리가 왜 이런 고생을 사서 하는지 모르겠다고, 쏙닥쏙닥 푸념을 늘어놓았다.

주말에도 학교에 나와 연습해야 하는 날들이 이어졌다. 날씨가 제법 더워져 학교 언덕길을 뛰어 올라갈 때마다 등짝에 땀이 배었다. 아이들은 텅 빈 복도를 걸어가 음악실 문을 열고, 긴 의자들을 줄줄이 앞으로 밀어 겨우 무대만 한 공간을 만들었다. 그리고 제자리걸음을 걷듯 같은 장면, 같은 노래들을 계속 되풀이해 연습했다. 쉬는 시간이 되면 아이들이 바닥에 주저앉아 덥고 눅눅한 숨을 몰아쉬었다.

그날, 무대의 막이 오를 때

"내일 연습은 동막골에서 할까?"

선생님이 뜻밖의 제안을 했다. 동막골에 있는 야외무대에서 연습도 하고 소품과 세트 만들 준비도 하자고 짐짓 핑계를 댔지만, 하루쯤 아이들에게 바깥바람을 쐬어 주고 싶은 생각이 더 컸다. 나무가 우거진 동막골은 언제 찾아가도 숨이 확 트이는 곳이었다.

일요일 아침, 동막골로 찾아든 아이들은 저희끼리 몰려다니며 쉴 새 없이 새새거렸다. 몇몇 아이들은 망아지처럼 흙길을 뛰어다니며 워우워우 소리를 질렀다. 선생님은 미리 준비해 온 고기를 굽고 바로 옆 주말 농장에서 얻어 온 잎채소들을 펼쳐 놓은 뒤 아이들을 불렀다. 허겁지겁 몰려든 아이들이 고기 얹고 쌈을 싸서 입속에 밀어 넣었다.

"예술을 하려면 요 맛도 좀 알아야지. 자, 조금씩 맛만 봐라."

이웃 농장의 아저씨가 아이들 앞에 희고 걸쭉한 음료를 한 잔 따라 놓고 싱글벙글하였다. 선뜻 달려드는 아이가 없었다. 머뭇대는 아이들 틈 사이로 가느다란 팔목이 쑥 뻗어 나왔다. 경미였다. 경미는 망설임도 없이 홀짝 한 모금을 삼켰다.

"맛있어? 맛있어?"

턱을 치받고 묻는 아이들에게 경미가 고개를 크게 끄덕였다. 눈을 동그랗게 뜬 아이들이 돌아가며 잔에 입을 대고 찔끔찔끔 입술을 적셨다. 한 바퀴 돌아 자기 차례가 다시 돌아오자 경미가 또 한 모금을 꿀꺽 들이켰다. 캬아아, 소리까지 냈다. 아이들이 쿵쿵 발을 구르며 웃었다.

막걸리를 연거푸 몇 입 들이켠 경미가 주섬주섬 일어났다. 어디 가느냐고 친구들이 묻자 그냥 저기 놀러 간다며 신발을 꿰신었다. 친구들이 못내 미심쩍은 얼굴로 경미의 뒷모습을 지켜보았다. 몸을 일으켜 막 한 걸음을 내딛던 경미가 한쪽으로 휘청하였다. 친구들이 우르르 일어나 경미를 붙들었다. 경미가 괜찮다며 아이들 손을 뿌리치고 다시 걷기 시작했다. 두 팔을 하느작거리며 요쪽으로 한 걸음, 조쪽으로 한 걸음, 춤을 추듯이 걸었다. 친구 하나가 쫓아와 얼른 팔짱을 끼었다. 경미가 친구를 돌아보며 쿡 웃더니, 손을 들어 저 너머를 가리켰다.

"놀러 가자. 저기 놀러 가자."

친구가 지금 말고 나중에 가자고 팔을 잡아끌자 경미가 도리질을 하며 목소리를 높였다.

"싫어, 지금 갈 거야! 지금 갈 거라고!"

한동안 실랑이가 이어졌고, 친구는 경미를 겨우 어르고 달래 평상에 데려와 낮잠을 재웠다. 경미를 토닥여 재우던 친구도 옆에서 까무룩 잠이 들었다. 둘은 나무 그늘 아래서 얼굴을 마주 대고 곤히 잠을 잤다. 해가 기울자 선배들이 집에 가자며 잠든 아이들을 흔들어 깨웠다. 기지개를 켜며 일어난 경미는 아무 일 없었다는 듯 말짱한 얼굴을 하고 집으로 돌아갔다.

꿈결 같던 하루가 지나고 다시 연습이 시작된 월요일, 선생님이 웬일로 경미에게 칭찬을 쏟아 놓았다.

"좋아. 걸음걸이가 딱 술 취한 사람 같다. 앞으로도 계속 그렇게 해."

목소리도 부쩍 커지고 비틀걸음도 진짜처럼 걷는 경미를 보고 아이들은 "우린 네가 동막골에서 한 일을 알고 있다!" 하고 입을 모아 떠들었다.

더위가 한풀 꺾이자 공연 날짜가 성큼 다가왔다. 아이들은 음악실, 미술실, 시청각실 할 것 없이 빌릴 수 있는 공간이면 어디라도 모여 대사를 맞추고 동작을 다듬었다. 선생님이 없을 때에는 서로가 매의 눈을 뜨고 지켜봐 주었다. 이 공연은 연극제를 보러 올 수많은 관객들 앞에 자신들의 이름을 걸고 올리는 정식 무대였다. 무대를 끝까지 책임져야 하는 것 또한 자신들일 수밖에 없었다.

공연은 연극제 세 번째 날 마지막 순서였다. 공연 날 아침, 리허설을 위해 일찍감치 극장에 모인 아이들이 자기도 모르게 탄식을 내뱉었다. 무대는 까마득히 넓고, 관객석은 깊고 어두웠으며, 머리 위에선 수십 개의 조명이 뜨겁게 내리쪼였다. 아이들은 얼떨떨한 기분을 다 추스르지도 못한 채 무대에서 떠밀려 내려왔다. 같은 날 공연하는 학교가 셋이나 되어 서둘러 리허설을 마쳐야 했다.

분장실에 둘러앉은 아이들이 가만 숨을 죽였다. 몇 시간 뒤면 진짜 무대에 올라가야 하는데 도무지 엄두가 나질 않았다. 선배들이 분장 도구를 꺼내 후배들 앞에 앉았다. 선배들은 후배들의 얼굴 위에 크림을 바르고 파우더를 입히고 눈썹을 그리고 입술을 칠했다. 여름 내내 너희들이 애써 만들어 온 인물 속으로 용기를 내어 들어가라고, 그리고 무대 위의 시간을 온전히 즐기라고, 정성껏 얼굴을 매만져 주었다.

경미 앞에 앉아 분장을 해 주던 선배가 귀에다 대고 속닥였다.

"너 내년엔 머리 기르고 여자 역할 해. 이거 봐, 너 되게 예뻐."

경미가 거울에 비친 제 얼굴을 보며 싱긋 웃었다. 내년에 다시 이 무대에 설 때에는 경미도 어엿한 선배가 되어 첫 공연을 앞둔 후배들을 다독이고 있을 것이다. 어쩌면 선배 말대로 긴 머리의 여주인공 역을 탐내 볼 수도 있을 것이다. 거울 속 경미 얼굴이 새삼 환하였다.

"공연 오 분 전!"

선생님 목소리가 들렸다. 아이들이 의상을 확인하고 소품을 챙겨 무대로 향했다. 경미도 사장 역에 필요한 가방을 손에 꼭 쥐고 서둘러 걸음을 옮겼다. 연극 〈일 등급 인간〉을 소개하는 목소리가 들렸다. 관객들의 박수 소리도 들렸다.

첫 장을 열 배우들이 어두운 무대 속으로 걸어 들어가자 불현듯 조명이 밝아졌다. 드디어 연극이 시작된 것이다. 경미가 무대 뒤에서 숨을 크게 들이마셨다. 땀이 고이는지 바지 위에 손바닥을 문질러 닦기도 했다. 그러면서도 속으로는 계속 대사를 되뇌는 눈치였다. 선생님이 경미의 어깨를 툭툭 치고 고개를 끄덕해 보였다. 이제 경미가 나갈 차례였다.

딩동! 초인종 소리가 들리고, 무대 위에 있던 배우가 문 열어 주는 시늉을 했다. 경미가 무대를 향해 성큼성큼 걸어 나갔다. 그리고 관객들을 둘러보며 큰 소리로 말했다.

"저희 회사를 사수 이용해 주셔서 정말 감사드립니다."

경미의 머리 위로 조명이 눈부시게 쏟아졌다. 2013년 9월 8일 일요일 늦은 오후였다.

보미의 편지

안산 단원고 2학년 9반 **이보미**

1. 보미의 트레이드마크, 깜찍한 귀요미 표정으로 사진 찍기 놀이를 즐기던 보미.
2. 바쁜 아빠 엄마의 빈자리를 언제나 따뜻한 사랑으로 채워 주셨던
구만영 할머니와 함께했던 보미, 보영 자매의 행복한 한때.
3. 가족 나들이를 유난히 좋아했던 보미,
보미 기억 속에 행복한 한 장면으로 남아 있던 가족 여행.

보미의 편지

보미에게서 온 편지

보미야, 안녕. 난 중학교 2학년 이보미야.

너는 지금 한창 가수 생활을 하거나 노래 연습을 하고 있겠지? 아무튼 열심히 노래를 부르고 있을 것 같아. 난 지금 길거리 공연 날짜가 잡혀서 열심히 준비하고 있어. 지금은 목 상태가 안 좋아서 제대로 부르진 못했지만 꼭 최선을 다할 거야!

넌 지금 날씬하니? 아님 그대로니? 그대로라면 스트레스 엄청나겠다. 나는 친한 친구들이 3명 있는데 김경미, 이혜영, 임수진이야. 임수진은 한 번 싸웠다가 다시 친해지고 있는 중이야. 김경미는 처음엔 안 편하고 그저 그랬는데 지금은 젤로 편하고 친해! 이혜영은 원래 제일 편했고 요즘 쬐끔 불편한 일이 생기긴 했는데 걱정 없어. 금방 또 친해질 테니까. 우리 네 명, 언제나 그랬듯이 말이야. 씨우고 토라지고 그랬다가 다시 화해하고. 그렇게 함께 울고 웃으면서 지내거든. 서로 없으면 못 살아! 우린! 아마 그때도 그러고 있을 것 같아.ㅋㅋ

성격은 어때? 좀 달라졌니? 아마 발랄할 거야. 외모는 어때? 내 누런 얼굴이 하얗게 변해 있으려나? 작은 눈에 쌍꺼풀이 있으려나? 앞머리는 많이 길었을까? 키는 155센티미터까지는 되어 있겠지? 많이 많이 먹고, 많이 많이 움직여! 키 160센티미터까지는 커야지. 그리고 완벽해야 한다는 내 가치관은 그대로니? 이 바보 같고 답답한 고민이 계속되고 있으려나? 그런데 이런 고민을 안 하면 막 불안하고 짜증 나고 그래. 내 성격 참 이상하네. ㅋㅋ

그렇지만 난 니 나이 때도 여전히 성실할 거야…… 그건 정말 확신할 수 있어. 아빠한테는 애교 많고 귀여운 딸. 엄마한테는 지금보다 든든한 딸이 되고 싶은데. 엄마는 털털하고 강한 척하지만 여리고 눈물이 많으니까 말이야. 구만영 할매는 그때도 지금처럼 베개 싸움 할 수 있을 만큼 건강하시겠지?

세상에서 나를 가장 잘 아는 하나뿐인 울 언니, 친구 같고 엄마 같고 때로는 든든한 형 같은 울 언니는 완전 어른이 되어 있겠지? 울 언니 애드워드 권 같은 요리사가 되고 싶다고 하는데…… 되어 있을까? 언니처럼 엄마 아빠를 더 많이 이해할 수 있는 보미가 되어 있었으면 좋겠다. 그리고 내 동생 이보들 얼마나 컸을까? 종족보다 사람을 더 따르는 보들이가 과연 시집은 갔을까?

이주철 씨 딸내미, 정은영 씨 딸내미, 구만영 씨 손녀, 이보영 씨 동생, 이보들 씨 언니 되는 사람, 이보미 너를 위해 지금부터 노력할게. 열심히! 힘든 일이 있으면 음악을 들어, 그리고 좋은 친구들을 늘 곁에 둬. 그럼 안뇽!

-열다섯 살 보미가

내 동생 보미가 떠나고 1년이 지난 초여름 어느 날, 보미가 보낸 편지 몇 통을 받았다. 중학생 보미가 미래의 보미에게 보낸 편지에 적힌 낯익은 필체에서 보미 목소리가 들려왔다. 까랑까랑하면서도 깜찍한 귀여움이 묻어나는, 귀에 익은 내 동생 이보미 목소리가.

편지 온 날

"보영아, 떡볶이 좀 보미한테 갖다 놔~"

보미 물건들로 가득한 보미 책상 한가운데 떡볶이 접시를 올려놓았다. 엄마는 맛있는 음식을 만들 때마다 보미 몫을 따로 챙기신다. 아직 식지 않은 떡볶이에서 솔솔 김이 났다. 책상 한 켠에 세워져 있던 다이어리가 눈에 들어왔다.

넘기는 페이지마다 빼곡히 들어찬 보미의 하루하루. 1년 365일 그 어느 하루도 헛되이 보내지 않던 보미였다. 심지어 방학이면 계획표를 세 개씩 만들어 지키곤 했다. 보미의 삶은 언제나 철저했고 성실했다. 3월 계획표에 단 하루가 비어 있었다.

'2014년 3월 27일' 계획 리스트가 적혀 있어야 할 자리에는 빨간 펜으로 이렇게 적혀 있었다.

아파서 아무 것도 못 했어. 이제 정신 차리고 열심히 달리자. 실력 향상을 위해!!! 아쟈!!

시간을 금쪽같이 여기던 보미가 하루를 온전히 비울 수밖에 없었던 그날. 보미는 얼마나 아팠던 걸까. 가슴이 아려 오고 눈물이 핑 돌아 침대에 철퍼덕 주저앉았다. 책상 아래 상자 몇 개가 보였다. 상자 하나를 꺼내 열어 보았다.

친구들과 주고받던 편지들이 가득 들어차 있었다. 눈에 띄는 편지 몇 통이 있었다. 보미가 보미에게 보낸 편지들이었다. 그중에서 '보미야 안녕!'으로 시작되는 까만 편지지가 손에 잡혔다. 하얀 글자가 적힌 편지의 발신인은 중학교 2학년 보미였다. 수신인은 몇 년 후 편지를 받아 보게 될 이보미인 것 같았다.

편지를 읽으면서 중학교 2학년 무렵 보미 모습이 떠올랐다. 어렸을 때부터 노래 실력이 남달랐던 보미는 '가수'라는 꿈을 품고 있었다. 길거리 무대에서 발탁되어 안산 YMCA 청소년 음악 단체 활동도 했던 보미. 꿈은 언제나 보미의 가슴을 뛰게 했다.

이성과 외모에 관심 많은 사춘기 절정을 보내던 보미에게는 소중한 친구들이 있었다. 죽을 때까지 친구하자고 맹세를 했던 경미, 혜영이 그리고 수진이. 감수성 예민한 시기라 때로는 사소한 갈등도 있었지만 넷은 언제나 함께였고 그래서 행복했다.

뾰로통한 표정으로 혼자만의 시간을 즐기기도 했지만 가족들을 사랑하는 마음만은 살갑게 표현할 줄 알던 15살 보미였다. 편지를 읽고 한참 멍하니 앉아 있었다. 벽에 걸린 사진 속 보미가 '헤에~' 하며 미소를 짓는 것 같았다. 보미의 트레이드마크 미소였다. 쑥스러울 때도 멋쩍을 때도 그리고 미안할 때도 짓던 그 미소가 갑자기 너무 보고 싶어졌다.

"보미야. 네 편지가 언니한테 왔네."

혼자 중얼거렸다.

보미는 다섯 살 터울 여동생이었다. 그런 보미가 내 눈에는 마냥 귀엽기만 했다. 까칠한 투정도 얄미운 욕심도 내게는 사랑스러웠다. 나는 맞벌이하셨던 아빠 엄마 대신 늘 보미의 곁을 지키며 보미와 함께했다.

내 휴대 전화에 보미 전화번호는 언제나 "내 딸내미"라는 이름으로 저장되어 있을 만큼 나에게 딸 같은 동생이었다.

아산에 살 때였던 것 같다. 보미가 3살쯤이었을까? 뉘엿뉘엿 지는 해가 온 방 안을 불그스레 채워갈 때면 보미는 내 작은 등에 업혀 칭얼대며 엄마를 기다렸다.

"보미야, 우리 목욕할까?"

욕조에 물을 채웠다. 내 등부터 가슴까지 찰박찰박 채워질 정도였다. 따뜻했다.

"보미야, 들어와."

아장아장 다가온 보미는 내 가슴 위에 엎드려 누웠다. 한참 깔깔거리며 놀던 우리 둘은 어느새 까무룩 잠이 들어 버렸다. 시간이 얼마나 흘렀을까? 달달달 작은 떨림이 내 몸에 전해지는 걸 느꼈다. 깜짝 놀라 눈을 떠 보니 싸늘하게 차가워진 몸이 내 가슴 위에서 떨리고 있었다. 내가 따뜻한 물에 잠겨 있는 동안 보미는 차가운 욕실 공기를 온몸으로 느끼며 떨고 있었던 것이다. 얼마나 추웠을까? 허겁지겁 보미 몸에 따뜻한 물을 끼얹었다. 그리고 방으로 안고 가서 보미의 알몸을 이불로 돌돌 말아 꼭 끌어안았다. 너무 미안했다.

초등학교 1학년 보미는 또래보다 작았다. 양 갈래 머리에 청 재킷을 입고 분홍 가방을 멘 보미, 나는 제 몸집보다도 큰 가방을 메고 학교 언덕을 오르던 보미 모습이 안쓰러워 가방 고리를 손가락으로 들어 올려 주며 나란히 걷곤 했다. 메고 있던 가방이 가벼워지면 작은 두 발이 한결 가볍게 팔랑거렸던 그 모습이 아직 눈에 선하다. 보미 몸집이 나만큼 자란 후에도 나는 늘 보미 가방을 들어 주곤 했다. 내 눈에는 여전히 가방을 무거워하던 그 작고 안쓰러운 보미였기에.

어쩌면 보미의 모습은 보미 자신보다 보미와 함께했던 이들이 더 많이 더 또렷하게 기억하고 있을지도 모른다는 생각이 들었다. 15살 보미가 보내온 편지에 대신 답장을 해 주고 싶다는 생각이 들었다. 보미를 사랑했던 아빠, 엄마, 할머니 그리고 친구들을 찾아가 그들의 기억 속 보미를 만나고 나서 보미에게 답장을 쓰기로 마음먹었다.

보미에게 보내는 편지 (답장)

보미야 안녕!

4년 전에 네가 보낸 편지를 언니가 대신 받았어.

편지를 받아야 할 주인도 보미고 답장해야 할 사람도 보미지만 언니가 대신 편지를 읽고 답장을 쓰려고 해. 괜찮지?

보미가 살아 있었다면 19살이고, 언니는 24살이야. 언니는 바리스타로 열심히 일하고 있고 얼마 전에는 점장이 되었어. 언니 직업이 바리스타인 걸 자랑스러워한다고 너의 친구들에게 들었어. 일이 힘들어서 포기하고 싶었을 땐 네가 내 20번째 생일에 써 준 카드를 보면서 다시 힘을 내곤 했어. "그래 보미야 조금 더 해 볼게"라고 다짐하면서 말이야.

가장 먼저 전해 줄 이야기가 있는데 바로 너의 꿈이 바뀌었다는 거야. 가수가 아니라 수의사가 되기로 꿈을 바꿨어. 그런 큰 결심을 하게 된 건 보들이 영향인 것 같아. 2010년 11월 13일, 보들이가 처음 우리에게 왔던 날 기억나지? 털이 보들보들하다고 네가 지어준 이름 이보들.

한 뼘도 채 안 되는 보들이를 쳐다보며 좋아서 어쩔 줄 몰라 했잖아. 그러다가 이듬해 어느 봄날. 보들이를 잃어버린 적도 있었지. 보들이를 되찾은 너는 '어디 갔었냐?'며 보들이 엉덩이를 때리면서 펑펑 울었어. 보들이 사랑이 유난했던 너는 고등학교에 가서도 친구들 사이에서 '뽀들이 언니'로 통했어. 아마 단원고등학교에서 보들이 모르는 학생 거의 없었을걸.

엄마가 그러셨는데, 학교 체육 대회 날 보들이가 갔었대. 넌 '보들이 언니'라는 큰 명찰을 가슴에 달고 보들이를 반겼고 친구들은 물론 선생님들까지 보들이 등장에 난리가 났었다고 하더라. 우리 보들이 단원고 '슈퍼스타' 된 그날을 엄마도 잊지 못하신다네.

학교에서 돌아온 너를 반기느라 다리 아픈 보들이가 펄쩍펄쩍 뛰어오르면 너는 보들이 다리 상할까 봐 거실 바닥에 누워 보들이와 눈을 마주쳐 주곤 했어. 보들이에 대한 사랑이 커져 가면서 가수라는 꿈 대신 보들이 같은 동물들을 치료해 주는 '수의사'가 되기로 결심했던 것 같아. 너를 유난히 따랐던 보들이는 지금도 네가 외출할 때면 보들이를 넣어 다니던 노란 가방 속에 가만히 들어가 누워 있곤 해. 너랑 함께했던 행복한 나들이를 혼자 추억하는 것 같아. 그리고 여전히 종족보다 사람을 더 좋아해서 시집은 못 갔어.

네 외모는 말이야. 더 귀엽고 예뻐졌어. 다이어트 고민하지 않아도 될 만큼 날씬하지만 키는 아직 160센티미터까지는 못 자랐어. 까맣고 반짝이는 긴 생머리에 앞머리를 늘 내리고 다녔지. 성격은 네 예상대로야. 발랄한 편이야. 그런데 사춘기가 지나면서 말수는 예전보다 좀 줄었고 가끔 혼자 생각에 골똘히 빠져 있을 때도 많아졌어.

그런데 네 친구들 이야기를 통해 너에 대해 새삼 알았지 뭐야. 집에서는 새침데기인 네가 친구들 사이에서는 뒤끝 없고 사교적이고 게다가 친구들 상담 전문이었다는 걸 말이야. 힘든 친구들 이야기 들어 주고 위로해 주는 그런 보미였다며? 그 이야기 엄마한테 전해 드렸더니 놀라시더라고…… 넌 여전히 엄마한테는 까칠할 때가 많았거든!

보미의 편지

그리고 안타까운 소식은 경미, 수진이, 혜영이 너희 네 명 각각 다른 고등학교에 가게 되었다는 거야. 학교 배정 발표 나고 너 많이 속상해했어. 하지만 학교가 달라졌다고 너희들 사이가 달라졌겠어? 틈만 나면 만나서 친하게 지냈지. 네가 없는 요즘은 서로 잘 안 만나는 것 같더라. 네 빈자리가 느껴지고 생각나는 게 힘들어서 그런 것 같아.

'완벽해야 한다'는 네 가치관은 변하지 않았던 것 같아. 꼼꼼하게 채워진 계획표를 최선을 다해 지켜 나갔어. 특히 공부에서는 말이야. 새벽 5시면 누가 깨우지 않아도 스스로 일어나 학교 갈 준비를 하고 남보다 일찍 등교를 했어. 때로는 너무 일찍 가서 학교 문이 잠겨 있던 날도 있었다고 했지. 나와 너무나 다른 네 모습이 나는 신기하기만 했어. 수의사가 되겠다는 결심을 하면서부터 공부를 더욱 열심히 했어. 성적은 꾸준히 올랐고 고등학교 1학년 2학기 기말고사에서 전교 4등을 했어. 놀랍지?

2학년이 되면서 더 확실한 목표와 계획으로 공부에 집중하기 시작했어. 새벽 2시까지 독서실에서 공부하고 오겠다는 너의 말은 엄마를 기함시켰지. 엄마는 신변 안전과 건강이 더 중요하다며 결사반대했어. 너무 무리한 탓인지 학기 초부터 감기로 고생을 했어. 결국 기침과 고열까지 심해졌지만 수업 빠지는 게 싫어서 병원도 가지 않았다고 하더라고. 보다 못한 선생님께서 조퇴 처리 안 할 테니 병원 좀 다녀오라고 했고 그제야 엄마한테 병원 가겠다고 전화했다고 하더라.

엄마는 그날을 잊을 수가 없대. 병원 로비에서 엄마를 보자마자 엄마 품에 와락 달려들어 아기처럼 엉엉 울더래. 엄마 앞에서 약한 모습 보이지 않으려고 웬만한 일에는 눈물을 보이지 않던 네가 그렇게 우는 걸 보고 엄마 마음이 많이 아프셨나 봐. 치료받고 약국에 가서 '텐텐'을 사 달라고 했다며? 그거 우리 어릴 때 병원 가면 엄마가 늘 사주던 빨간 젤리 영양제였잖아. 그날이 바로 3월 27일이더라. 책상 다이어리 계획표에 딱 하루 비어 있던 그날이었어.

겉으로는 야무지고 강한 척하지만 알고 보면 속마음은 약하고 여린 너. 엄마를 많이 닮았어. 성적이 조금 떨어졌을 때도 성적표 뒷장에 편지를 썼다고 하더라. 엄마 아빠에게 미안하다고 더 열심히 하겠다는 내용을 담아서 말이야. 엄마는 그게 뭐가 미안하냐며 편지를 읽고 우셨대. 아빠와 엄마는 공부도 중요하지만 네가 고등학교 시절을 더 마음껏 즐기기를 바라셨던 것 같아.

학원보다는 스스로 공부하기를 좋아하는 너는 유일하게 수학 학원만 다녔어. 그 수학 학원 근처에 아빠가 스크린 골프장을 운영하고 계셔. 너는 학원을 오가며 친구들이랑 아빠 스크린 골프장에 놀러 가기를 좋아했어. 친구들과 왁자지껄하며 골프장에 우르르 들어서는 네가 아빠는 그렇게 반갑고 좋으셨대. 영화 보면서 놀라고 스크린을 켜 주면 영화는 안 보고 스크린에 교육방송 틀어 놓고 공부하던 너희들 모습이 아빠는 많이 안타까우셨나 봐.

너는 주말이면 아빠랑 자주 심야 영화를 보러 가고 노래방도 갔어. 너의 노래 실력을 인정하신 아빠는 가수의 꿈을 마음껏 지원해 주지 못한 것이 조금 아쉽기도 하셨나 봐. 그래서 수의사라는 새로운 꿈을 갖게 된 너를 진심으로 더 응원해 주고 싶으셨대.

얼마 전에 할머니 집에 다녀왔어. 바쁜 엄마 아빠의 빈자리를 대신해 주셨던 우리의 구 할매잖아. 너는 여전히 할머니의 뚝배기 김치찌개와 된장찌개가 세상에서 제일 맛있다고 좋아했어. 콧등에 땀 송송 맺혀 가며 맛있게 먹는 네 모습을 쳐다보는 게 할머니 최고의 행복이셨대. 네가 없는 요즘 구 할매가 부쩍 늙어 버리신 것 같아.

참! 꼭 해 주고 싶은 말. 너 드디어 해냈어. '감정선' 말이야. 자타가 인정하는 너의 노래 실력이었지만 나만 유독 칭찬에 인색했잖아. 감정선이 아쉽다고 말이야. 그런데 너의 노래가 드디어 나를 울렸어. 수학여행 장기 자랑에서 노래해야 한다고 나랑 노래방에 갔어. 넌 김범수의 〈끝사랑〉을 불렀지. 노래를 듣고 있던 나는 나도 모르게 눈물을 흘리고 있었어.

나는 "축하해 보미야. 네가 드디어 감정이 뭔지 안 것 같아"라고 말했어. 그때도 너는 쑥스러운 듯 "헤~" 하며 웃기만 했어.

열여덟 살 4월의 이보미는 그렇게 세상의 속살들을 조금씩 더 깊이 알아 가고 있었고, 꿈의 날개는 더 크고 예쁘게 자라고 있었어. 언젠가 훨훨 날아갈 그날을 위해서 말이야. 보미야 어때? 네 모습 마음에 들어? 언니가 보기에 너는 정말 예쁘게 반짝이며 살아왔어. 이보미 짱! 그럼, 이만 안녕.

　-이보미 하나뿐인 언니, 이보영 보냄

보미에게 답장을 보낸 며칠 후 보미는 별이 되어 다시 찾아왔다.

자매별

까만 하늘에 빛나는 노란 별 두 개
아주 오래전부터 함께 반짝이던 자매별입니다.

밤안개 짙은 어느 날
차가운 안개에 젖어 바르르 떠는 동생별
언니별은 노란빛을 환하게 비추며
동생별을 꼬옥 감싸 안아 봅니다.

'때가 아닌데
아직은 때가 아닌데……'
아무리 꼬옥 끌어안아도
동생별은 점점 노란빛을 잃어 갑니다.
멀리 새벽이 밝아 오는 소리

동생별이 파란빛을 내며 새벽을 향해 날아갑니다.

인사조차 제대로 나누지 못한 언니별은
손을 흔들며 나지막이 속삭여 봅니다.
"잘 가!
내 아기별이 태어나면 말해 줄게
이모별이 까만 밤하늘에서
얼마나 예쁘게 반짝이며 살다 갔는지."

아기 고래의 꿈

안산 단원고 2학년 9반 **이수진**

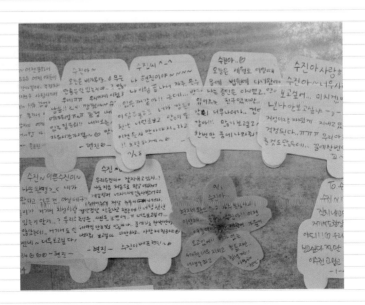

1. 고등학교 1학년 어느 봄날이었다. 교회 예배를 마치고 엄마가 찍어 준 사진
　수진이는 늘 이렇게 봄날 피어난 꽃처럼 활짝 웃는 아이였다.
2. 중학교 3학년 교회 체육 대회를 마치고 가족과 함께. 가족과 함께여서 행복한 순간.
3. 미소가 참 예쁜 수진이. 고2를 앞둔 2014년 2월. 친구들과 카페에서 만났다.

아기 고래의 꿈

고래 꿈을 꾸었다.

거대한 바람이 바다를 휘저을 때마다 파도가 거칠게 일렁인다. 사나워진 바다 위에 고래 한 무리가 바람에 실려 온 물고기 떼를 쫓는다. 파도가 일으키는 리듬에 몸을 맡긴 고래들은 바다를 유유히 헤엄친다.

아기 고래는 물고기 떼보다 까마득히 먼 땅에서 실려 온 낯선 냄새가 흥미롭다. 뭍에서 자라는 나무와 꽃들의 향기, 뭍에서 사는 발 달린 동물들의 체취. 아기 고래는 까마득히 먼 조상이 살았다는 뭍이 실어다 준 냄새를 쫓는다.

아기 고래가 바람을 따라 헤엄쳐 간다. 꿈결처럼. 파도가 잔잔해지고 아기 고래는 홀로 남는다. 엄마 고래도 형제 고래의 모습도 보이지 않는다. 아기 고래는 파도에 실려 간다. 뭍으로 뭍으로.

나는 아기 고래에게 소리친다.

"돌아가! 바다로 돌아가!"

아기 고래는 아랑곳하지 않고 바람을 쫓아간다.

나는 목이 터져라 소리친다.

"돌아가! 네 무리로 돌아가!"

꿈은 그렇게 끝났다.

나는 작년 여름 가족 여행에서 본 아기 고래를 떠올린다. 아침 일찍 일어나 엄마와 함께 산책을 나간 해변에서 만난 아기 고래. 아기 고래는 모래사장 위에 덩그마니 올라와 있었다. 어른 몸집만 한 아기 고래였다. 짙은 남색의 아기 고래는 하얀 배에 노란 줄이 선명했다. 가까이 다가가 보니 아기 고래는 숨도 쉬지 않았다.

"어떡해, 엄마. 너무 불쌍해. 무리를 못 쫓아갔나 봐."

눈물이 나오려는 걸 겨우 참았다. 나는 나와 상관없는 사람이나 동물에게 시도 때도 없이 감정 이입이 된다. 그래서 눈물도 많고, 퍼 주기도 잘한다. 이런 내 성격이 지나친 오지랖이다 싶어 자제하는 중이다.

"그러게, 수진아. 어쩌니. 혼자 남아 얼마나 무서웠을까."

엄마가 떨리는 목소리로 한숨을 쉬었다. 엄마도 조금만 건드리면 울음을 터뜨릴 거 같다. 그러고 보니 이런 내 성격은 엄마를 닮은 게 틀림없다. 엄마와 나는 사람들이 아기 고래 주위에 모여들어 웅성거릴 때까지 한참을 아기 고래 주위를 떠나지 못했다. 태풍이 지나간 바다는 잔잔하고 맑았다.

그때 본 아기 고래가 문득 떠오를 때가 있지만 이렇게 꿈을 꾸긴 처음이다. 요즘 불안하고 우울한 기분 탓인지 모르겠다. 이제 곧 봄 방학이 끝나면 2학년이다. 고등학교 올라와 1년 동안 나름 열심히 했는데 결과는 시원치 않았다. 다이어리에 꼼꼼히 그날 공부할 리스트를 적고 체크하며 공부했다. 집중이 안 되고 산란해지면 기도를 하면서 마음을 다잡기도 했다. 한다고 했는데 생각보다 성적이 나와 주지 않아 속상하고 답답하다. 2학년 새 학기가 다가올수록 불안한 마음이 크다.

단지 성적 때문이 아닌 미래에 대한 불안 때문이다. 내 꿈은 의사였다. 동물을 좋아해 수의사를 꿈꾸기도 했다. 하지만 의대를 가기엔 성적이 부족하다. 엄마는 안정적이라는 이유로 공무원을 추천한다. 글쎄 나쁘진 않은데 그게 정말 내가 하고 싶은 일인지는 잘 모르겠다. 동생 수빈이처럼 춤을 잘 추고 끼가 많아 연예인을 꿈꿀 수도 없다. 게다가 난 겁도 많고 내심 수줍음쟁이다.

고등학교 생활 1년을 마친 시점에서 나는 몹시 혼란스럽다. 마음만 먹으면 무엇이든 될 수 있다는 자신감이 있었다. 적어도 내 자신에 대해 무한 긍정을 발산하던 나였다. 그런데 무언가 무너지는 기분이다. 자꾸 의기소침해지고 자신감도 떨어진다. 그렇게 자신만만했던 내 미래에 대해 이젠 밑도 끝도 없는 불안감으로 힘들다.

오늘은 내가 가장 좋아하는 친구 재현이랑 시온이를 만나기로 했다. 중학교 때까지 단짝 친구들이었는데 고등학교가 갈리면서 자주 만나지 못한다. 그 친구들을 만날 생각을 하니 우울했던 마음이 급격히 좋아지는 기분이다.

나는 기분을 한껏 업시키고 싶어 화장도 꼼꼼히 한다. 엄마 몰래 숨겨 놓은 렌즈도 꺼내 끼운다.

"수진이 너 뭐하는 거니?"

렌즈를 채 끼우기도 전에 엄마가 방에 들어왔다.

"너 또 렌즈 샀니? 각막 손상되니까 렌즈 아무거나 끼면 안 된다고 했잖아!"

엄마는 화가 단단히 났다. 중학교 때 용돈으로 산 렌즈를 끼웠다가 결막염에 걸려 한참 고생을 한 적이 있다. 그때 이후로 엄마는 절대로 렌즈는 허락하지 않는다.

"렌즈 좋은 걸로 사 주든지!"

나도 모르게 버럭 소리를 지르고 말았다. 엄마는 충격을 받았는지 사색이 되어 아무 말도 하지 않는다. 지금 엄마 마음이 어떨지 알기 때문에 기분이 더 나빠진다.

나는 그냥 집을 나와 버렸다. 엄마한테 미안하다는 말도 하지 않았다. 요즘 내 기분이 이렇다. 내가 한 말이 엄마한테 상처가 되리라는 걸 알면서도 불쑥불쑥 튀어나오는 화를 참을 수가 없다. 엄마한테 화가 난 게 아닌데…… 자꾸 엄마한테 소리를 지르게 된다. 엄마도 갑작스레 화를 내고 소리 지르는 나 때문에 힘들어하고 있다는 걸 안다. 엄마 마음을 모르는 바 아니지만 이런 나를 나도 모르겠다.

재현이 집에 가는 내내 엄마가 마음에 걸린다. 중학교 2학년 때 아빠는 직장에서 억울한 누명을 쓰고 해고당했다. 그 누명 때문에 넓은 집도 잃었다. 아빠는 고지식할 정도로 정직하고 꼿꼿한 분이다. 아마 법이 없어도 홀로 원칙을 지키며 사실 분이다. 그런 아빠가 상사의 잘못을 뒤집어썼다. 회사의 큰 손해에 대한 희생양으로 아빠가 선택된 거다. 아빠는 중앙노동위원회에서 승소해서 복직 명령을 받았지만 회사에서는 민사로 행정 소송을 걸어 버렸다. 아빠는 억울한 마음에 계속 소송을 하고 있지만 가진 자들을 상대로 이길 확률이 적다고 한다. 이 사회는 힘없는 개인의 편이 아닌 거 같아 속상하고 화가 난다.

아빠가 직장을 잃고 전업주부였던 엄마는 사회생활을 시작했다. 다행히 엄마가 몸담고 있는 노인복지관에서 하는 사회복지 일은 엄마가 좋아하는 일이고, 나도 그런 엄마가 자랑스럽다. 어쩔 수 없이 예전에 비해 경제적으로 힘들다. 엄마 아빠는 특별히 내색하지 않지만 나는 안다. 내게 예전만큼 풍족하게 해 주지 못해 미안해한다는 걸 말이다.

그런 엄마한테 '렌즈를 좋은 걸 사 주든지!'라고 소리를 지르고 말았다. 엄마는 큰소리치며 대드는 내게 놀라기도 했겠지만 무엇보다 그런 말이 상처가 되었을 거다. 사실 난 좋은 렌즈가 필요하지도 않은데…… 엄마 아빠를 원망하는 것도 아닌데…… 친구들 만나러 가는 길이 무겁고 답답하다.

재현이랑 시온이 얼굴을 보자 웃음이 저절로 나온다. 그래서 친구가 좋다. 나는 무거운 마음은 잠시 잊기로 한다.

목과 어깨가 아프다는 나를 시온이가 침대에 눕혀 안마를 해 준다. 처음엔 겁이 났지만 시온이가 등을 누를 때 뼈 소리가 나자 모두 자지러지게 웃는다. 신음 소리인지 웃음소리인지 모를 내 괴성에 우리는 왁자해진다. 한바탕 웃고 떠드니 기분이 한결 좋아진다.

재현이 집에서 나온 우리는 감자탕을 먹고, 롯데리아에 가서 사진을 찍고, 카페로 자리를 옮겨 빙수를 먹으며 그동안 못 했던 이야기를 쏟아낸다. 특히 남자 친구 얘기는 빼놓을 수 없는 화제다.

"수진아, 난 솔직히 김유한한테 네가 아까워. 넌 남자애들한테 인기도 많고 사귀자고 하는 애도 있는데 왜 짝사랑이나 하고 있는지 모르겠어."

재현이는 이해할 수 없다는 얼굴이다.

"그래, 내가 좀 아까워. 하하."

웃으면서 말했지만 나도 이런 나를 모르겠다. 내 눈에 들어오지 않는 남자애들은 친구들이 아무리 괜찮은 아이라고 해도 마음이 가지 않는다. 반면에 내 눈에 들어온 아이는 그 남자애 마음과 상관없이 한껏 내 감정이 부풀어 오른다.

"내가 보기에 넌 너무 소녀 감수성이야."

재현이가 한마디로 정리를 한다. 남자 친구를 쿨하게 사귀고 쿨하게 헤어지는 재현이다운 진단이다.

"그렇다고 마음에도 없는 남자애랑 사귈 순 없잖아."

"사귀면서 좋아질 수도 있지. 그러니까 네가 아직 한 번도 남친을 못 사귀어 본 거야."

"그래도 난 내 감정이 중요해."

웃으며 말한다. 내 감정이 스스로 부풀린 착각이라고 해도 상관없다. 나한테 중요한 건 누군가를 보며 설레는 느낌이다. 한 발짝 떨어져 지켜볼 수밖에 없다 해도, 그 아이를 보며 흔들리는 내 감정이 기분 좋다. 멀리서라도 응원해 줄 누군가가 있다는 게 좋다. 물론 내가 용기를 내지 못하니, 김유한이 나한테 사귀자고 하면 더 좋겠지만, 하하.

친구들과 한껏 떠들고 웃고 나니 돌멩이처럼 굳었던 마음이 말랑말랑해진 기분이다. 집으로 돌아오는 버스 안에서 엄마한테 문자를 보낸다. 마음이 여리고 약한 엄마가 나 때문에 하루 종일 힘들어했을 게 뻔하다.

「엄마, 아침엔 미안해. 우리 오랜만에 찜질방 갈까?」

문자를 보내고 나니 무거웠던 마음이 한결 가벼워진다.

「어디니?」

이모티콘 없는 간결한 답문자다. 엄마 마음이 풀리지 않은 거다. 그래도 거절하지

아기 고래의 꿈

않은 엄마가 고맙다.

「버스 타고 가는 중. 목욕 도구 챙겨서 버스 정류장으로 나오실래요?」

미안한 마음에 평소 잘 쓰지도 않던 존대까지 써서 보낸다.

「그래.」

버스 정류장에 내리니 엄마는 아직 나오지 않았다. 우리 집 쪽으로 거슬러 올라가다가 길 건너에서 엄마가 걸어오는 게 보인다.

"김인숙!"

엄마를 부른다. 나는 친구처럼 엄마 이름을 부르는 게 좋다. 엄마도 내가 이름을 불러 주는 걸 재밌어 한다.

"김인숙, 건너와!"

나는 횡단보도 맞은편에서 엄마에게 손짓한다.

"싫어."

엄마는 고개를 흔든다. 겁이 많은 엄마는 신호등이 없는 횡단보도는 건너지 못한다. 이럴 땐 엄마가 꼭 내 동생처럼 느껴진다.

"괜찮아. 차도 별로 안 다니잖아. 내가 잘 봐 줄 테니까 건너와."

엄마는 끝끝내 신호등이 있는 횡단보도까지 돌아가서 건너온다. 이런 엄마를 귀엽다고 해야 하나?

"에그, 김인숙 그것도 못 건너서 어떡해? 다음엔 내가 손잡아 줄 테니까 건너 볼래요?"

엄마는 겸연쩍게 고개를 저은 뒤, 곧 엄격한 엄마로 돌변한다.

"수진이 너, 엄마 다 풀린 거 아냐. 렌즈를 못 끼게 하는 건 다 널 위한 거야. 알지? 각막이 상하기라도 하면 큰일이잖아. 나중에 고등학교 졸업하면 라식 같은 거 해 줄게. 그때까진 참아. 알았어?"

"응, 알았어."

나는 엄마에게 팔짱을 끼며 애교스럽게 웃는다. 엄마도 이제야 풀렸는지 내 손을 잡아 준다. 엄마 손이 참 따뜻하다.

엄마는 내 등을 밀어 주고 나는 엄마 등을 밀어 준다. 엄마 피부는 참 곱다. 다행히 난 그런 엄마 피부를 닮았다. 친구들은 엄마가 예쁘다고 칭찬을 많이 한다. 그런 말을 들을 때면 기분이 좋다. 특히 '수진이 너 너네 엄마 닮았어'라고 들으면 더 기분이 좋아진다.

엄마랑 처음으로 좌욕도 하고 나란히 누워 오이 마사지도 한다. 엄마와 함께하는 이 여유로운 시간이 소중하게 느껴진다. 날카로워진 기분 탓에 요 며칠 엄마에게 화를 냈던 일들을 떠올리며 미안한 마음이 든다.

시간이 늦어져 엄마가 아빠에게 전화를 건다. 수빈이랑 현수 저녁밥을 해 주라고 부탁하는 전화다. 엄마가 전화를 끊으며 투덜거린다.

"어쩜 아빠는 한 끼 식사도 해결 못 하니?"

"간단하게 카레 해 드시라고 하지."

"아빠는 깍둑썰기가 뭔지도 모른단다."

"대박! 아빠는 원래 시키는 재주만 있으니까."

엄마와 나는 키득거리며 아빠 흉을 본다.

우리 가족은 주일 저녁마다 가족 예배를 본다. 아빠가 기타를 연주하고 함께 찬송가를 부르며 드리는 가족 예배는 우리 가족이 한목소리로 화합하는 시간이기도 하다.

그럴 때 아빠는 기타를 집고 앉아 나랑 동생들한테 심부름을 시킨다. 티브이 꺼라, 성경책 가져와라, 악보 가져와라. 한번은 아빠한테 우리 없으면 누구 시킬 거냐고 물었더니 아빠는 원래 애들이 심부름 다 하는 거란다. 아빠는 누나들 여섯에 막내라 심부름시킬 사람 없어서 그냥 누나들 다 시켰다고 웃으며 말한다. 대박! 그때도 나는 그렇게 말했다.

난 솔직히 아빠가 집안일 잘 도와주고, 엄마 심부름 잘하는 거 별로다. 회사에서 억울한 일을 당하고 소송하느라 이리 뛰고 저리 뛰는 아빠가 안타깝다. 유명 로펌을 낀

아기 고래의 꿈

회사를 상대로 가진 것 없이 혼자 분투하며 싸우는 아빠가 힘들어 보인다. 내가 어른이 돼서 아빠의 억울함을 꼭 풀어 주고 싶다. 진실보다 돈이 많고 힘이 센 사람이 이기는 어이없는 상황을 바로잡을 거다.

그런 아빠한테 집안일을 안 도와준다고 뭐라 하고 싶지 않다. 엄마가 집안일과 직장일을 모두 감당하느라 힘든 것도 안다. 내가 좀 더 엄마를 도와줘야지 마음먹는다. 그런데 그게 마음먹은 대로 잘 되지는 않는 게 탈이다.

문득 나는 참 행복한 사람이라는 생각이 든다. 따뜻하고 예쁜 엄마와 옳고 바른 게 무엇인지 가르쳐 주는 아빠와, 때론 다투기도 하지만 자매끼리 통하는 것도 많고 끼도 많은 여동생 수빈이와, 똘똘한 귀염둥이 막내 현수가 있으니. 밝고 유쾌한 내 성격도 모두 우리 가족 분위기에서 나온 거다.

"엄마, 작년 여름에 본 아기 고래 생각나?"

문득 어제 꿈이 생각나 엄마에게 묻는다.

"그럼, 생각나지."

"우리가 점심때 다시 갔더니 아기 고래가 사라졌잖아."

"그랬지. 누가 치웠을 거야."

"어제 아기 고래 꿈을 꿨는데…… 아기 고래가 다시 바다로 돌아간 거처럼 느껴져."

"네가 마음이 따뜻해서 그래."

엄마가 피식 웃는다. 나도 웃는다.

집으로 돌아오는 길에 엄마와 나는 어묵을 사 먹는다. 어묵이 이렇게 맛있었나? 겨울밤 뜨거운 국물을 호호 불어 가며 엄마와 함께 먹는 어묵 맛은 그야말로 최고의 맛이다.

오늘 밤엔 아기 고래가 드넓은 바다를 맘껏 헤엄치는 꿈을 꿀 것 같다. 미래에 대한 불안으로 떨 거 없다. 위축되고 소심해질 필요도 없다. 다시 이수진의 무한 긍정 마인드로 오늘을 내일을 맞이하리라 마음먹는다.

집으로 돌아와 내가 가장 좋아하는 성경 구절을 다이어리에 써 넣는다.

내게 능력 주시는 자 안에서 내가 모든 것을 할 수 있느니라.
-빌립보서 4 : 13

그리고 노트 한 페이지 가득 색연필로 나 자신에게 주문을 새겼다.

'기쁨, 감사가 우리가 사는 별의 요술 암호입니다.'

놀기도 잘하고 공부도 잘하던 당찬 공주

안산 단원고 2학년 9반 **이한솔**

1. 유치원 때. 너무 예뻐서 엄마가 사진들을 모아 앨범으로 만들어 주었다.
2. 가족이 함께 동물원 벚꽃 놀이 갔을 때. 동물원 앞에서 아빠가 찍어 주었다. 동생이 생겨서 좋았다.
3. 반월 저수지에 놀러 가서 엄마가 찍어 주었다. 아빠와 한솔이는 붕어빵이다.

놀기도 잘하고 공부도 잘하던 당찬 공주

2013년 X월

나, 이한솔. 단원고 1학년. 초록빛 청춘. 우리 집 맏딸. 나를 한마디로 표현한다면? 놀기도 잘하고 공부도 잘하는 소녀? 나의 찬란한 미래를 위해 현재의 어려움을 참고 견디는 당찬 공주?

오늘은 단비, 소희, 주아와 함께 한강 분수 불꽃놀이 축제에 갔다. 물론 미리 엄마 아빠한테 허락을 받고 간 것이다. 우리 엄마 아빠는 보수적인 편이지만 내가 하겠다는 것은 늘 지지해 주시는 편이다. 무엇을 한다고 하면 먼저 안 된다고 하는 부모님들도 있지만 우리 부모님은 그렇지 않다.

"항상 조심하고. 우린 한솔이 너를 믿어. 네가 주관이 뚜렷하고 자기 할 일을 딱 부러지게 한다는 것을 알고 있으니까."

이러면서 믿어 주신다. 그런 말을 들으면 더 행동을 조심하게 된다. 실망하시지 않게 잘해야겠다는 생각이 든다. 믿어 주시는 만큼 기대에 어긋나고 싶지 않다.

토요일이라 그런지 사람이 엄청 많았다. 불꽃이 터질 때마다 사람들은 환호성을 질렀다. 주아와 단비, 소희도 팔짝팔짝 뛰며 좋아했다. 화려한 불꽃처럼 나의 미래도 그렇게 아름다웠으면 좋겠다고 기원했다.

"야, 너 오늘 비비 잘 먹었다? 내 립스틱 색깔 어떠냐?"

"좋아. 색 잘 받는다. 우리끼리 오니까 정말 좋다."

돗자리를 깔고 음료수와 과자를 먹었다.

"야, 우리 그때 오이도 갔던 것 생각나냐?"

"맞아. 우리 시험 끝나는 날 버스 카드만 가지고 오이도 갔었잖아. 돈 한 푼 없이 다녀오는 여행 컨셉으로."

"우리 쫄쫄 굶다가 한솔이 카드에 든 돈으로 컵라면 사 먹고 과자도 사 먹고 그랬지. 하하하."

"그때 집에 올 때 버스 맨 뒷자리에서 우리 곯아떨어져 가지고 엄청 졸면서 왔잖아."

나도 그때 생각이 났다. 단비와 소희, 주아와 함께 있으면 항상 재미있다. 톡탁거린 적은 있지만 한 번도 크게 싸운 적은 없었다. 성격이 서로 다른 점도 있지만 공통점도 많다. 모두 첫째고 동생을 끔찍이 좋아한다는 점은 똑같다. 이 친구들과 영원히 함께 만나고 싶은 생각이 들었다.

"우리 대입 끝나는 2016년 1월 1일에 정동진에 해돋이 보러 갈래?"

"기차 타고?"

"그렇지. 2015년 12월 31일 밤 기차 타고 밤새 달려서 정동진역에 내리는 거지. 거기 모래시계 앞에서 사진도 찍고. 좀 춥겠지만 바닷가에도 가 보고."

"야호, 좋아."

내 말에 애들 모두 손뼉을 치며 좋다고 했다.

"그러려면 넷 다 모두 재수 없이 합격해야 돼. 알지? 난 영어를 좀 더 열심히 해야 되겠어."

"아휴, 한솔이 너는 성적도 좋으면서 만날 성적 걱정이냐?"

"경희대 호텔조리학과가 만만치 않단 말이야. 더 열심히 해서 안전하게 들어가야지."

2학년이 될 때 단비가 문과로 같이 가자고 했다. 다른 친구들도 함께 가자고 했다.

"난 아무리 생각해도 완전 이과 성향이야. 이과로 갈래. 내 미래를 위해서 열심히 할 거야. 서로 다른 길로 가도 너희들과는 영원히 만날 수 있잖아."

"이한솔. 단호박. 진짜 내가 장담하는데 너는 성공할 거다. 너같이 승부욕 강한 애 처음 본다."

"정말 그랬으면 좋겠다. 으음, 그런 의미에서 내가 노래 한 곡!"

나는 마이크를 잡은 시늉을 하며 노래를 불렀다. 나는 〈슈퍼스타 K〉 예선에도 통과한 적이 있다. 노래 부르는 것, 춤추는 것, 모두 좋아한다. 하지만 노래나 춤은 내가 하고 싶은 직업을 갖고 난 뒤에 취미로 할 것이다.

노래가 끝나자 애들이 박수를 쳤다.

돌아오는 길에 돗자리를 잃어버렸다. 전철 선반에 올려놓은 채 모르고 내린 것이다.

"앗, 내 돗자리."

하지만 벌써 지하철은 출발한 뒤였다. 고잔역에 내리자 너무 늦어서 차가 없었다. 우리는 방향을 잘못 잡아 반대쪽으로 가는 바람에 집과 더 멀어졌다. 그때 경찰차가 다가왔다.

"한솔아, 경찰 아저씨한테 네가 물어봐. 네가 제일 용감하잖아."

"맞아, 신여성 이한솔."

경찰차가 우리 앞에 서면서 속도를 줄이고 유리창을 내렸다.

"아저씨, 저희 집에 가야 되는데 방향을 잘 모르겠어요."

"아저씨가 데려다줄 테니까 다들 타. 너희들 이렇게 늦게 어디 갔다 오는 거야? 부모님 허락은 받고 갔다 오는 거야!"

"그럼요. 한강 불꽃 축제에 갔다 와요."

아저씨가 한 사람 한 사람 집 앞에 내려 줬다. 집에 들어오니 엄마는 야간이라 안 계시고 아빠는 주무시고 있었다. 재형이 방에 가니 불을 켜 놓은 채 자고 있었다. 불을 끄고 내 방으로 왔다. 자기 전에 영어 단어 삼십 개만 외우고 자야겠다. 오늘 놀러 가느라 공부가 펑크 났다. 피곤하지만 내 꿈을 위해서 조금 참아야겠다. 아빠가 생일 선물로 준 강아지 인형이 침대 위에서 나를 바라보고 있었다.

2014년 X월

아빠가 학교까지 차를 태워다 줬다. 아빠와 나는 붕어빵처럼 닮았다. 남자와 여자라는 점만 다르다. 그래서 그런지 나는 아빠를 무척 좋아한다. 아빠도 물론 마찬가지일 것이다.

"한솔아, 아빠가 사업을 하잖아. 돈을 많이 벌 때도 있지만 사업이 잘 안 될 때도 많아. 부도가 날 때도 있고. 사업이라는 것은 언제나 불안정한 생활을 할 수밖에 없는 것 같아. 나는 네가 공무원이 되면 좋을 것 같아. 안정적이고."

"아빠. 나는 호텔조리학과에 갈 거야. 경희대로 가려고 결정했어. 다른 과목은 다 괜찮은데 영어가 조금 불안해. 하지만 열심히 해서 꼭 갈 거야. 그리고 나중에 나이 들면 내 샵 차려서 엄마 아빠랑 같이 살 거야. 한솔 베이커리라고 할까? 한솔 레스토랑? 아무튼 나는 회사 생활 하다가 꼭 내 이름 달고 오픈할 거야."

"그래?"

나는 아빠가 왜 공무원이 되면 좋겠다고 하는지 잘 알고 있다. 항상 젊어 보이던 아빠가 요즘 문득 조금 나이가 들어 보이는 적이 있다. 우리 엄마 아빠는 다른 애들 부모보다 좀 젊은 편이다. 김제가 고향인 엄마 아빠는 둘 다 25살이던 해에 결혼해 이듬해 나를 낳았다. 용이 하늘로 올라가는 태몽을 꾸었다고 엄마가 말해 준 적이 있다.

"아빠, 아빠가 공무원 하라니까 나중에 한번 생각해 볼게."

아빠는 고개를 끄덕였다.

나는 초등학교 때부터 초콜릿이나 빵 만드는 것을 좋아했다. 처음에는 밥통에다 만들었다. 반죽을 해서 숙성시킨 뒤 밥통에서 구워 빵을 만들곤 했다. 용돈을 아껴 빵틀, 전기 거품기 등 요리 도구를 하나씩 장만할 때마다 몹시 기뻤다. 그런데 어느 날.

"이모 선물이야. 너 이 전기 오븐 이용해서 요리 만들어 봐."

나는 너무 기뻤다. 이모가 전기 오븐을 선물해 준 뒤로 나는 정말 요리를 많이 하게 되었고 실력도 쑥쑥 늘었다. 가족 생일 때는 케이크도 만들었다. 아빠는 내가 만든 케이크가 사는 것보다 더 맛있다고 칭찬해 주셨다. 많이 달지도 않고 부드럽다고.

"엄마, 회사 이모들하고 먹어."

내가 만든 초콜릿이나 과자를 출근길의 엄마한테 싸 주기도 했다. 괜히 하는 말인지는 몰라도 회사 이모들이 정말 맛있다고 했다며 엄마가 전해 주기도 했다. 재형이 간식은 거의 내가 만들어 줬다. 스파게티, 빵, 과자 등등.

고등학교를 선택해야 했을 때 선부고등학교와 단원고등학교 중에 어디를 갈까 망설이다가 나는 단원고로 결정했다. 집에서 두 학교 모두 그리 멀지 않았다. 결정하기 전에 아빠가 나를 차에 태우고 두 학교 모두 돌아봤는데 나는 단원고가 처음부터 마음에 들었다. 깨끗하고 아담하니 예뻤다. 어쩐지 정이 간다고 할까? 중학교 때 제일 친했던 친구들과는 헤어졌지만 서로 가까이 사니 자주 연락을 할 수 있었다. 그리고 고등학교에 가서 새로운 친구들도 금방 사귀었다. 나는 언제나 친구들이 많은 편이다. 성격이 활발해서 먼저 말도 잘 걸고 인사도 잘 하니까 그런 것 같다.

단원고 1학년 때 제과 제빵 동아리에 들어갔다. 제과 제빵 동아리 반장도 맡아서 열심히 동아리 활동을 했다. 그러면서 점점 더 요리를 해야겠다는 생각이 강해졌다. 모든 주변 사람들이 2학년 때에도 제과 제빵 동아리를 갈 것이라고 예상했다. 하지만 2학년이 되면서 나는 과학 실험 동아리에 들었다. 제과 제빵 동아리도 좋지만 과학 실험에도 관심이 많이 갔기 때문이다. 과학 실험 동아리 활동은 과학 탐구 과목 성적에도 도움이 될 것 같았다. 나는 학원에 다니는 것을 싫어하기 때문에 잘 다니지 않는다.

"학원에 다녀야 하지 않니?"

엄마가 걱정스레 물어보면 나는 스스로 할 수 있다고 말했다.

"정 필요하면 엄마한테 보내 달라고 말할게."

성적이 많이 떨어지거나 잘 이해가 안 갈 때만 조금씩 학원에 다녔다. 자기 주도 학습이 중요한 것이지 무작정 가방 들고 학원만 왔다 갔다 한다고 되는 것이 아니라고 생각하기 때문이다. 어떻게 하면 내가 원하는 미래에 다가갈 수 있을지 항상 정신을 바짝 차리고 있다. 남자 친구도 대학 갈 때까지는 만들지 않을 생각이다. 내가 활발해서 그런지 고백하는 남자애들은 많다. 2학년이 돼서도 몇 명이나 좋아한다고 고백을 했다. 그중에는 마음에 드는 남자애도 있었다. 하지만 지금은 딱히 사귈 생각이 없다고 거절했다. 둘 다 대학 가고 나서 그때도 좋은 감정이 남아 있다면 한번 만나 볼까?

요즘 들어 재형이가 게임을 너무 많이 해서 걱정이다. 엄마 아빠가 회사 가고 안 계시니까 내가 자꾸 잔소리를 하게 된다. 책임감을 느낀다고 할까? 나는 어려서부터 '동생바보'였다. 엄마 아빠가 맞벌이를 하셔서 그랬나 보다. 재형이를 내가 챙겨야 한다고 어려서부터 생각했던 것 같다. 그런데 이제 컸다고 막 대든다.

"누나가 뭔데 나한테 간섭하냐?"

그럴 때면 나도 화가 머리끝까지 난다. 재형이가 좋은 대학에 가서 좋은 직업을 가진 멋진 남자가 됐으면 좋겠다. 여자들한테 인기 많은 재형이가 됐으면 좋겠다. 엄마 아빠가 자랑스러워하는 그런 아들이 되었으면 좋겠다. 그래서 하는 말인데 기분 나쁜 모양이다. 짜식.

위층에 사는 사촌 언니가 놀러 왔다. 언니는 공부도 굉장히 잘해서 서울교대에 갔다. 내가 재형이 때문에 속상하다고 하니까 언니가 웃었다.

"재형이 사춘기잖아. 네가 이해해. 중2병이잖니. 고등학교 들어가면 오히려 괜찮아질 거야."

하긴 키는 우리 집에서 제일 크다. 아빠보다도 더 크다. 이제 중학생이니까 다 큰 것도 아닌데 말이다. 재형이한테 잔소리도 하지만 보고 있으면 든든하기도 하다. 엄마 아빠 안 계시는 밤에도 재형이만 있으면 하나도 무섭지 않다. 그 귀엽던 꼬마가 언제 저렇게 컸을까? 나도 이런데 엄마가 재형이를 볼 때면 얼마나 대견할까 싶기는 하다. 하지만 자꾸 눈에 띄면 지적을 하게 된다. 나도 누가 지적하면 듣기 싫을 거면서. 하지만 언니한테는 괜히 투정을 부려 봤다.

"언니, 누군 뭐 사춘기 안 지났나? 난 안 저랬던 것 같은데. 쟤는 게임을 너무 많이 하니까 그렇지."

"남자애들은 여자들과는 다르게 게임을 정말 많이 하는 것 같더라고. 조금 지나면 괜찮아질 거야."

나는 사촌 언니가 정말 좋다. 친언니나 마찬가지다. 내가 고민이 생겼을 때 제일 먼저 의논하는 것도 언니다. 어떤 때에는 엄마나 아빠한테도 말하기 쑥스러운 고민도 언니한테는 털어놓는 적도 있다. 같이 자면서 도란도란 이야기를 하다가 누가 먼저 잠들었는지 모르는 적도 많았다. 언니는 내 인생의 롤모델이다. 공부도 잘하고 자기가 하고 싶은 일도 선택해 죽도록 노력하는 모습이 정말 멋지다. 언니가 훌륭한 선생님이 되었을 때 나도 부끄럽지 않은 동생이 되어 있고 싶다.

2014년 4월

오늘은 제주도로 수학여행을 간다. 그런데 일주일 전에 다리 인대가 파열됐다. 버스에서 내리다 삐끗했는데 처음에는 괜찮은 것 같았다. 그런데 점점 너무 아파서 병원에 갔더니 인대가 파열됐다는 것이다. 반깁스를 했다.

"수학여행 가서 불편해서 어떡하니?"

"괜찮아 엄마. 조금 조용히 놀지 뭐."

단체 여행 가서 나는 항상 춤도 추고 노래도 불렀다. 안무를 짜서 함께 춤을 추기도 하고 혼자 마이크를 잡고 노래를 부르기도 했다. 아무튼 나는 내숭 떨고 가만히 있는 타입이 아니다. 공부할 때는 하고 놀 때는 놀아야 한다는 것이 나의 인생철학이다.

그런데 이번 수학여행은 그럴 수는 없을 것 같다. 하지만 다음에 놀러 가서 더 신나게 놀면 되니까 괜찮다. 그 대신 친구들과 많은 얘기를 해야겠다. 우리는 고민도 비슷비슷하니까 한번 통하면 끊임없이 대화가 이어진다. 수학여행 갔다 와서는 더 열심히 공부를 할 것이다. 나는 포기하지 않고 내 미래를 만들어 나갈 것이다.

엄마는 야근이라서 아빠가 학교 앞까지 태워다 줬다.

"아빠, 나 잘 갔다 올게."

"그래. 다리 조심하고."

"응, 걱정 마."

나는 아빠를 향해 손을 흔들었다.

교실에 가니 친구들 모두 수학여행 때문에 들떠서 떠들어 대느라 교실이 시끌시끌했다. 나는 친구들과 인사를 하고 자리에 앉아 창밖을 봤다. 엄마를 생각했다.

나는 엄마가 왜 이렇게 좋은지 모르겠다. 엄마는 언제나 조용하고 힘든 내색을 하지 않는다. 어렸을 때 나는 엄마는 슬픔도 고통도 모르는 사람이라고 생각했다. 하지만 그런 사람은 아무도 없다는 것을 이제는 안다. 그런데도 엄마는 다른 사람 앞에서 힘들다고 하소연하지 않는다. 나와 재형이 앞에서는 더구나 조금도 내색하지 않는다. 누구를 원망하거나 욕하는 것도 들어 본 적이 없다. 그저 열심히 일하고 나와 재형이를 위해 모든 것을 바칠 뿐이다.

"우리 딸랑구."

통화를 하면 엄마는 이렇게 말하며 웃었다. 엄마와 통화를 할 때면 나는 나도 모르게 활짝 웃으며 몸을 비비 꼬고 어리광을 부리는 모양이다.

"야, 한솔이 쟤는 왜 저러냐? 우리끼리 있으면 제일 언니 같고 야무지면서 지네 엄마 전화만 받으면 애기가 된다, 아주 그냥."

소희가 이렇게 말한 적도 있다.

핸드폰을 꺼내 엄마와 찍은 사진을 봤다. 얼마 전, 야근 나가기 전에 엄마를 붙잡고 찍은 사진이다.

"갑자기 웬 사진이야?"

엄마는 화장도 안 했다며 안 찍는다고 했지만 내가 우겨서 찍었던 사진이다.

"엄마는 화장 안 해도 예쁘단 말이야, 힝."

사진 속 엄마 얼굴을 손가락으로 가만히 만지며 잘 다녀오겠다고 인사를 했다.

나는 정말 이 세상에서 제일 좋은 엄마를 만난 것 같다. 조금이라도 맛있는 것을 해 먹이려고 애쓰고 어떻게 해서라도 우리를 교육하려고 노력하는 우리 엄마, 문미정 여사. 그런데 저번에 엄마가 무심코 이런 말을 해서 마음이 정말 아팠다.

"아빠 사업 부도나서 너희 어렸을 때 작은 전세방에서 고생시킨 적이 있어. 엄마는 항상 그때가 마음에 걸려. 너희한테 더 풍족하게 해 주지 못한 게 미안해."

아니야, 엄마. 엄마는 언제나 최선을 다 했어. 나는 알고 있어. 누구도 그보다 더 잘 할 수는 없을 거야. 나는 다시 태어나도 엄마 아빠 딸로 태어날 거야. 엄마, 아빠, 내 동생 재형이, 영원히 사랑해.

노란 나비가 되어 다시 찾아오렴

안산 단원고 2학년 9반 **임세희**

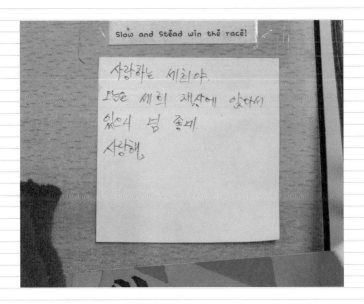

1. 세희는 고등학교에 올라가면서 사진 찍는 걸 싫어했다.
2014년 2월 가족의 첫 해외여행이자 마지막 여행이 된 일본 후쿠시마 여행에서 세희와 엄마.
2. 가족은 후쿠시마 여행 내내 즐거운 시간을 보냈다.
다음 해에는 필리핀 보라카이 여행을 약속했는데……
3. 세희는 어렸을 때부터 맞벌이하는 아빠, 엄마를 돕는 착한 아이였다. 열 살 때 모습.

노란 나비가 되어 다시 찾아오렴

노란 나비 한 마리가 나풀거리며 날아오더니 엄마가 누워 있는 자리를 맴돌았다. 처음에는 헛것을 본 줄 알았다. 살아도 산 게 아니고 눈을 감아도 잠들 수 없는 열흘이었다. 어떤 날은 넓은 체육관 안에 혼자 남아 있는 꿈을 꾸다가 소스라쳐 깨어난 적도 있었다. 그때도 꿈인지 생시인지 한동안 머리가 멍멍하다가 오래도록 가슴이 먹먹했다. 날개에 하늘이 비치도록 화사한 봄날을 날아야 할 나비가 왜 이 새벽에 깨어나 이곳을 찾아왔느냐 말이다. 24시간 불이 꺼지지 않는 진도실내체육관, 나비는 일부러 찾아온 듯 엄마의 머리 위를 서너 차례 맴돌더니 가야 할 곳이 있는 것처럼 다시 동트는 여명 속으로 사라져 갔다. 큰이모가 말했다.

"세희가 조만간에 올라오겠네."

노란 나비가 찾아온 2014년 4월 25일, 세희가 열흘 만에 올라왔다. 0시 11분에 인양됐고 오후 3시에 DNA 검사가 끝났다고 방송이 나왔다. 신원 미상 169번이 세희였던 것이다. 엄마는 한낮이 되도록 가족을 찾지 못하는 169번을 보고 '저 아이의 부모는 어째서 사식도 못 알아보고 그럴까'라고 생각했다. 그런데 그 아이가 세희라니…… 엄마는 목 놓아 울었다. 지난 열흘 동안 슬픔의 눈물은 이미 마를 대로 말라 있었다. 하지만 눈물의 원천은 다른 곳에도 있었다. '딸을 몰라봐서 미안하다'고 울었고, '모습을 보여 주고 이렇게 만질 수 있어서 고맙다'고 또 울었다.

세희의 짧은 생애는 경기도 안산시 단원구 와동에서 시작해 와동에서 끝났다. 전북 임실과 장수가 고향인 아빠와 엄마는 1992년 전북 전주에서 만났다. 당시 아빠는 의경이었고 엄마는 회사원이었다. 1995년, 20대 초반에 결혼한 아빠와 엄마는 공장이 많은 경기도 안산에서 신혼 생활을 시작했다. 세희가 태어난 것은 1997년 8월 3일이다.

세희가 태어난 집과 초등학교 5학년 때 이사를 와서 줄곧 살았던 집은 담장을 사이에 두고 처마를 기댄 이웃집이다. 아빠의 직장 때문에 잠시 인천에 살았지만 다시 돌아온 곳은 또 와동, 그 자리였다. 세희가 세상을 떠난 뒤 엄마는 "와동을 떠나지 못한 게 천추의 한"이라고 입버릇처럼 말했다. 신혼의 단꿈을 꾸었고, 세희와 경원이가 태어나서 네 식구가 오순도순 행복을 일궜던 곳인데도 말이다.

아빠와 엄마는 맞벌이를 하면서 늘 열심히 살았다. 엄마는 세희가 품에서 떨어지지 않을 때에는 집에서 부업을 했고, 아이를 맡길 수 있게 된 뒤로는 집에서 가까운 급식소 등에서 일했다.

어린 세희는 울보였다. 공장에 다니느라 새벽에 출근해서 밤늦게 돌아오는 아빠가 첫딸이 귀여워 눈이라도 맞출라치면 이내 울음을 터뜨렸다. 두 살 터울인 남동생 경원이가 태어난 뒤에도 세희는 엄마의 품에서 떨어지지 않았다. 심지어는 엄마가 화장실에 갈 때도 안거나 업어야 했다. 엄마는 그런 세희를 '껌딱지'라고 했고, 할머니는 '효녀'라고 불렀다. 집안에 대소사가 있어서 엄마가 임실 시댁에 내려갔을 때도 세희가 등에서 떨어지지 않았기 때문이다. 덕분에 세희가 다섯 살이 될 때까지 엄마는 시댁에 가서 물 한 방울 손에 묻히지 않았다.

좋은 추억만 남기고 싶어서일까. 세희 때문에 속 썩었던 기억이 없다. 기억의 서랍을 탈탈 털어 봐도 속상했던 기억은 어린 세희를 잃어버릴 뻔했던 그때 그 사건뿐이다. 그게 어디 세희 잘못이었겠는가. 아빠는 출근을 하고 엄마는 세희와 경원이를 데리고 서

울랜드에 놀러갔다. 세희가 여섯 살 때였다. 놀이 기구를 타려고 줄을 서 있는데 경원이가 "오줌이 마렵다"고 했다. 줄이 길었던 터라 세희에게 "꼼짝 말고 자리를 지키라"고 당부하고 화장실에 다녀왔다. 그런데 그새 세희가 사라진 거였다. 울며불며 세희를 찾는데 1시간 만에 "임세희 어린이를 보호하고 있다"는 안내 방송이 나왔다. 단 1시간의 부재도 그렇게 애가 탔는데 아빠와 엄마는 이제 세희가 없는 세상을 살아야 한다.

세희는 화정초등학교에 입학했다. 한 학년에 17~18반이 있는 과밀 학교라서 4학년 때 덕인초등학교로 전학을 갔다. 초등학교에 들어가기 전부터 단짝 친구가 유진이다. 세희는 선부중학교로 진학을 하고 유진이는 와동중학교에 입학했다. 그래도 우정은 여전했다. 둘은 점핑클레이도 함께했다. 세희의 삶에서 점핑클레이를 빼놓을 수 없다. 세희는 고지식하고 내성적인 아이였다. 무슨 일이 있어도 약속 시간은 지켜야 했다. "세희야, 약속 시간에 늦을 것 같으면 미리 알려 주면 돼"라고 말해도 "안 된다"고 항변하며 발을 동동 구르는 아이였다.

엄마는 그게 걱정스러웠다. 아이 때는 적당히 떼도 써야 하는데 그런 것도 없었다. 마트에 가서도 과자 한두 개를 고르면 끝이었다. 어린이날에 장난감을 사 준다고 해도 원하는 것 하나만 집어 들면 그만이었다. 내성적인 만큼 스트레스를 풀 데가 없어 보였다. 그래서 권한 것이 점핑클레이였다. 사람들 속에 섞이는 것을 망설이기에 일대일 수업을 시켰다. 재미를 붙이더니 틈틈이 방에서 작품을 만들기 시작했다.

6학년이 되자 상당한 수준에 도달했다. 선생님은 "취미반이 아니라 자격증을 따서 강사를 해도 될 것 같다"고 말했다. 결국 중학교 1학년 때 자격증을 땄다. 그렇게 만든 작품이 100여 점인데 지금도 세희 방에 그대로 있다. 공들여 만든 것을 남 주기도 싫어하는 성격이었다. 그래도 어버이날에는 점핑클레이로 카네이션과 꽃바구니를 만들어 선물했다.

세희가 세상을 떠나고 1년이 지난 뒤 맞는 2015년 어버이날에는 세희 대신 친구 유진이가 점핑클레이로 카네이션을 만들어 선물했다. 엄마의 퇴근 시간에 맞춰서 문 앞에 걸어 놓고 간 것이다. 유진이는 세희가 세상을 떠난 뒤, 명절 때마다 안부를 물어 온다. 또 엄마의 생일에는 미역국을 끓여 오고 케이크와 샴페인을 선물하기도 했다.

죽음도 갈라놓지 못하는 세희와 유진의 우정을 보면 세희가 친구를 쉽게 사귀지는 못해도 한번 친구가 되면 얼마나 깊은 우정을 나누는지 알 수 있다. 그러고 보니 아빠와 엄마도 세희에게 '공부 열심히 해서 좋은 대학 가라'는 말보다 '좋은 친구를 깊이 있게 사귀라'고 가르쳐 왔다.

세희네 가족은 크게 넉넉하지 않았지만 궁핍하지도 않았다. 아빠와 엄마가 늘 함께 일했기 때문이다. 세희네는 소소한 행복을 알고 실천하는 가족이었다. 세희가 중학교 다닐 때까지는 저물녘에 가족이 함께 집 근처 와동체육공원으로 종종 산책을 나갔다. 클로버가 많은 곳이 있었는데 그곳에서 네 잎 클로버를 찾는 게임을 했다. 꽃과 꽃대로는 반지와 시계를 만들어 서로의 손가락에 끼워 주고 팔목에 채워 줬다. 네 잎 클로버의 꽃말, '행운'을 바랐던 것도 아니었다. 세 잎 클로버의 꽃말, '행복'을 스스로 만들어 갈 줄 아는 가족이었다.

와동에는 아파트가 없다. 단독 주택도 드물다. 대부분이 3~5층짜리 다세대 주택들이다. 사람들은 연립 주택이라고도 부르고 빌라라고도 했다. 세상에 이렇게 높낮이가 고른 동네가 있을까? 세희네는 5층에 살면서 넓은 옥상을 독차지하고 살았다. 훌라후프도 돌리고 줄넘기도 뛰었다. 때로는 고기도 구워 먹고 부침개도 부쳤다. 초등학교 5, 6학년 때 옥상은 천문대였다. 아빠가 사 준 천체 망원경으로 밤마다 달도 보고 별도 보았다.

봄이면 주변 산에서 버드나무가 눈송이 같은 꽃가루를 뿌리고, 벚꽃과 아카시아가 차례로 꽃잎을 날렸다. 세희는 힘든 운동은 싫어해서 수암봉으로 가족 산행을 갈 때는 끌려가듯이 따라나섰다. 그래도 보온병에 뜨거운 물을 담아 가서 정상에서 컵라면 끓여 먹는 것을 좋아했다.

대게찜은 네 식구가 모두 좋아하는 음식이었다. 경북 울진에 사는 지인이 대게를 택배로 보내오는 날이면 비상소집령이 떨어졌다. "대게가 도착했다"는 카카오톡 메시지에 대한 세희의 답장은 늘 "오~예"였다. 네 식구가 한자리에 모여서 대게를 먹노라면 보내 준 10여 마리가 '마파람에 게 눈 감추듯' 사라졌다. 세희는 엄마표 김밥과 떡볶이를 좋아했다. "사다 주는 것은 싫으니 직접 만들어 달라"고 졸랐다. 김밥 20여 줄을 말아 놓아도 그날 다 사라질 정도였다.

세희도 엄마를 닮아서인지 요리를 곧잘 했다. 요리를 좋아했던 것인지는 분명하지 않다. 책임감이 큰 아이였기 때문이다. 고구마맛탕이나 콘치즈는 세희가 즐겨 만드는 요리였다. 방학 때는 꼬박꼬박 동생의 점심밥을 챙겼다. 볶음밥 재료를 준비해 두면 세희가 만들어서 동생을 먹였다. 재료가 없을 때에는 라면이라도 끓이는 아이였다. 설거지도 세희의 몫이었다. 어쩌다 동생이 수세미를 들었어도 깔끔하게 닦지 않으면 세희가 다시 설거지했다. 교복도 가끔은 자기 손으로 빨았다.

세희의 인생 시계가 열여덟 살에서 멈추지 않았다면 스물여덟 살 세희는 어떤 어른이 되었을까? 세희는 학업에 있어서도 노력파였다. 드러내지는 않았지만 욕심도 있었던 것 같다. 중학교 반 편성 시험 때 세희는 수학 답안지에 답을 밀려 써서 30점을 받은 적이 있었다. 그날 세희는 억울한 마음에 눈이 붓도록 울었다. 고등학교에 올라와서는 새벽 1시까지 책을 봤다. 아빠와 엄마는 부족한 과목에 더 많은 시간을 배당하는 쪽으로 계획을 세워 주었다. 성적은 상위권이었지만 심화반에는 문턱에 걸려서 들어가지 못했다. 내성적인 세희지만 속상해하는 눈빛이 역력했다.

세희는 초등학교 때부터 점핑클레이를 했고, 고등학생이 되면서는 네일아트도 좋아했다. 엄마 손에 알록달록 매니큐어를 발라 주고 아빠 손에는 투명 매니큐어를 칠해 주었다. 적성에 따라 이과로 진학했고 건축 설계 등에도 관심을 보였다.

그러던 세희에게 진짜 되고 싶은 직업이 생겼다. 향수를 만드는 조향사였다. 1학년 때부터 향수를 만들어 보고 싶다고 했다.

"향수를 만들어 보고 싶어요. 자격증이 희귀한 직업이에요. 그런 쪽으로 해 보고 싶어요."

아빠와 엄마에게 입버릇처럼 되뇌던 세희였다. 세희는 수학여행을 일주일 앞두고 서울대에 가서 조향사 관련 강의를 듣고 왔다. 그러고는 "확실히 감을 잡았다"고 했다. 아빠와 엄마는 "어떻게든 뒷바라지를 할 테니까 걱정하지 말라"고 말해 주었다. 속된 말로 '달러 빚을 내서라도' 세희의 꿈을 밀어주고 싶었다. 그때 서울대에서 꽃잎이 흩날리는 벚나무를 배경으로 사진을 찍었다는데 아빠와 엄마는 말만 듣고 그 사진을 보지 못했다. 세희의 휴대폰은 아직도 바다에 있다. 세월호를 인양하면 혹시 휴대폰을 찾게 될지도 모르지만 사진을 복구할 가능성은 희박해 보인다.

그러고 보니 한집에서 일어나 이야기하고 먹고 잠드는 일상 모두가 행복이었다. 세희는 키가 168센티미터나 될 정도로 훤칠했지만 "다리가 두꺼운 것은 엄마를 닮은 탓"이라고 했다. 몸도 뻣뻣한 편이어서 초등학교 때 수영을 가르쳤고 중학교 때는 요가 학원에 보냈다. 아침에 일어나기 힘들어하면서도 아침밥을 거르면 큰일이 나는 줄 아는 아이였다. 엄마는 잠과 씨름하는 세희의 종아리와 발바닥을 주물러서 깨웠다. 세희는 아프다고 소리를 지르면서도 무척이나 행복해했다. 엄마는 마사지를 제대로 해주려고 세희에게 오일을 사 오게 했다. 생각해 보니 그 뚜껑도 열지 못했는데 세희가 이 세상에 없다.

2014년 2월, 겨울 방학 때 네 식구가 함께 일본 후쿠오카와 나가사키로 마지막 가족 여행을 다녀온 것을 그나마 다행이라고 해야 할까. 그전까지 여행이라야 전북 무주에 사는 이모네 집에 다녀온 것이 전부다. 과수원에서 사과를 따고 물놀이도 했다. 놀다 지치면 라면도 끓여 먹고 삼겹살도 구워 먹었다. 세희는 그 사과들을 챙겨 와 친구들에게 나눠 주기도 했다. 친구들은 그 꿀맛을 두고두고 이야기했다.

고등학생이 된 세희는 사진을 찍지 않으려고 했다. 엄마가 커피숍에서 몰래 사진을 찍을라치면 짜증을 낼 정도였다. 그것이 세희의 유일한 사춘기 징후였다. 그렇게 사진을 찍기 싫어하는 세희가 "일본에서 10년 동안 찍을 사진을 다 찍었다"고 할 정도로 행복한 시간들이 사진 속에 정지돼 있다.

아니 가족 누구도 마지막 가족 여행이 될 거라고는 상상도 못 했던 게 맞다. 엄마는 "올 연말에는 필리핀 보라카이에 가자"고 했고 세희는 "이제 고3이라 공부해야 하는데 어떻게 따라가냐"고 걱정했다. 아빠와 엄마는 "학교 빠져도 문제없어, 머리 식히고 오면 공부하기 더 좋다"고 입을 모았다.

마지막 가족 여행이기도 했지만 작정하고 떠난 첫 가족 여행이기도 했던 건 세희 할머니가 오랫동안 병석에 누워 계셨기 때문이다. 아빠와 엄마는 '어머니가 돌아가시기 전에 얼굴 한 번 더 보여 드리는 게 효도'라고 생각했기에 주말이나 휴일에 여유만 되면 고향 임실에 다녀왔다. 할머니는 세희가 중1 때 돌아가셨지만 별렀던 여행을 실행에 옮기기까지는 3년이 더 걸렸다. 여행지는 제주도가 될 뻔했다. 그런데 2014년에 아빠를 뺀 나머지 세 식구가 각각 제주도에 갈 일이 있어서 일본으로 행선지를 바꾸게 된 것이다.

일본 여행이 즐거웠다는 것은 현지에서도, 여행을 다녀온 뒤에도 거듭 확인할 수 있었다. 일본 현지에서는 가족 모두가 깔깔거리며 많이 웃었다. 엄마는 세희 친구 엄마들한테서 "일본으로 가족 여행 다녀오셨다면서요?"라는 인사를 여러 차례 들었다. 세희가 친구들에게 일본 여행에 대해 여기저기 자랑을 했다는 얘기다. 내성적인 성격을 고려할 때 뜻밖의 일이다. 아니 그만큼 즐거웠다는 방증일 것이다.

세희는 일본 여행에서 언제가 제일 행복했을까? 엄마가 행복했던 순간은 노천탕에서 세희와 단둘이서 이야기를 나눴던 순간이다. 가족은 매일 밤 노천온천이 있는 호텔에 머물렀다. 세희와 엄마는 밤늦게 온천을 찾았고 온천에는 두 사람뿐이었다. 수영도 하고 이유 없이 웃다가 얘기도 나눴다.

첫날에는 가랑비가 내렸다. 얼굴은 춥고 몸은 따뜻했으며 마음은 행복했다. 둘째 날은 나무가 둘러 쳐진 욕장 사이로 도시의 야경을 보았다. 그리고 마지막 날 머문 곳은 바다가 보이는 노천온천이었다.

세희는 그때 "엄마랑 단둘이 있는 게 너무 행복해요, 고맙고요"라고 말했다. 엄마의 행복했던 시간도 2014년 2월 일본의 그 노천탕들에 멈추어 있다. 세희가 느꼈던 행복의 정점도 엄마와 다르지 않을 것이다.

아빠는 세희에게 늘 훌륭한 조언자였다. 세희도 아빠에게 "살면서 터득한 건데 항상 나중에 가면 아빠 말이 맞았다"고 말했다. 그만큼 아빠를 인정했다는 얘기다. 그런데 세희의 신뢰가 아빠의 가슴에 오히려 멍울로 남았다. 세희가 수학여행을 떠나기 전 "배 타는 게 싫다"고 했을 때 "한 번 가는 수학여행인데 기분 좋게 다녀오라"면서 "배가 크니까 사고가 나더라도 쉽게 가라앉지 않는다, 통제에만 잘 따르라"고 일러 줬던 것이다. 그런데 그 통제가 '가만히 있으라'는 명령이었고 세희는 그 통제를 곧이곧대로 따랐다. 그래서 아빠는 더 가슴이 아팠다.

엄마는 세희와 다정한 친구였다. 그것도 늘 세희에게 먼저 다가가 먼저 말을 거는 친구였다. 세희를 학교에 보내 놓고도 종종 문자 메시지를 보냈다. 한창 수업을 듣고 있을 아이에게 말이다. 날씨가 끄물끄물하면 "부침개가 생각나네"라고 보냈다. 맑은 날에는 "날씨가 너무 좋으니 공부 안 되겠네"라고 했다. 격려하는 의미로 "오늘은 엉덩이와 의자랑 친하게 지내"라고 보낸 적도 있다. 대체로 답장은 돌아오지 않는 편이었다.

2014년 4월 15일 인천항에서 배가 떠났고 "재미있게 놀다 오라"는 문자에도 세희는 답장이 없었다. 그리고 사고가 난 16일 아침에도 통화하지 못했다. 대신 엄마의 꿈에 세 번 다녀갔다. 첫 번째는 "어떻게 왔니, 몸은 괜찮니?"라고 물었는데 세희의 답변을 듣지 못했다. 두 번째는 세희가 꿈속에 보였다는 기억만 가물가물하다. 그리고 세 번째, 세희는 시무룩한 표정으로 엄마 앞에 나타났다. 엄마는 "어떻게 왔어? 아픈 데는 없니? 엄마랑 병원에 가자"고 재촉했다. 그때 세희는 "사람들이 버려서 찾아온 거야"라며 너무나도 슬픈 표정으로 엄마를 바라봤다. 엄마는 잠에서 깨어난 뒤 그날 밤 다시 잠에 들 수 없었다.

누가 너를 버린단 말이냐? 아빠와 엄마는 영원히 가슴에 묻고 살아가겠지만 세희의 영혼이 구천을 떠돌고 있다면 편안한 곳으로 보내야 했다. 아빠와 엄마는 부산의 한 사찰에서 세희의 영혼을 천도하는 사십구재를 지냈다. 천도재를 지내러 가는 길, 고속도로 위에서 신비한 광경을 보았다. 먹구름을 뚫고 햇빛이 비치는데 황홀할 정도로 찬란했다. 그리고 먼 하늘에 무지개가 선명하게 걸렸다.

그날 사십구재를 집전한 스님은 "세희가 밝은 빛이 되어서 하늘로 올라갔다"고 했다. 가족들은 그제야 오는 길에 본 빛이 세희였고, 무지개는 세희가 디디고 올라간 다리임을 깨달았다.

아빠와 엄마는 빌고 또 빌었다.

'세희야, 지켜 주지 못해서 미안하다. 그리고 사랑한다. 아빠와 엄마에게 와 줘서 고마웠어. 아빠와 엄마의 꿈속에 행복한 표정으로 놀러 오고 무지개 너머 네가 기다리는 세상에서 나중에 우리 다시 만나자.'

빵을 만드는 작가

안산 단원고 2학년 9반 **정다빈**

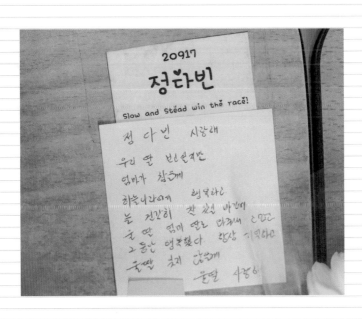

1. 세 살 때 엄마가 좋아하는 노래 〈개똥벌레〉를 불러 주며 피아노를 치고 있다.
2. 세 살 때 온 가족이 완도의 외갓집에 갔다. 언니 다운과 다빈이.
3. 고등학교 1학년 수련회 때, 짚와이어를 타고 내려오는 장면.

빵을 만드는 작가

드디어 수학여행이다.

하룻밤만 자면 나는 기다리던 수학여행을 떠날 것이다. 가방은 체크리스트까지 만들어 꼼꼼히 싸 두었다. 처음엔 이것저것 욕심이 나 옷과 먹을 걸 잔뜩 넣었는데 캐리어에 다 들어가질 않았다. 옷은 많이 가져가 봤자 결국 빨랫감만 는다는 아빠의 충고대로 나는 티셔츠 세 개와 바지 하나를 뺐다.

하지만 친구들과 나눠 먹을 과자와 음료수는 더 뺄 수 없었다. 처음 가는 수학여행인데 나는 가능하면 많은 것들을 친구들과 함께 나누고 싶다. 검은 바위와 은모래가 반짝이는 제주도 바닷가에서 친구들과 점핑을 하며 사진도 찍고, 태평양을 바라볼 생각을 하니 설레어 잠이 오지 않는다. 나는 식구들이 잠든 집 안을 새삼 찬찬히 둘러본다.

참 오래된 집이다.

곧 재개발을 할 예정이라 이사를 가야 한다지만 나는 이 집이 좋다. 내겐 너무나 익숙한 곳, 백일 때부터 살던 집이다. 서울의 금천구 독산동에서 태어나 그해 가을 이 집으로 이사 왔다고 들었다. 1997년 7월 31일, 더운 여름날 태어나 몸을 꽁꽁 싸매고 산후 조리를 해야 하는 엄마를 무척이나 고생시켰다는 그 집. 마침 장마여서 비가 몹시도 많이 내렸다니, 내가 비를 좋아하는 것은 아무래도 이유가 있는 게 아닐까 생각되는 그 집을 나는 기억하지 못한다. 그러니 이곳이 내겐 고향집이고 엄마의 배 속 같은 곳이다.

갈색 소파에 누운 아빠의 가슴으로 기어올라 말타기 놀이를 하던 내 최초의 기억도 이 집이고, 첫걸음마를 뗐던 곳도 이 집이며, 매일 아침 유치원 가방을 메고 조은웅변학원에 다니던 곳도 이 집이고, 버스를 타고 40~50분이나 가야 하던 광덕중학교를 졸업하고 걸어서 15분이면 가는 단원고등학교에 배정받아 기뻐했던 곳도 이 집이다.

직장에 다니면서도 매일 집을 쓸고 닦는 엄마 덕분에 방 안은 깨끗하고 가지런하다. 내 지문이 무수히 남아 있는 디지털 피아노와 벨로체 기타, 그리고 엄마가 소중히 간직하고 있는 상장들이 든 상자가 가지런히 쌓여 있다. 고잔초등학교 1학년 6반 정다빈, 독서장제에서 은장을 받은 상장이다. 2학년 때는 금장, 3, 4, 5, 6학년 졸업 때까지 한 번도 빼놓지 않고 받은 나의 독서장 상장들.

그러나 그 상장들에는 내가 처음 고잔초등학교 도서실에서 책을 빌리던 날의 뿌듯함과 매일 몇 권씩의 책을 읽을 때마다 그 책 속 이야기에 얼마나 빠져들었는지, 동화 속 주인공이 되어 온갖 상상의 날개를 편 채 얼마나 많은 세상을 여행했는지, 그때마다 내가 얼마나 행복했는지는 하나도 쓰여 있지 않았다. 내가 선생님이라면 상장에 그런 것도 써넣을 텐데. 나는 세상 어떤 일보다 책 읽기를 좋아했다.

언제부터였는지 기억나지 않지만 나는 늘 책을 읽고 있었다.

엄마 아빠가 사 준 그림책부터 전래 동화와 외국 동화책, 그리고 학년이 올라갈수록 읽기 시작한 판타지와 공상 과학 소설, 추리 소설까지, 나는 책을 한번 잡으면 다 읽을 때까지 엄마가 아무리 불러도 꿈쩍도 하지 않다. 밥을 먹으면서, 디브이를 보면서도 책을 읽었다. 시험 기간에도 교과서 앞에 소설책을 펼쳐 놓고 그걸 먼저 읽었다. 엄마는 시험 공부를 하지 않고 소설책을 읽는 내게 불만이지만 나는 그 책을 먼저 읽어야 시험 공부에도 집중할 수 있다.

그런 내가 소설을 쓰는 작가가 되고 싶다고 생각한 것은 어쩌면 당연한 일이었다. 초등학교 때부터 교내 글쓰기 대회에서 몇 차례 상을 받은 나는 중학교 시절, 본격적으로 소설을 쓰기 시작했다. 소설은 컴퓨터가 아닌 손글씨로 노트에 썼는데, 이어 붙인 노트가 열 권이 넘는다. 내 일기장과 함께 책상 서랍 가장 깊숙한 곳에 모셔 두고 있다. 가끔은 수업 시간에도 선생님 말씀보다는 공상에 빠져 소설을 쓰기도 했다.

처음엔 로맨스나 판타지를 썼지만 최근엔 추리 소설에 빠져 있다. 만화《명탐정 코난》으로부터 시작된 내 추리 소설의 역사는 코난 도일의《셜록 홈즈》, 아가사 크리스티를 거쳐 요즘은 미스터리 스릴러에 이르렀다. 노트에 쓴 소설들을 가끔 친구들에게 보여 주기도 했지만 대부분은 소설보다는 음악이나 텔레비전 오락 프로에 더 관심이 많았다.

물론 그렇다고 내가 음악이나 텔레비전에 관심이 없는 것은 아니다. 나는 오래된 빅뱅의 팬이다. 그들의 초기 음악인 〈붉은 노을〉부터 〈스틸 얼라이브〉까지, 나는 빅뱅의 노래를 듣고 또 들었다. 빅뱅과 더불어 내가 좋아하는 또 다른 가수는 디셈버라는 감성 보컬 그룹이다. 그들의 노래 〈별이 될게〉는 중학교 때 친구 현화와 아름이, 은지와 함께 노래방에 갈 때마다 부르는 내 애창곡이다. '난 언제나 하늘 높은 곳에서 그대를 비춰 주는 별이 될게'라는 부분을 부를 때마다 친구들은 양팔을 높이 벌리고 손을 흔드는 율동을 하곤 했다.

그러나 노래방보다 내가 더 좋아하는 것은 직접 피아노나 기타를 연주하는 것이다. 어려서부터 쳤던 피아노는 체르니 100번을 넘자 내가 좋아하는 음악이나 노래들을 연주할 수 있게 되었다. 혼자 있을 때면 에릭 사티의 〈짐노페디〉나 이소라의 〈바람이 분다〉 같은 곡들을 피아노로 연주하는데, 그때마다 마음이 차분해지곤 한다.

피아노 위에 잔뜩 쌓인 악보들은 모두 대동서점에서 산 것들이다. 책과 음악이 함께 있는 곳이어서 안산에서 내가 가장 좋아하는 곳 중 하나이다. 식구들이 모두 자고 있는 시간만 아니라면 나는 지금의 이 설렘을 피아노로 치고 싶다. 〈Somewhere over the rainbow〉라는 곡이 아까부터 입안을 맴돈다.

기타는 중학교 시절 친구 현화와 함께 악기부에서 배우기 시작했다. 현화와 난 기타,

빵을 만드는 작가

아름이는 바이올린을 배웠다. 현화는 중도에 그만두었지만 나는 노는 토요일에도 기타를 메고 학교에 가서 연습을 하고, 인터넷으로 독학을 하기도 했다. 빅뱅의 〈CAFE〉 같은 노래들을 연주하면서 노래를 부르기도 하지만 가끔은 음을 직접 만들어서 치기도 하는데 그때마다 작곡가가 된 것 같은 기쁨을 느낀다. 음악은 그냥 듣는 것보다 직접 연주할 때 음을 온몸으로 느낄 수 있다는 걸 피아노와 기타를 치면서 깨달았다.

진열장 속에는 내가 만들었던 종이학과 종이 장미, 그리고 봉제 인형들을 엄마가 가지런히 놓아두었다. 엄마는 내가 손으로 만든 그것들을 무척 자랑스러워한다. 나와 다운 언니는 손끝이 야무지다고 어려서부터 칭찬을 많이 들었는데 순전히 엄마를 닮은 덕이다. 손은 작지만 습득력이 빠른 편인 나는 손으로 하는 것은 뭐든지 잘했고 흥미도 남달랐다.

지난겨울엔 뜨개질이 재미있어 목도리를 떠 친구들에게 선물했고 최근에는 팔찌 만들기에 빠져 있다. 나는 서울의 동대문시장까지 가서 재료를 사 와 꽤 여러 개의 팔찌를 만들어 친구들에게 선물로 주었다. 비즈는 물론 미군들이 낙하산 줄로 만들어 차고 다니다 위급한 상황엔 풀어서 로프로 사용했다는 파라코드 팔찌와 매듭 팔찌도 여러 개 만들었다.

하지만 손으로 만드는 것 중 내가 가장 좋아하는 것은 빵 만들기이다.

빵을 만들기 시작한 것은 우연이었다. 단원고등학교 1학년에 입학한 나는 동아리를 선택할 때만 해도 요리를 해 보고 싶었다. 엄마가 직장에 다니기 때문에 어려서부터 나는 청소는 물론 밥과 간단한 반찬을 할 줄 알았다. 초등학교 때부터 좋아하는 떡볶이를 직접 만들었고, 중학교 때는 김치볶음밥이나 유부초밥을 맛있게 한다고 엄마의 칭찬을 듣기도 했다.

사실 내가 요리를 잘하는 것은 전라남도 완도 출신인 엄마 덕분이다. 엄마는 손맛이 좋기로 유명한 남도 출신답게 직장 생활을 하면서도 늘 맛있는 밥상을 차려 주었다. 나는 요리가 재미있기도 했지만 더 다양한 요리를 배워 엄마 대신 가족들에게 맛있는 걸 해 주고 싶었다. 그런데 나와 같은 친구들이 많았는지 요리 동아리는 이미 인원이 다 차 버려 제과 제빵 동아리에 들어가게 되었다. 빵 역시 몹시 좋아하는데, 그걸 직접 만들어 본다니 요리 못지않게 호기심이 일었다.

빵 만들기는 예상보다 훨씬 재미있었다. 박력분 밀가루에 물과 버터를 섞어 반죽을 할 때마다 손바닥으로 전해지는 그 부드러운 촉감을 나는 좋아한다. 만드는 과정은 비교적 단순하나 맛내기가 어려운 스콘이나 반죽을 밀어 소라 모양으로 만든 크루아상이 특히 재미있다. 학원 선생님은 내가 반죽을 정성껏 밀어 만든 크루아상을 잘했다고 칭찬도 해 주었다. 처음 내 손으로 만든 빵을 오븐에서 꺼내던 날의 긴장과 기쁨을 나는 지금도 생생히 기억한다. 금방 만든 빵에서만 나는 그 고소한 버터 냄새라니, 빵이란 늘 제과점에서 사 먹는 것인 줄 알았는데 내 손으로 직접 만들어 먹을 수 있다는 게 정말 신기하고 뿌듯했다.

1학년 때는 동아리 활동 날마다 2교시 끝나고 친구들과 택시를 타고 제빵 학원으로 가서 두 시간씩 빵을 만들었다. 2학년에 올라와선 4월 초에 딱 한 번, 호텔 제빵 학교에 간 게 전부였다. 호텔은 시설도 학원보다 훨씬 좋았고 배우는 것도 더 전문적이었다. 소설가가 되고 싶었던 꿈이 빵을 만들기 시작하면서부터 흔들리기 시작했다. 사실 나는 1학년 2학기 무렵부터 제빵사가 되고 싶다는 생각을 심각하게 고민하고 있다.

호텔 제빵 학교를 다녀온 후부터는 고등학교를 졸업하면 바로 그곳에 입학하고 싶다는 마음도 품었다. 내 생각을 엄마 아빠에게 말했더니, 엄마는 그래도 대학을 가야 하지 않느냐고 석연을 했다. 우리나라는 하는 일과 상관없이 대학을 나와야 사람대접을 받을 수 있다는 게 이유였다. 하지만 아빠는 대학보다 자신이 하고 싶은 일을 하는 게 더 중요하다고 내 편을 들어 주었다. 같은 말 반복하는 걸 너무 싫어하는 줄 알면서, 아니 사실은 그런 나를 놀려먹는 재미에 늘 같은 말을 반복해서 날 짜증 나게 하던 아빠가 그때는 내 편을 들어 줘 무척 고마웠다. 어쩌면 내 주장이 강하여 말려 봐야 소용없다는 걸 잘 알기 때문인지도 모른다.

말랑말랑하게 발효된 밀가루 반죽을 만질 때마다 나는 어떤 순간보다 행복하다. 손바닥의 말초 신경을 타고 전해지는 기분 좋은 간지러움, 빵 만드는 사람이 되고 싶다는 꿈은 이스트를 넣은 반죽처럼 부풀어 갔다. 비록 서양 음식이긴 하지만 빵은 우리에게도 이미 주식의 하나가 돼 버렸다. 게다가 재료와 모양에 따라 얼마든지 다양한 변형이 가능하다는 게 호기심 많은 나를 사로잡았다. 또 주위 사람들과 함께 나눌 수 있다는 것도 큰 장점이었다. 나는 학원에서 만든 빵을 학교에 가져가 먼저 만나는 친구들 순서대로 나눠 주었는데, 그때마다 기뻐하는 친구들의 표정이 무엇보다 나를 뿌듯하게 했다.

학교 축제 날 우리 동아리가 빵을 만들어 판매했을 때도 마찬가지였다. 하나하나 낱개 포장을 해 집에 가져와서 엄마와 아빠, 언니에게 나눠 주면 가족들 역시 행복한 표정으로 빵을 먹었는데 그때마다 나는 책 읽기와는 또 다른 보람을 느꼈다. 책 읽기는 나 혼자만 행복하고 성장시키지만, 빵 만들기는 나뿐만 아니라 주위 사람들까지 행복하게 만들었다. 나는 점점 빵 만들기에 매혹되었다. 사람을 살리는 일에 기여를 하고 있다는 자부심마저 들었다. 나는 소설가보다는 제빵사에 점점 더 마음이 기울어지고 있다. 책 읽기와 빵 만들기, 이 두 가지는 사실 서로 비슷한 점이 많았다.

친구들은 책벌레인 내가 빵 만들기도 좋아한다는 걸 무척 신기해했다. 책 읽기를 좋아하는 사람들은 손으로 무언가를 만드는 데 서툴거나 싫어한다는 편견 때문이었다. 책 읽기는 눈과 머리로, 만들기는 손만 사용한다는 생각들. 하지만 나는 이 두 가지가 다르지 않다고 생각한다. 독서가 인간의 지성과 영혼을 살찌우는 일이라면 제빵은 육체를 살리는 일이었다. 인간은 육체와 정신을 함께 지닌 존재이기에 독서와 제빵 역시 인간을 위한 가장 기본적인 활동이라는 생각이다.

수학여행을 다녀오면 제빵 학원에 등록을 하기로 나는 엄마에게 허락을 받았다. 대신 1학년 때부터 점점 흥미가 붙은 공부도 제대로 한번 해 보기로 마음먹었다. 어려서부터 좋아한 영어와 수학, 과학은 꾸준히 공부했지만 다른 수능 과목도 게을리하지 않기로 한 것이다. 영어는 특히 내가 좋아하는 담임, 최혜정 선생님 과목이라 2학년 들어 더 열심히 공부하고 있었다. 나는 나중에 크루아상의 본고장인 프랑스 파리와 런던에 있는 셜록 홈즈 박물관, 아가사 크리스티의 자취가 많이 남아 있다는 영국의 남부 데본 지방을 꼭 가 보고 싶다. 혼자도 멋지겠지만 친구들과 함께 배낭을 메고 유럽 구석구석을 걸어 다니는 꿈을 잠자리에 누워 가끔 상상하곤 한다.

아빠의 코 고는 소리가 실바람 소리처럼 들려온다.

회사가 있는 인천까지 매일 출퇴근을 하느라 고된 모양이다. 엄마는 자는 동안에도 자꾸만 뒤척인다. 엄마 역시 내일 아침에 출근을 해야 하는데 깊이 잠들지 못하는 게 걱정이다. 다운 언니는 유난히 바쁜 회사여서 매일 야근을 하느라 몹시 지쳐 있다. 컴퓨터 CAD 회사에 다니는데 나와는 다섯 살 차이가 난다. 가끔 내 옷을 입고 나가거나 내가 예쁘게 포장해 놓은 물건들을 풀어 볼 때마다 다툴 때도 있지만 방학 때마다 늘 함께 영화도 보고 맛있는 것도 먹으러 다녀 준, 친구 같은 언니이다.

언니는 내가 수학여행 간다고 카파 트레이닝 바지와 스케쳐스 운동화도 사 주었는데, 나는 트레이닝 바지를 여행 가방 속에 고이 모셔 놓았다. 지난 주말 언니가 모처럼 쉬는 날 함께 중앙동에 나가 오래 돌아다니면서 운동화를 골라 줘 무척 고마웠다. 언니는 주말이면 오직 쉬고 싶다며 오전 내내 잠을 자곤 했는데 그날은 편히 쉬지도 못해 미안했다. 모두들 고되고 힘들게 살아가는 걸 볼 때마다 나는 결심한다. 무엇보다 내가 좋아하고 행복할 수 있는 일을 하며 살아가겠다고. 그래야 힘들고 지칠 때도 내가 원하는 삶을 살고 있다는 자부심이 그 어려움들을 이겨낼 힘이 될 수 있을 것 같다.

오늘처럼 잠이 안 오고 생각이 많은 밤은 참 오랜만이다.

생각해 보니 이번 수학여행이 내겐 아무래도 좀 특별하기 때문인 것 같다. 초등학교 때는 신종플루가 유행하는 바람에 수학여행이 취소되었고, 중학교 때는 영어 마을에 입소하는 걸로 수학여행을 대신했기 때문에 내게 수학여행은 이번이 처음이다. 중학교 때 영어 마을에서 일주일을 지내는 동안 나는 2층 침대에서 떨어지는 바람에 두 달이나 다리에 깁스를 하고 다녀야 했다. 덕분에 아빠가 매일 아침 학교까지 데려다 주었는데, 그때 아빠와 더 친해지긴 했지만 그래도 학교가 멀어 제법 고생을 했다.

이 특별한 수학여행을 위해 그동안 나는 꽤 분주했다. 우선 패션이 문제였다. 평소 패션에 관심이 없어 나는 옷이 많지 않지만 그렇다고 아무거나 입지도 않는 까다로운 면이 있다. 나는 지난주, 수학여행에 입고 갈 뉴발란스 검정색 티셔츠와 아디다스 재킷을 사러 시내로 갔다. 하지만 백화점과 중앙동 매장까지 다 뒤졌지만 찾는 옷이 없어 그냥 돌아왔다. 화려한 색상을 싫어하고 검정색 옷을 즐겨 입는 나는 하는 수 없이 언니가 사 준 트레이닝 바지와 검정색 브이넥 티셔츠, 카디건과 바람막이 등만 가방에 챙겼다.

과자와 젤리, 음료수도 잔뜩 샀다. 짝 예지와 뒷자리 아라와 함께 젤리도 나눠 먹고 밤에 배 위에서 한다는 불꽃놀이를 보며 음료수로 건배도 할 생각이다. 우리가 여행을 떠나는 4월 15일은 음력으로 3월 16일이라 달도 환하다고 했다. 불빛이 없는 바다 위로 뜬 달은 얼마나 밝고 신비로울 것인가. 처음 타는 커다란 여객선은 또 얼마나 웅장하고 신기할 것인가. 내일 저녁에 인천에서 배를 타면 모레 아침에 제주에 도착한다는데, 1학년 수련회 때 탔던 고무보트와는 비교도 되지 않는 큰 배일 것이다.

게다가 태어나 처음 가는 제주도이다. 책과 티브이에서만 본 검은 화산석과 코발트색 바다, 그리고 한라산을 흔드는 거친 바람을 내 눈과 카메라에 가득 담아 올 생각이다. 초등학교 때부터 사진 찍는 걸 좋아해 엄마가 중학교 때 사 준 디지털카메라는 메모리 용량을 모두 비워 놓았다. 1학년 때는 모둠 친구들과 함께 찍은 영상으로 교내 UCC대회에서 상도 받았는데, 나는 이번 수학여행에서 스냅 사진은 물론 동영상도 많이 찍어 재미있는 작품을 만들어 볼 생각이다.

이미 자정이 지나 버렸다.

잠은 오지 않지만 그래도 내일을 위해 잠자리에 누워야 한다. 나는 집안을 다시 한번 방마다 둘러본다. 엄마는 그새 깊은 잠에 빠져들었고, 아빠는 코골이를 그쳤다. 언니는 내일 해야 할 일들에서 잠시 해방돼 편안한 표정이다. 그런데 언니의 검은 머리가 눈을 가리고 있다. 나는 언니 방으로 가 길고 숱 많은 머리카락을 뒤로 넘겨 준다. 언니와 나는 유난히 머리숱이 많은데, 외가의 집안 내력이었다. 나는 물끄러미 언니를 바라보다 문득 뒤에서 가만히 껴안아 본다. 기분이 좋아진다. 수학여행을 떠나는 기념으로 나는 갑자기 식구들을 안아 보고 싶다. 나는 안방으로 가 벽을 향해 누운 아빠의 등도 뒤에서 슬쩍 안는다. 어릴 적 나를 업고 뛰던 아빠의 탄탄한 등 근육이 어느새 많이 내려앉아 있다. 마지막으로 나는 슬며시 엄마 품으로 기어든다. 엄마는 무의식 중에도 두 팔을 뻗어 나를 안는다. 늘 온돌처럼 따뜻한 엄마의 체온이 뭉클하다. 사랑해, 엄마 아빠, 그리고 언니! 나는 쑥스러워 그동안 한 번도 하지 못했던 그 말을 작은 소리로 중얼거린다. 갑자기 잠이 쏟아진다.

빵을 만드는 작가

항상 멋진 정다혜!

안산 단원고 2학년 9반 **정다혜**

1. 다혜는 밤마다 엄마의 손목을 주물러 주는 다정다감한 막내딸이었다.
2. 다혜가 키운 고양이 이름은 다윤이! 다혜는 다윤이를 제 동생처럼 여겼다.
3. 다혜 집에는 늘 친구들이 놀러 왔는데, 그럴 때마다 다혜는 능숙하게 간식을 만들어 주곤 했다.

항상 멋진 정다혜!

다혜는 행여 찬바람이 창문 틈으로 들어올까 싶어 커튼 자락을 잘 여몄다. 11월이라지만 아침에는 기온이 영하로 뚝 떨어졌다. 다혜는 보일러 온도를 높이고 종이 상자에 누워 있는 다윤이를 가만히 들여다봤다. 다윤이의 불룩한 배가 규칙적으로 오르내렸다. 다혜가 조심스럽게 쓰다듬자 다윤이는 쉰 목소리로 가르랑거렸다. 다혜는 다윤이가 겪을 고통을 가늠할 수 없었다.

"고양이도 사람처럼 새끼를 낳을 때 많이 아플까?"

나라는 휴대 전화기를 들여다보며 건성으로 대답했다.

"고양이든 사람이든 내가 낳아 봤어야지. 다윤이한테 물어 봐!"

"다윤이도 처음이라 모를 거야."

다혜는 다윤이 귀에 대고 속삭였다. 괜찮아, 괜찮을 거야. 언니가 있잖아. 나혜는 소독해 놓은 기위와 실뭉치를 종이 상자 옆에 끌어당겨 놓았다. 고양이 출산을 돕는 동영상을 외울 만큼 봤지만, 도무지 자신이 없었다.

"다윤이가 탯줄을 직접 못 끊으면, 내가 해 줘야 해. 탯줄은 배에서 2 내지 3센티미터 떨어진 곳을 실로 묶은 뒤에 잘라야 해. 그리고……"

다혜는 동영상을 떠올리면서 몇 번이나 되뇌었다. 나라가 침착하게 있으라고 당부했지만, 다혜는 태연할 수 없었다. 내 손으로 생명을 받게 된다, 내 동생 다윤이의 생명을…… 다혜는, 창문으로 들어온 희뿌연 빛이 방에 가득 차는가 싶더니 문지방을 넘어 온 집 안이 환해지는 것처럼 느껴졌다.

다혜는 두 살 때부터 이 집에서 살았다. 오랫동안 집은 다혜에게 모든 것이었다. 아침이면 집 안으로 스며드는 햇빛에 눈을 뜨고, 밤이면 환하게 웃으면서 자신을 내려다보는 가족과 눈을 맞추던 이곳이 다혜의 우주였다. 이곳에서 키가 자라고, 말을 익히며 가족들이 드나드는 현관문 밖에 짐작할 수 없는 더 큰 세상이 있다는 걸 알았다.

그 세상으로 다혜를 처음 이끈 건 언니였다. 놀이터에 데려가 짓궂은 사내아이들을 밀치고 그네를 태워 밀어 준 것도, 슈퍼마켓에 데려가 퉁명스런 주인을 아랑곳하지 않고 사탕을 사서 손에 쥐여 준 것도 언니였다. 여섯 살 많은 언니는 회사에 다니는 부모님을 대신해 다혜 손을 잡아 줬다.

다혜는 어느 겨울 유치원으로 데리러 온 언니를 기억한다.

"똥강아지, 답답해도 참아. 감기 든단 말이야."

언니는 다혜에게 모자를 푹 눌러 씌우고 목도리를 친친 감아 줬다. 긴 목도리는 다혜의 얼굴과 좁은 어깨까지 감쌌다. 다혜가 목도리를 끌어내릴라 치면 언니는 버럭 성을 냈다. 감기 든다니까. 다혜는 자동차가 휙 옆을 내달리거나, 낯선 어른이 골목길에서 불쑥 나타날 적마다 손을 힘줘 잡는 언니를 올려다봤다. 다혜 눈에는 고개를 뻣뻣하게 들고 걸어가는 언니가 어른처럼 여겨졌다.

"세상에, 얘는 눈밭을 굴러도 끄떡없겠구나. 참 야무지게도 싸맸네."

지나가던 아주머니가 눈만 빼꼼히 내놓은 다혜를 보고는 깔깔 웃자, 언니는 동생 손을 더 꼭 쥐었다. "똥강아지, 빨리 걸어."

다혜를 똥강아지라고 부르는 언니는 세상을 어떻게 걸어야 하는지 알려 줬다. 좌우를 살피면서 때로는 천천히 때로는 빠르게, 당당하게 기죽지 말고 걸어. 언니가 있잖아. 하지만 초등학교 2학년 봄, 다혜는 깨달았다. 남자아이가 놀려서 울어도 언니는 다혜의 울음소리를 들을 수도, 달려와 줄 수도 없다는 걸. 다혜는 일기장에 담임 선생님이 써 준 붉은 글씨를 여러 번 되풀이해 읽었다.

"놀리는 친구에게 그러지 말라고 씩씩하게 말할 줄 아는 다혜가 되길 바란다."

다혜는 그 말에 담긴 뜻을 어렴풋이 알 것 같았다. 아홉 살이면 언니 손을 놓고 씩씩하게 혼자서 걸어야 한다.

다혜는 사람들에게 혼자서도 잘 해내는 모습을 보여 주고 싶었다. 수업이 끝나면 학원에 들렀다가 큰이모 집에서 의젓하게 언니를 기다렸다. 여름 방학 때는 학원 선생님이 세 살짜리 아이를 집에 데려다줄 수 있냐고 해서 얼른 고개를 끄덕였다. 그깟 일은 아무 일도 아니라는 듯이. 다혜는 아이 손을 꼭 잡고 당당히 길을 나섰다. 나는 아홉 살이야. 이쯤은 아무것도 아니야. 다혜는 언니가 그랬던 것처럼 고개를 빳빳이 들고 걸음을 뗐다.

아이를 무사히 집에 데려다준 그날 밤, 다혜는 언니와 함께 집으로 돌아오면서 자랑하고 싶어 입이 근질거렸다. 그렇지만 꾹 참았다. 말로 내뱉으면 특별한 하루가 흩어져 사라져 버릴 것 같았다. 다혜는 집 앞 놀이터가 좁아진 것처럼 보였다. 다혜는 중얼거렸다. "나도 컸으니까 놀이터에서 놀지 말아야지."

다혜 말에 언니는 픽 웃으면서 앞서 걸었다. 다혜는 살랑살랑 팔락이는 언니의 교복 치맛자락에서 눈을 떼지 못했다. 열 살이 되는 날, 다혜는 동갑내기 사촌 진솔이와 텔레비전 앞에서 보신각 종소리를 들으면서 소원을 빌었다. 언니처럼 크게 해 달라고. 어서 중학교에 들어가게 해 달라고. 아마도 그때는 짐작하지 못했을 것이다. 중학생이 되어도, 아니 나이가 더 들어도 세상에 혼자 우뚝 서는 것은 힘든 일이라는 걸.

다윤이가 불안한 듯 야옹야옹 울었다. 다혜는 다윤이 배를 어루만지면서 물끄러미 둘을 바라보고 있는 나라를 재촉했다.

"어서 카메라로 찍어 줘! 아마 곧 새끼가 나올 거야. 순간을 놓치면 안 돼!"

나라는 머뭇머뭇 휴대 전화기를 꺼내 들었다.

"나 많이 떨리는데…… 이걸 꼭 영상으로 찍어야 해?"

"다윤이한테 가장 소중한 순간이잖아. 쉿! 나라야, 이것 좀 봐!"

항상 멋진 정다혜!

다혜는 꿈틀거리는 다윤이의 배를 손가락으로 가리켰다. 길게 누워 있던 다윤이는 일어나려는 듯 앞다리를 디뎠다가 다시 누웠다. 배가 눈에 띄게 꿀렁거리면서 뒷다리까지 들먹거렸다.

"정말 새끼가 나오려나 봐!" 다혜는 숨죽이며 종이 상자를 수건으로 덮어 어둡게 해 줬다. 다윤이가 혼자 견뎌 내야 하는 순간이 온 것이다.

"뭐야? 이렇게 수건으로 가리면 어떻게 영상을 찍어? 다윤이의 가장 소중한 순간을 우리는 볼 수 없는 거야?"

"그러네. 새끼를 다 낳아야 찍을 수 있겠네. 다윤이가 새끼를 품는 거나 찍어야겠어."

다혜는 다윤이의 거칠어지는 숨소리를 들으며 유리창을 힐끔 쳐다봤다. 해가 지고 있었다. 곧 골목에 어둠이 깔리고 가로등이 켜질 것이다. 온종일 힘겹게 일한 사람들은 그 불빛에 의지해 집으로 돌아가겠지. 인생에서 찰나에 지나지 않는 소중한 순간이란, 가로등 불빛과 같다. 삶의 기나긴 길을 걷다가 칠흑 같은 어둠에 휩싸여 발걸음을 떼기 어려울 때, 소중한 순간들은 어둠을 밝히는 빛이 되겠지.

다혜는 기억에 남는 소중한 순간들을 떠올렸다. 거창하지도 특별하지도 않아서 무심코 지나쳤지만, 머릿속에 깊이 박힌 풍경들. 한여름 뙤약볕이 길을 뜨겁게 달군 어느 일요일이 선명하게 눈앞에 펼쳐진다. 엄마와 다혜는 동네 어귀에 있는 미용실에 나란히 앉아 파마를 했다. 지독한 파마약 냄새 때문에 다혜가 얼굴을 찌푸리면 엄마는 뭐가 좋은지 깔깔 웃었다.

"예뻐지는 게 쉬운 줄 알아? 조금만 참아. 날도 더운데 파마해서 묶고 다니면 좋지."

다혜는 비닐 모자를 뒤집어쓰고 앉아 있는 게 괴로웠지만, 엄마 말을 믿고 꾹 참았다. 순정만화에 나오는 여자 주인공처럼 동글동글 예쁘게 말린 머리 모양을 상상하면서. 그런데 파마를 끝내고 거울에 비친 모습은 번개를 맞은 꼬락서니였다. 다혜가 눈물을 뚝뚝 흘리면서 울자 당황한 엄마는 품에 꼭 안아 줬다.

"울긴 왜 울어. 예쁘기만 하구만. 파마도 잘 나왔고, 우리 막내딸한테 딱 어울리네.

울지 마, 예뻐."

우리 딸 예뻐. 다혜는 그때 엄마의 따뜻한 목소리가 귓가에 들리는 듯하다. 그날 다혜는 자신을 예뻐해 주는 엄마가 있는 한 혼자 울 일은 없다는 생각이 들었다.

다혜는 아빠와 함께 보낸 시간들도 잊히지 않는다. 초등학교 때 어느 날인가 아빠 손을 잡고 간 큰 서점은 또 다른 세상이었다. 빽빽하게 책이 꽂혀 있는 책장 앞에서 다혜가 뭘 어찌해야 할지 몰라 허둥대자 아빠는 팔을 쭉 뻗어 책을 골라 건넸다.

"재미있겠지? 읽어 봐. 책을 보면서 세상을 배우는 거야."

그날 아빠가 골라 준 책은 다혜가 고른 책보다 훨씬 재미있었다. 책을 읽는 다혜를 흐뭇하게 바라보던 아빠의 눈빛은 생각만 해도 기분이 좋아진다.

친구들과 보낸 시간도 다혜에게는 그 무엇보다 소중하다. 중학교 1학년 때 한 반이었던 나라, 재림, 이솔과는 3년 내내 붙어 다녔다. 다혜는 친구들에게 자주 편지를 썼다. 생일에도, 크리스마스에도, 미술 시간에도, 잠이 오지 않는 밤에도, 화가 난 날에도 편지를 썼다. 다혜가 베스트 프렌드가 되려면 반드시 알아야 할 '정다혜 백과사전'을 적어 편지로 줬을 때, 친구들은 어처구니없어 했다.

"정다혜! 좋아하는 과자는 새우깡, 좋아하는 주스는 오렌지 주스? 잠자는 시간은 11시. 아주 별걸 다 적어 놨어요. 신체 사이즈 이런 건 왜 안 적었냐? 베스트 프렌드면 은밀한 비밀까지 공유해야지."

친구들은 다혜를 놀리면서도 새우깡이나 오렌지 주스를 챙겨 줬다. 넷은 틈만 나면 다혜네 집에 모였다. 기껏해야 방에서 뒹굴며 간식을 만들어 먹고, 텔레비전을 본 게 전부지만, 넷이 함께 있으면 대수롭지 않은 일도 별다르게 느껴졌다.

다혜는 넷이 처음 시내에 나간 날을 잊지 못한다. 간혹 언니를 따라서 시내 구경을 가곤 했는데도 처음 가는 것처럼 설렜다. 버스에서 내려 아파트 단지 사이로 난 지름길은 마치 판타지 세계로 들어가는 통로처럼 여겨졌다. 그날 넷이 시내를 한참 쏘다니다가 돌아보니 어둑어둑해진 쇼핑가는 온통 네온사인의 휘황한 불빛이 번쩍였다.

"이렇게 있으니까 우리 어른이 된 것 같지 않아?"

누군가의 말에 다혜는 고개를 끄덕였다.

"우리 대학교에 들어가면 다 같이 살자. 정말 재미있을 것 같아."

다혜는 그 말에도 고개를 끄덕였을 것이다. 그건 다혜가 꿈꾸는 수많은 미래 중에 하나였다. 어릴 적 다혜의 꿈은 대개의 아이들이 그렇듯이 자고 나면 바뀌었다. 가수가 되고 싶은 적도 있었고, 유치원 선생님이 되고 싶기도 했다. 중학교 2학년 때는 꿈이 뭐냐고 묻는 말에 선생님이라고 대답했다. 어쩌면 1, 2학년 담임을 맡은 김정숙 선생님 때문이었는지도 모른다. 다혜는 때로는 친구처럼, 때로는 언니처럼 대해 주는 선생님을 잘 따랐다.

중학교 때를 회상하면 떠오르는 장면에는 늘 선생님이 있다. 선생님한테 퀼트를 배우면서 서툰 손놀림으로 바느질을 하며 키득거리던 교실과 선생님이 알려 주는 대로 만든 크리스마스 케이크를 들고 나섰을 때 운동장에서 바라본 다홍빛 하늘과 차가운 겨울바람을 맞으면서 함께 간 대부도 '유리성'의 영롱한 유리 조각품들. 다혜가 결코 잊을 수 없는 소중한 순간들이다.

다혜는 고등학교에 들어가서도 선생님을 만나 영화를 봤다. 그날 선생님이 헤어지면서 한 말을 다혜는 또렷하게 기억한다. "다혜야, 네가 1학년 때 책상하고 사물함에 붙인 이름표에 뭐라고 썼는지 기억나니? 항상 멋진 정다혜라고 썼잖아. 그 말처럼 될 거야!" 다혜는 책상 위에 붙여 놓은 이름표가 어렴풋이 생각났다. 항상 멋진 10435 정다혜. 다혜는 가끔 그 말을 되뇐다. 항상 멋진 정다혜!

마침내 다윤이가 새끼를 낳았다. 다윤이는 첫 출산을 조용하고도 민첩하게 치렀다. 새끼가 나올 적마다 재빠르게 혀로 핥아 주며 탯줄을 끊고 태반을 먹어 치웠다. 다윤이는 의젓하게 새끼 셋을 세상에 내놓았다. 잔뜩 긴장하고 있던 다혜는 다윤이 발아래에서 꼬물대는 새끼 고양이들을 보자 마음이 턱 놓였다.

"우리 다윤이 정말 대단하다. 아주 잘했어. 나라야, 얘네들 좀 봐. 정말 이쁘지 않니?"

다혜는 새끼들이 놀랄까 봐 목소리를 낮춰 소곤댔다. 새끼들은 눈을 꼭 감은 채 저희들끼리 엉겨 붙어 꼼지락거렸다. 다윤이는 새끼들 몸을 다 핥아 주고는 몸을 길게 뉘였다. 눈도 뜨지 못한 새끼들은 어떻게 아는지 꼼질꼼질 어미의 가슴을 잘도 파고들었다.

"나 눈물 나려고 해. 정말 감동적이야. 우리 엄마도 그랬을까? 우리도 이렇게 엄마 젖을 먹었겠지?" 나라 말에 다혜는 머리를 주억거렸다. 그랬겠지. 낯선 세상에 느닷없이 튕겨져 나와 어리둥절한 우리는 엄마 품에서 놀란 가슴을 쓸어내렸겠지. 그리고 엄마와 눈을 맞추며, 엄마의 목소리를 들으면서 이 세상이 우리에게 호의적이라는 걸 알았겠지. 그리고 기억했겠지. 새끼 고양이처럼 엄마의 냄새를. 지금도 다혜가 틈만 나면 엄마 품으로 파고드는 건 뇌에 각인된 냄새 때문인지도 모른다. 세상에 나와 처음 맡은 친근한 냄새. 다혜는 젖을 빠는 새끼들을 보면서 괜히 코를 벌름거렸다. 엄마 냄새가 나는 것 같았다. 세상에서 가장 좋은 그 냄새.

다윤이가 새끼를 낳은 뒤 친구들이 현관 문지방이 닳도록 드나들었다. 진솔이가 온 날은 새끼들이 까만 눈을 뜬 날이었다.

"셋 다 너를 닮은 것 같아."

진솔이는 새끼들을 손에 올려놓고 눈을 떼지 못했다.

"정말 나를 닮은 것 같아?"

"그래, 애들 표정 좀 봐. 무뚝뚝해 보이잖아."

"내가 무뚝뚝하다고?"

"겉으로는 그렇지. 속은 안 그러면서…… 할머니께서 그러셨어. 다혜 속은 단배 같다고."

어려서부터 한동네에서 함께 지낸 사촌 진솔은 늘 다혜 속을 꿰뚫어 봤다.

"과제 해야 한다면서? 빨리 집에 가. 겨울이라 금방 해 떨어져."

다혜가 퉁명스럽게 말하는 걸 듣고 진솔은 빙싯거리면서 일어섰다.

"거봐. 속으로는 내 걱정하잖아."

정다혜

다혜는 걱정은 무슨 걱정을 하냐며 투덜대면서도 기어이 진솔을 배웅한다고 따라나섰다. 진솔이 집으로 가는 샛길은 야트막한 뒷산 산책로를 넘어야 했다. 다혜는 산책로 입구까지만 데려다준다더니 질금질금 산꼭대기까지 따라왔다.

둘은 잠시 숨을 돌리면서 동네를 내려다봤다. 불빛이 하나둘 밝혀지는 동네는 마치 잘 치장한 크리스마스트리처럼 아름답게 보였다. 다혜는 어릴 적부터 뛰어다닌 길을 눈으로 좇았다. 언니처럼 아침마다 학교에 가는 게 마냥 좋아서 설레는 기분으로 나섰던 그 길, 나풀거리는 교복 치맛자락을 자꾸 쓸어내리면서 쇼윈도에 제 모습을 비춰봤던 그 길. 그 길을 걸으면서 다혜는 열일곱 살이 되었다.

"우리 동네도 참 작다. 어려서는 아주 큰 것 같았는데…… 우리도 언젠가는 이 동네를 떠나겠지."

진솔이 말을 들으면서 다혜는 작게 중얼거렸다. 그러겠지. 더 큰 세상으로 나가겠지. 그래도 늘 이곳이 그립겠지. 슬픈 날이나 기쁜 날이나, 갠 날이나 흐린 날이나 여기 이 자리에서 기다리고 있을 엄마 아빠! 다혜는 고개를 들어 어둠으로 물든 검은 하늘을 올려다봤다. 이른 별 하나가 보석처럼 빛을 냈다. 진솔이가 별을 손가락으로 가리키면서 중얼거렸다.

"나 소원 빌었어. 꿈을 이루게 해 달라고. 다혜야, 네 소원은 뭐야?"

다혜는 불현듯 항암 치료를 받는 아빠 얼굴이 떠올랐다.

"아빠가 건강하신 거…… 그리고 우리 가족 건강한 거, 나는 그거면 됐어."

다혜는 대답하면서 집을 내려다봤다. 집 앞에 환하게 가로등이 켜져 있었다. 다혜는 진솔이 어깨를 툭 쳤다.

"잘 가라! 나는 이제 간다!"

다혜는 잰걸음으로 산비탈을 내려왔다. 초겨울의 차가운 바람이 살갗으로 스며들었다. 다혜는 심호흡을 크게 한 번 하고는 힘껏 내달렸다. 가족들이 와 있을, 이 세상에서 가장 따뜻한 집을 향해.

'효녀 은정'이라고 불러 줘

안산 단원고 2학년 9반 **조은정**

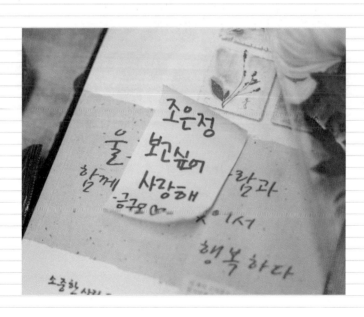

1. 초등학교 2학년 체육 대회. 달리기에서 근소한 차이로 2등으로 들어왔다.
억울하다며 한바탕 울고 난 뒤 눈이 퉁퉁 부은 은정.
2. 2012년 겨울 대부도. 은정이 중학교 3학년 때 떠난 가족 여행이다.
대부도에 가면 바지락 칼국수를 꼭 먹곤 했다.
3. 쌍꺼풀 수술을 하고 더 예뻐진 은정. 염색약 모델과 자신이 닮았다며 기념사진을 찍었다.

'효녀 은정'이라고 불러 줘

눈물 때문에 눈이 많이 부었다.
고름을 뺐다.
-2007년 5월, 초등학교 4학년 은정의 일기 중에서

어려서부터 은정은 눈물이 많았다. 너무 자주, 너무 많이 울어서 눈가가 짓무를 정도였다. 초등학생 때에는 수업 시간에 책을 읽어 보라는 선생님의 말에 은정은 그대로 울어 버렸다. 엄마가 조금만 심한 장난을 쳐도 자동으로 눈물이 주르륵 흘렀다. 은정의 눈물샘은 유난히 섬세했다. 부끄럽거나 화가 날 때, 당황할 때에도 울음이 터졌다. 마음 깊은 곳의 소중하고 여린 주머니가 살짝만 건드려지면 눈물샘은 머리를 거치기도 전에 바로 반응했다. 할머니는 은정의 엄마도 어렸을 때 은정이처럼 눈물이 많았다고 했다. 엄마는 딸이 행여 밖에서 친구들에게 놀림감이 되지 않을까 염려했다.

"울면 지는 거야. 울고 싶으면 꾹 참았다가 엄마 앞에서만 울어."

하지만 은정은 맑고 여린 감정 밑에 물러서지 않는 고집과 원칙, 그리고 묵직한 힘을 품고 있었다. 눈물은 참지 못했지만, 자신이 한번 옳다고 생각하면 돌아서는 법이 없었다. 중학교 2학년 때였다. 수련회와 체육 대회를 앞두고 반 티를 맞추기 위한 회의가 열렸다. 반 아이들 대부분이 노란색 티를 선택했는데, 몇 명은 분홍색 티를 원했다. 그 몇 명에 은정도 있었다. 의견은 좁혀지지 않았다. 은정은 끝까지 분홍색 티를 고

집했다. 입어 보면 예쁜데 애들이 입어 보지 않아서 모르는 거라고 생각했다. 그 일로 다수의 반 아이들과 '패'가 갈렸다. 따돌림이 시작됐다.

은근한 따돌림이 아니었다. 아이들 몇 명은 교실에서 은정에게 욕을 하거나 발을 걸어 넘어뜨리기도 했다. 머리채를 잡고 싸우기까지 했다. 은정은 거의 매일 울었고, 주변 아이들은 '맨날 우는 애'라는 딱지마저 붙였다. "학교 가기 싫어", "전학가고 싶어", "다른 동네로 이사하자"는 은정의 하소연이 눈물과 함께 매일 반복됐다. 엄마는 속이 썩어 들어갔지만, 처음에는 딸의 편을 들어 주지 않았다. 딸의 성격이 너무 강한 탓이라 여겼기 때문이다.

"네가 너무 고지식해서 그래. 네 성격을 바꿔야지. 좀 양보를 해 보면 어떨까."

그렇게 달래고, 타이르고, 설득하고, 손을 맞잡고 기도하는 나날이 계속됐다. 하지만 시간이 지나도 문제는 해결될 기미가 보이지 않았다.

그러던 어느 날, 은정은 혼자 경찰서를 향했다. 학교 근처 지구대 청소년 보호과에 찾아가 "내가 왕따를 당하고 있으니 와서 조사해 달라"고 당당하게 요청했다. 다음 날 경찰서에서 조사를 나오지 않자, 은정은 다시 지구대를 찾았다. 은정은 현실적인 판단이 빨랐고 그것을 행동으로 옮기는 데에 주저함이 없었다. 딸이 자기 발로 경찰서에 갔다는 이야기를 들은 엄마는 이대로는 안 되겠다고 판단했다. 그날, 학교에서 돌아온 은정이 힘들어하자 엄마는 다르게 반응했다.

"엄마가 어떻게 해 줄까? 걔네 주소랑 전화번호 적어. 엄마가 야구 방망이 들고 밤마다 가서 너 괴롭히는 애들 다 혼내 줄게. 너만 괜찮으면 엄마는 감옥에 가도 괜찮아. 면회만 자주 와. 사식도 넣어 주고."

돌변한 엄마의 반응 때문이었는지, 감옥이라는 말에 겁이 났는지, 은정은 엄마를 말렸다.

"기다려 봐. 내가 선생님이랑 한번 해결해 보고 정 안 되면 SOS를 칠게."

이후, 사태를 파악한 담임 선생님이 갈라진 아이들을 중재했다. 처음에 아이들은 서로를 가리켜 "쟤네가 우리를 왕따시켰다"고 거세게 반발했다. 하지만 선생님과 아이들이 함께 피자를 먹고 늦은 밤까지 대화를 나누는 나날이 몇 번 지나자 아이들은 언제 그랬냐는 듯 다시 친해졌다. 훗날 중학교 졸업식장에서 은정의 엄마를 만난 2학년 담임 선생님은 당시를 떠올리면서 "그렇게 자기주장이 강하고 힘든 애들은 처음이었다"며 웃었다.

눈물이 마르지 않을 만큼 힘든 하루하루였지만, 당시의 시간은 열다섯 은정을 성장시켰다. 중학교 3학년이 되면서 은정은 친구와의 관계에서 버릴 것과 꼭 지켜야 할 것을 구분하기 시작했다. 자신이 움켜쥐고 있던 것들을 놓아 버리고, 친구들의 곁에 자연스럽게 어우러졌다. 어느 날, 친구들과 놀러 나가던 은정이 말했다.

"엄마, 나 요즘 매일매일 너무 재밌어. 내가 조금만 변하면 이렇게 재밌는데 왜 그랬는지 모르겠어."

고등학생이 된 후, 은정은 더 밝아지고 넓어졌다. 친구들과 함께하는 일상의 행복을 발견했다. 주말이면 친구들과 냉장고를 털어 도시락을 싸서 주변 공원이나 산으로 소풍을 갔다. 여름 방학엔 친구들끼리 강원도로 여행을 떠나기도 했다. 길을 찾자, 행복은 가속도가 붙었다. 은정은 화분의 꽃을 보면서조차 "사랑스럽다"는 말을 내뱉었다. 그즈음, 그렇게도 멈추지 않던 은정의 눈물이 줄어들기 시작했다.

엄마는 자기 자리를 찾아가는 은정이 대견했다. 그 대견함을 "이렇게 예쁜 딸이면 동생 하나 더 낳아도 좋겠다"라고 표현하자, 은정은 "엄마, 지금도 안 늦었어. 내가 키워 줄 테니까 낳아"라고 호언장담해 엄마를 웃게 했다.

수말이년 은정은 교회에 갔다. 주일 예배를 거른 적이 없었고 친구들과 찬양다 활동을 했다. 노래를 빼어나게 잘하진 않았어도 무엇이든 한번 시작하면 열심히 하는 성격이어서 연습을 빼먹는 법이 없었다. 예배가 끝난 뒤 친구들과 어울리는 시간을 무엇보다 좋아했다. 그저 교회의 빈 공간에서 이야기를 하고 장난치는 게 전부였지만 은정과 친구들은 행복했다. 여름 수련회에서는 여고생들만의 수다로 온밤을 지새웠다. 얼굴을 맞대고, 이불을 뒤집어쓰고, 때로는 너무 웃다가 눈물을 찔끔 흘렸고, 때로는 터져 나오는 눈물을 주체하지 못해 울다가 '풋' 하고 웃음이 터졌다. 그 여름밤에 소녀들 사이에는 밤하늘의 별처럼 수많은 공감과 위로의 순간들이 오갔다.

은정에게 교회가 특별했던 건 우정 때문만은 아니었다. 무엇보다 은정에게는 신앙에 대한 열망이 있었다. 특별 새벽 기도회가 열리는 기간이면 은정은 혼자 알람을 맞춰 놓고 졸린 눈을 비비며 일어났다. 학교에서는 일주일에 한 번 점심시간에 기도 모임을 했다. 한마디라도 놓칠 새라 주일 설교를 꼬박꼬박 적었고 여름 수련회에서는 무더위 속에 이어지는 강의 시간에도 조는 법 한 번 없었다. 친구들과 농담을 주고받다가도 문득, "나는 하나님을 만나는 뜨거운 체험을 해 보고 싶어"라며 '어떤 깊은 곳'을 향한 목마름을 드러냈다.

이런 신앙의 뿌리는 부모님이었다. 은정은 신앙심이 깊은 부모님을 따라 태어나면서부터 교회에 나갔다. 은정이의 부모님은 한 살 터울 오빠와 은정에게 어려운 일이 닥칠 때마다 함께 성경을 읽고 기도하며 신앙 안에서 해결해 나갔다. 남매가 초등학생이 되자 부모님은 가족 예배를 시작했다.

하루를 마무리하는 시간이 되면 은정의 아빠는 "예배드리자"며 식구들을 불러 모았다. 좋아하는 드라마라도 시작하는 시간이면 은정과 엄마는 "빨리빨리!" 하며 재촉했지만, 막상 이야기를 나누고 기도를 하다 보면 한 시간이 훌쩍 지나 드라마는 끝나 있기 일쑤였다. 은정은 엄마와 다툰 후 방에 들어가 울고 있다가도 예배를 드리자는 말에 군소리 없이 거실로 걸어 나왔다. 그러면 그 시간에 "엄마, 내가 이런 감정이었어", "그랬구나. 나도 너 때문에 속상했어"라며 마음을 나눌 수 있었다. 남매를 신앙 안에서 키우려 시작한 예배는 가족 전체에 더할 나위 없는 소통과 화해의 시간이 됐다. 덕분에 남매는 흔히 말하는 중2병도, 사춘기도 심하게 겪지 않았다.

엄마 아빠의 휴대 전화에 저장된 딸의 이름은 '효녀 은정'이었다. 은정이 직접 저장한 이름이었다. 은정은 엄마 아빠에게 자신이 '공주님'도, '예쁜 딸'도 아닌 효녀이길 원했다. 바람대로, 부모님에게 은정은 더 바랄 것이 없는 딸이었다. 방학이면 은정은 엄마가 운영하는 식당에서 오빠와 함께 아르바이트를 했다. 일당 2만 원. 은정은 그 돈을 차곡차곡 모아 부모님의 생일이나 결혼기념일을 챙겼다. 케이크와 샴페인을 준비하고, '갖고 싶은 거 사세요'라며 10만 원을 살뜰히 담은 봉투를 드리기도 했다.

은정이 고등학교 1학년이던 해, 부모님이 함께 운영하던 식당 건물이 경매로 넘어갔다. 보증금을 모두 날리며 상황이 어려워진 부모님이 힘든 내색을 비치면, 은정은 "우리 빚이 많구나. 걱정 마. 내가 돈 많이 벌어서 다 갚아 줄게"라며 말 한마디만으로 부모님의 마음을 환하게 만들었다.

은정의 엄마 사랑은 어려서부터 유별났다. 아기였을 때, 은정은 엄마와 잠시도 떨어지지 못했다. 엄마는 화장실에 갈 때에도 화장실 문 앞에 은정을 앉혀 놓고 볼일을 봐야 했다. 잠시라도 떨어지면 하늘이 무너진 것처럼 울었기 때문이다. 은정은 고등학생이 되어서도 엄마랑 한 침대에서 잤다. 가끔 엄마가 "아이고, 귀찮아. 이제 네 방 가서 자"라고 슬쩍 밀어내면, "아이, 엄마아~ 왜 그래애? 같이 자자, 응? 뿌잉뿌잉~" 하고 애교를 부리며 달려들었다. 엄마가 설거지를 할 때면 "5분만 이러고 있자"며 뒤에서 엄마를 꼬옥 안았다. 어느 순간 시작한 "사랑한다"는 고백이 넘치고 넘쳤다. 은정은 특유의 빠른 말투로, 평생의 고백을 한꺼번에 쏟아내는 듯 여러 번 반복해 말했다. "엄마, 사랑해, 사랑해, 사랑해." 가끔 엄마가 이런저런 일로 속상해하면 달려와 "엄마, 나 믿고 살아. 내가 있잖아"라고 위로했다. 엄마는 그런 딸이 있어 울다가도 금방 웃을 수 있었다.

딸은 엄마의 마음이 되고자 했다. 딸의 세상은 엄마의 세상과 분리되지 않았다. 현재뿐 아니라 미래까지도 딸은 엄마와 함께 살아가고자 했다. 문과와 이과를 결정해야 하는 즈음이었다. 은정이 엄마에게 물었다.

"엄마, 엄마는 내가 뭐가 되면 좋겠어?"

"네가 하고 싶은 거 하고 살면 엄마는 다 좋아."

"엄마 꿈은 뭐였는데?"

"왜? 네가 이뤄 주게?"

"혹시 알아?"

"엄마는 간호사가 되고 싶었어. 하얀 가운 입고 아픈 사람들 돌보는 게 꿈이었지."

"그럼 내가 그거 할까?"

얼마 뒤 은정은 이과를 선택했고 약사가 되겠다고 했다. 엄마의 꿈의 연장선에서 선택한 길이었다. 자신이 나고 자란 안산처럼 대도시도 시골도 아닌 곳에서 약국을 하며 살고 싶다 했다.

작은 상가를 하나 얻어 엄마는 미용실 하고 딸은 약국을 하면 좋겠다.

알았어. 그럼 내가 돈 많이 벌어 올게.

시집가서도 엄마랑 같이 살자.

나중에 네가 아이를 낳으면 엄마가 길러 줄게.

엄마와 딸은 서로 의지하며 아옹다옹 살아갈 소박한 미래를 꿈꿨다.

꿈이 선명해지자, 이를 위한 계획과 노력도 더 구체적이 되어갔다. 고등학교 2학년 진로 시간에 은정은 "수능 때 수학 1등급, 영어 1등급, 국어 1등급, 단원고 이과 전교 1등, 이화여대 약학과 합격, 후회하지 않을 만큼 정말 잘 볼 것" 등 자신의 인생 계획을 꼼꼼하게 적어 나갔다. 하지만 은정은 '공부벌레'는 아니었다. 엄마가 "너, 친구들이랑 매점 가려고 야자 하는 거지"라고 놀릴 만큼 친구들과 어울리기를 좋아했다. 대신 집중력이 좋고 총명했다. 어려서부터 하나를 가르치면 둘을 깨달았다. 방에서 마음 잡고 공부를 할 땐 엄마가 부엌에서 몇 번이나 불러도 듣지 못할 만큼 파고들었다. 오기와 끈기도 있었다. 일단 시작하면 열심히 했고, 끝을 봤다. 쉽게 포기하는 법이 없었다. 고등학생이 된 후 수학을 어려워해서 교회 집사님이 가르치는 수학 학원에 잠깐 다닌 걸 빼면 학원도 전혀 다니지 않았다. 간혹 엄마가 학원에 가겠느냐 물으면, "다 배운 거 또 설명해서 재미없어. 그 돈으로 나 맛있는 거 사 줘"라고 답했다. 엄마는 은정에게 "공부하라"는 소리를 입 밖에 내 본 적이 없었다. 대신 엄마가 은정의 귀에 딱지가 앉을 만큼 많이 한 말은 "더 부드러운 사람이 되라"는 것이었다.

엄마의 기도와 잔소리 덕분이었는지, 고등학생이 된 후로 은정은 주변 친구들의 고민 상담소가 되었다. 은정은 마음을 다해 귀 기울여 들을 줄 알았고, 무엇보다 쉽게 판단하지 않았다. 친구들은 은정이 재미있고 에너지가 가득할 뿐 아니라 속이 깊고 지혜로운 사람이란 걸 잘 알았다. 친구들의 이야기를 들을 때 은정은 무조건 편들지 않았다. 은정은 충분히 공감해 주면서도 다른 입장에서 생각할 수 있도록, 현실의 상황을 개선할 수 있도록 도왔다.

친구들의 고민에는 남자 친구 이야기도 빠지지 않았다. 연애를 한 번도 해 보지 않은 은정은 친구의 연애 이야기를 자기 이야기인 듯 눈을 반짝이며 들었고, 그 감정에 푹 빠져들었다. 때로 싱글인 친구와 손을 붙잡고 "우리 꼭 핸섬 가이 만나자"며 결의를 다졌다. 열여덟 살 은정에게 연애는 큰 관심사였다. 가족 예배 시간에도 은정은 "남자 친구 생기게 해 달라"는 기도 제목을 종종 내놨다. 엄마에게 "나 먹을 때 못 먹게 말려 줘. 살 빼고 남자 친구 사귈 거야"라며 다이어트를 선포한 것도 이런 목표 때문이었다.

은정은 165센티미터의 큰 키에 60킬로그램이 조금 넘었다. 보기 좋게 통통하고 건강한 체형이었지만 먹는 걸 워낙 좋아했다. 밤 11시 야간 자율 학습을 마치고 집에 올 때 늘 슈퍼에서 산 간식거리가 손에 들려 있었다. 말려 달라고 했으면서, 정작 엄마가 그만 먹으라고 말리면 왜 못 먹게 하냐며 서러워했다. 살을 뺀다며 주말에 수영장에 다녔지만 수영을 하고 난 뒤 친구와 함께 먹는 떡볶이를 포기하지 않았다. "운동했으니까 괜찮아"라면서.

중학교를 졸업할 무렵, 은정은 쌍꺼풀 수술을 원했다. 중3 겨울 방학, 엄마는 은정의 손을 잡고 성형외과에 갔지만 정작 은정은 병원에 들어선 순간부터 무섭다며 울기 시작했다. 결국 의사 선생님의 만류로 쌍꺼풀은 포기해야 했다. 1년 뒤, 은정은 다시 용기를 내 병원에 갔다. 하지만 그동안 쌓아 놓은 눈물이 한꺼번에 터지듯, 눈물은 멎지 않았다. 엄마는 예약을 일주일 뒤로 미루면서 엄포를 놓았다.

"이번에 안 하면 절대 안 해 줄 거야. 마지막이야."

"알았어. 나도 안 울고 싶은데 괜히 눈물이 나잖아."

일주일 뒤, 은정은 마침내 수술에 성공했다. 수술하는 동안 겁에 질린 은정은 엄마 손을 꼭 붙잡고 있었다. 은정은 쌍꺼풀이 생긴 자신의 얼굴을 무척 맘에 들어 했다. "너무 예뻐. 내가 왜 울었는지 모르겠어"라면서.

다이어트와 쌍꺼풀. 은정은 외모에 무척 신경을 쓰는 듯 했지만, 패션에서는 의외로 헐렁한 바지와 티셔츠를 고집했다. 여고생들이 많이 입는 반바지나 미니스커트를 포함해 몸에 붙는 옷 자체를 좋아하지 않았다. 집에 오면 교복을 벗고 아빠 옷을 입었고, 한 살 위인 오빠 옷을 즐겨 입었다. 하루는 펑퍼짐한 오빠 바지를 입고 교회에 나타나 "나 엄청 이상한 바지 입었다!"고 당당하게 외치기도 했다. 친구들은 그런 은정의 기발함과 밝음을 사랑했다. 하지만 엄마는 은정이 제 사이즈의 옷을 입길 바랐다. 수학여행을 떠나기 며칠 전, 친구들과 여행 가서 입을 옷을 사러 간 은정은 32 사이즈 바지와 105 사이즈 티셔츠를 사 왔다. 평소 집에 있는 미싱으로 옷을 줄여 주던 엄마였지만 이번만큼은 "대체 왜 이렇게 큰 걸 샀어. 딱 맞는 걸로 바꿔 와"라고 등을 떠밀었다. 하지만 은정은 "수학여행이 낼모레인데 언제 바꿔. 그냥 줄여 줘. 응?"하며 버텼다. 은정은 그 바지와 티셔츠를 입고 환하게 웃으며 수학여행을 떠났다. 그 바지는 엄마가 줄여 준 마지막 바지가 됐다.

수학여행을 떠나기 전 은정은 담임 선생님에게 상담을 신청했다. 형편이 어려운 학생이 수학여행비를 지원받을 수 있단 걸 알았기 때문이다. 담임 선생님은 은정의 엄마에게 전화를 걸어 더 어려운 학생을 지원하기로 했다며 양해를 구했다. 엄마는 전화를 받고서야 은정이 담임 선생님을 찾아갔단 사실을 알았다.

"은정아, 엄마 아빠가 어려워도 너 수학여행 정도는 보내 줄 수 있어."

"선생님 전화하셨어? 그거 안 됐대? 아이, 속상해."

하지만 속상함은 잠시, 은정은 금세 여행의 즐거움에 설렜다. 은정은 안 되는 것에 매여 비탄에 빠지기보다 좋은 것을 찾을 줄 알았다. 삶이 선사하는 선물을 발견했고, 그것에 감사했다. 수학여행을 떠나기 얼마 전, 친구 집에 다녀온 딸은 차분한 목소리로 말했다.

"엄마, 난 너무너무 감사해."

"뭐가?"

"오늘 친구 집에 놀러 갔는데 걔네 엄마 아빠가 막 집어 던지고 싸우시는 거야. 우린 놀라서 나왔어. 내 친구 엄청 쿨한데, 오늘은 친구들 앞에서 엄청 울었어. 친구 위로해 주고 집에 딱 왔는데, 문을 여는 순간 너무 감사한 거야. 우리 집은 모이면 맨날 웃잖아."

엄마는 그런 말을 하는 열여덟 살 딸이 대견했다.

"엄마 아빠도 너한테 고마워. 이런 딸이 세상에 어디 있어."

은정이 환하게 웃으며 말했다.

"응. 앞으로 내가 더 잘할게. 엄마, 사랑해."

포에버 영원한 친구, 윤희

안산 단원고 2학년 9반 **진윤희**

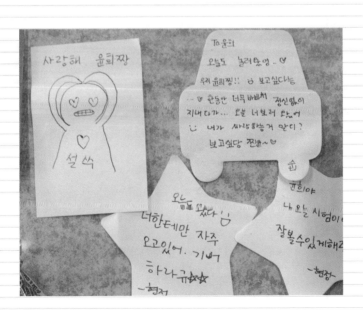

1. 월곶놀이공원에서. 아빠는 늘 맏딸 윤희를 믿음직스러워했다.
주말이면 가까운 곳으로 가족 나들이를 나가 즐거운 시간을 보냈다.
2. 고1 때 셀카. 윤희는 친구들이 셀카 보내 달라고 하면 언제나 흔쾌히 찍어 보내 주었다.
3. 윤희와 함께 고민을 나누고 미래를 꿈꾸던 포에버 다섯 친구(왼쪽에서 두 번째).

포에버 영원한 친구, 윤희

중학교 3학년을 하루 앞둔 윤희는 잠을 이룰 수 없었다. '이제 3학년이네. 1년만 있으면 고등학생이고. 올해는 어느 때보다 잘 지내야 할 텐데…… 공부도 열심히 해야 하고……' 중3은 고입을 앞둔 학년이니만큼 봉사 활동이든 수행평가든 2학년 때보다는 어려울 게 뻔했다. '잘 해낼 수 있을까?'

윤희는 코앞에 닥친 시간들이 부담스러웠다. 무엇보다 걱정스러운 건 이 밤이 지나면 지금껏 익숙하게 지냈던 것들과 이별하고 낯선 것들과 마주해야 한다는 사실이었다. 피할 수 없는 낯설음, 익숙한 것과의 단절. 이것보다 윤희를 불안하게 하는 것은 없었다.

생각해 보면 늘 그랬다. 개학 전날이나 수련회 전날, 소풍 전날은 왠지 불안해 잠을 이루지 못했다. 개학을 하루 앞둔 지금도 마찬가지다. 설상가상 2학년 내내 함께 교환일기를 쓰며 마음을 나누었던 친구들과 뿔뿔이 흩어지게 되었다. 그렇다고 포에버 다섯 친구들 중에 같은 반으로 배정받은 친구가 있는 것도 아니었다. 절친이라곤 단 한 명도 없었다. 휴우.

잠자리에 누운 윤희는 저도 모르게 한숨을 쉬었다.

'어쩌겠어. 할 수 없지.'

몸을 뒤척이다 윤희는 이왕 이렇게 된 거 그냥 긍정적으로 생각하자며 마음을 다독였다.

'그래, 다 괜찮을 거야…… 잘 지낼 수 있을 거야.'

그러나 아무리 애를 써도 잠이 오지 않았다. 윤희는 자리에서 일어나 일기장을 꺼냈다. 몇 달 전부터 친구들과 돌려 쓰던 교환 일기장이었다. 마침 윤희가 쓸 차례라 교환 일기장은 윤희 손에 와 있었다. 윤희는 일기장을 펼치고 사각사각 글을 써 내려가기 시작했다. 모든 게 새로 시작되는 내일, 기분 좋게 지내보자고 윤희는 친구들에게, 또 자기 자신에게 주문을 걸듯 글을 써 내려갔다.

중간고사가 끝났다. 후련하면서도 긴장이 풀려서인지 기운이 어딘가로 솔솔 빠져나가는 것 같았다. 기대보다 수학 시험은 어려웠다. 마음이 어수선했다. 마침 포에버 친구들이 노래방에 가자고 했다.

"야! 우리 중간고사도 끝났는데 노래방이라도 가야 하는 거 아니야?"

"맞아. 스트레스 풀어야 돼."

윤희 역시 복잡한 마음을 날려 버리고 싶었다.

"나도 좋아. 가자."

포에버는 중1 때 같은 반을 했던 다섯 친구들이 사용하는 카톡방 이름이다. 다섯 친구의 우정이 영원하길 바라며 윤희가 이름을 붙였다. 그런데 2학년이 되면서 윤희는 포에버 친구들과 헤어져 홀로 다른 반이 되었다. 교실 층수마저 달랐다. 모두 윤희네 윗층이었다. 그러나 2학년 때는 물론이고 3학년이 되어서도 우정에는 변함이 없었다.

윤희는 늘 그랬다. 자신이 먼저 나서서 새로운 친구를 사귀거나 모임을 만들지는 않아서 친구가 많지는 않았지만 한번 사귄 친구는 깊고 길게 사귀었다. 초등학교 5, 6학년 때 절친이었던 수진이가 머나먼 전라도 장성으로 이사를 갔을 때도 손편지를 주고받으며 우정을 이어갔다. 그런 윤희다 보니 교실이 다른 층이라는 점이 친구들과 멀어질 만한 까닭으로 작용하지 않았다. 포에버 다섯 친구는 성격이 제각각이고, 그래서 종종 사소한 일로 티격태격 말다툼을 하지만 모두가 착하고 만나면 마음부터 즐거워지는 친구들이었다.

"불량감자! 시간 되는 거야?"

포에버의 재은이가 물었다. 불량감자는 윤희의 별명이었다. 친구들은 윤희를 두고 감자라고 불렀다가 불량감자라고도 불렀다. 또 찐유니라고도 불렀다가 냥이라고도 했다. 아무리 친한 사이라고 해도 친구들이 불량감자라고 부르면 언짢아할 만도 한데 윤희는 도통 서운해하거나 언짢아하는 기색을 보이지 않았다. 친구 사이에서 장난삼아 부르는 별명을 가지고 화를 낼 만큼 과민하지도, 속이 좁지도 않았다. 그저 덤덤했다.

재은이 물음에 윤희는 특유의 저음으로 대답을 했다.

"당연하지."

대낮의 노래방은 손님이 없어 한산했다. 밤이면 방마다 흘러나오는 노랫소리로 시끄럽기 마련인데 한낮의 노래방은 지극히 조용하여 낯설기까지 했다.

윤희는 친구들과 주인이 정해 주는 작은 방으로 들어갔다.

"찐유니! 우리 비스트 노래부터 시작해 볼까?"

"두말하면 잔소리. 어서 번호나 누르셩!"

윤희는 활짝 웃으며 대답했다. 포에버 친구들은 대개 비스트를 좋아했다. 그중 윤희와 재은이가 특히나 좋아했다. 좋아하는 정도가 아니라 열혈팬이었다. 윤희가 노래방에 오는 이유는 친구들과 노는 게 즐거워서이기도 하지만 좋아하는 비스트의 노래를 맘껏 부르기 위해서이기도 했다.

비스트 전도사 재은이가 비스트의 노래들을 찾아 연이어 번호를 눌렀다. 그사이 첫 곡이 흘러나왔다. 최신곡 〈아름다운 밤이야〉였다. 재은이가 먼저 마이크를 잡았다. 다른 친구들은 탬버린을 들었다.

"별이 빛나는 아름다운 밤이야이야. 이 밤이 영원하길 내 손 잡아 봐……"

누가 마이크를 잡았건 포에버 친구 다섯은 모두 목청껏 노래를 불렀다. 혜선이는 노래보다 탬버린 흔들기에 열중했다. 윤희 역시 양손에 탬버린을 들었다. 윤희는 빠르게 탬버린을 흔들며 한층 흥을 돋웠다. 또 노래에 맞춰 춤을 추었다. 평소에는 얌전한 모범생이지만 놀 때만큼은 누구보다 열심인 윤희였다.

"오, 찐유니 짱!"

"와, 얌전한 윤희에게 저런 흥이 감춰져 있는 줄 누가 상상이나 했냐고!"

"윤희랑 노래방에 처음 왔을 때 기억나냐? 나는 완전히 깜짝 놀랐잖아."

"나도 윤희를 다시 봤다니까."

친구들은 처음 노래방 간 날을 떠올리며 까르르 웃음보를 터뜨렸다.

포에버 친구들에게 윤희의 첫 이미지는 얌전한 모범생 그 자체였다. 대부분의 아이들이 비비크림 정도는 바르고 다니는데 윤희는 화장이라곤 전혀 하지 않았다. 게다가 웬만해서는 큰소리로 화를 내는 법도 없었다. 그래서 놀 줄도 모르는 아이일 거라고 생각했다. 그런데 노래방에 와 보니 양손에 탬버린을 들고 치고, 춤까지 추었다. 랩은 수준급이었다. 포에버 친구들 눈이 왕방울만 해졌다. 그러나 윤희는 친구들 반응엔 아랑곳하지 않고 열심히 탬버린을 흔들고 춤추며 노래했다.

"우리 찐유니, 역시 시크해."

어느새 랩이 시작되려고 했다.

"야 야. 찐유니 찐유니. 빨랑 와. 너, 랩 해야지."

"알았어."

마이크를 건네받은 윤희는 서둘러 랩을 시작했다.

"Yeah something good nothing better. 내게 한도 없는 크레딧 카드처럼, 나 힘없이 넘어가 이런 느낌 나쁘지 않아 Girl……"

윤희의 랩은 수준급이었다. 비트에 몸을 맡기고 불러 대는 저음의 허스키한 목소리는 윤희를 멋진 래퍼로 만들어 줬다.

재은이는 순간 웃음이 났다. 윤희의 목소리가 허스키하고 낮다 보니 집에서 윤희랑 전화 통화를 하면 곁에서 듣고 있던 엄마가, "지금 통화하는 남자애는 누구니?" 하고 묻곤 했기 때문이었다.

포에버 친구들은 그렇게 두어 시간 남짓 신나게 노래하고 춤을 추며 중간고사의 스트레스를 풀었다.

하루는 포에버 카톡방에 메시지가 떴다.

"얘들아, 우리 옷 사러 갈래?"

"옷? 어디로?"

"안양 지하상가."

"좋아, 좋아."

포에버 친구들은 순식간에 의견을 모았다.

윤희는 남아 있는 용돈을 헤아려 보았다. 옷을 사기엔 턱없이 부족한 돈이었다. 쇼핑하다가 군것질이나 하면 될 터였다.

'나는 그냥 아이쇼핑이나 하지 뭐.'

마음을 비우고 외출 준비를 하는데 엄마가 물었다.

"윤희야, 친구들이랑 쇼핑 가는 김에 너도 마음에 드는 옷 있으면 하나 사."

"아니야. 괜찮아. 나는 그냥 아이쇼핑만 할래."

"괜찮긴 뭐가 괜찮아. 친구들 옷 사는데 너는 구경만 하면 재미없지."

엄마는 괜찮다는 윤희에게 돈을 쥐여 줬다. 엄마는 늘 괜찮다는 윤희가 한편으론 대견하고 한편으론 안쓰러웠다. 집안 사정이 딸자식 티 하나 못 사 줄 형편은 아니건만 윤희는 맏딸이라 그런지 언제나 돈 쓰는 걸 쉽게 생각하지 않았다. 운동화가 다 해지고 낡아도 그냥 신고 다닐 뿐 불평 한마디 하지 않았다. 딱히 사 달라고 조르는 일도 없었다. 다른 아이들이 비비크림에 립스틱을 발라도 늘 맨 얼굴로 다녔다. 엄마가 "다른 애들은 다 화장하고 다니는네 너는 하고 싶지 않니?" 물으면 "나는 화장 별로인데" 대답할 뿐이었다. 윤희가 그나마 비비크림이라도 바르기 시작한 것은 고등학교에 입학하고서였다. 남들도 다 하는데 나도 해야 하는 거 아닐까, 같은 생각 자체를 하지 않았다. 엄마는 그런 딸이 대견하고 든든했다.

안양 지하상가에는 옷 파는 가게가 즐비했다. 가게마다 점포 밖 진열대에 파격 세일을 써 붙여 놓고 옷들을 걸어 놓았다. 포에버 친구들은 눈으로 옷들을 하나하나 살피며 걸었다. 마음에 드는 옷이 있으면 입어 보기도 했다. 그러다 보니 옷을 사지도 않았는데 한 시간이 훌쩍 지나 버렸다.

"얘들아, 좀 빨랑빨랑 보고 빨랑빨랑 사자. 다리 아프게 뭘 그렇게 자꾸 돌아다니냐?"

평소 걷기를 힘들어하는 윤정이가 투덜거리기 시작했다. 윤희는 윤정이가 마음 쓰였다. 다른 애들은 모두 옷을 좋아하니까 구경하는 게 즐겁고 힘도 별로 안 들겠지만 윤정이는 몸이 약해 많이 피곤할 터였다. 윤희가 말했다.

"얘들아, 우리 빨리 옷 사고 떡볶이 먹으러 가자."

"떡볶이? 좋지. 슬슬 배가 고파지려는 참이었는데."

물방울 무늬를 유독 좋아하는 윤정이는 일찌감치 물방울 무늬 티를 하나 사 둔 상태였다. 윤희는 무늬 없는 심플한 디자인의 옷을 좋아하는데 썩 마음에 드는 티를 발견하지 못했다. 그래서 파격 세일하는 진열대에서 청반바지를 하나 골랐다. 친구들도 하나둘 점찍어 두었던 옷을 사기 시작했다.

하루는 다 같이 중앙통을 걸어가는데 혜선이가 한 가게 앞에서 뚝, 걸음을 멈추었다.

"왜? 뭔데?"

윤희가 궁금증을 이기지 못하고 물었다.

"윤희야, 이거 귀엽지 않니?"

혜선이가 손으로 가리키는 곳에는 색색깔의 토끼 브로치가 놓여 있었다. 차려 자세로 서 있는 토끼는 토끼답게 귀가 길었다. 윤희는 귀여운 토끼 브로치가 혜선이 눈에 가장 먼저 띈 것은 혜선이가 동물을 유독 좋아하는 까닭이라고 생각했다. 윤희는 방그레 웃으며 대답했다.

"정말 예쁘다. 우리 이거 하나씩 사서 나눠 가지면 좋겠다."

"찐유니, 어쩜 그렇게 내 생각이랑 똑같니?"

혜선이는 신이 나서 대꾸했다.

"토끼 색깔이 여러 가지니까 이왕이면 우리 다 다른 색으로 고르자."

"좋아, 좋아."

윤희는 남색 토끼를 골랐다. 재은이는 보라 토끼, 윤정이는 분홍 토끼, 혜선이는 하늘색 토끼, 민지는 노랑 토끼. 포에버 친구들은 가슴마다 색색의 토끼를 달았다. 윤희는 친구들 가슴마다 매달려 있는 토끼를 보자 다섯이 하나가 된 것 같아 뿌듯하고 기분이 좋았다.

주말이면 포에버 친구들은 종종 윤희네 집에 놀러 왔다. 친구들은 둘씩 번갈아 가며 닌텐도 위로 테니스 게임을 했다. 게임을 하다 지치면 방바닥을 뒹굴며 이야기를 나누었다. 중3이다 보니 화제는 단연 어느 고등학교로 진학할지에 관한 것이었다.

"찐유니, 너는 어디 지원할 거니?"

"나는 엄마의 의견을 반영해서 강서고를 1지망으로 쓸 것 같아. 물론 단원고 갈 수도 있지만. 그런데 어딜 가든 비슷하지 않을까?"

"그렇긴 하지."

"그런데 공부가 고민이야. 2학년 때 친구들 신경 쓰느라 공부를 안 했더니 성적이 많이 떨어졌어."

성적도 성적이지만 윤희는 무엇을 위해 공부해야 하는지가 더 고민이었다. 자신이 무엇을 잘할 수 있고, 무엇을 꿈꾸며 살아야 하는지를 알면 공부에 더 열의를 느낄 것 같았다.

친구들과 이런저런 고민을 나누다 보니 어느새 어둠이 내렸다. 친구들이 하나둘 돌아간 뒤 윤희는 문득 동생 혜교가 아직 집에 들어오지 않았다는 것을 깨달았다. 요즘 들어 혜교 귀가 시간이 부쩍 늦어졌다.

'무슨 일이지?' 가끔 밖에서 듣는 동생 이야기는 윤희를 근심스럽게 만들었다.

'별일 없어야 하는데……' 윤희는 저도 모르게 한숨을 쉬었다.

윤희의 고민은 고등학생이 된 후 정리되었다. 적성 검사 후 진로를 회계사로 정한 것이다. 고등학교 2학년이 된 후로는 수학 공부를 어떻게 해야 하는지도 터득하게 되었다. 길이 보이자 윤희는 기뻤고, 학교생활도 공부도 모두 즐거웠다. 이제 열심히 공부하는 일만 남은 듯했다.

고등학교에 진학하자 예전처럼 포에버 친구들을 자주 만날 수가 없었다. 윤희와 민지는 단원고등학교를 배정받았고, 나머지 친구들은 다 다른 학교로 진학했다. 하지만 윤희는 시간이 날 때마다 공부에 지친 친구들에게 응원 카톡을 보냈다.

「우리 힘내자.♡♡♡♡♡」

「♥♥♥사랑해.♥♥♥」

「♡♥♡계속 이 우정 이어가자.♥♡♥」

친구들 생일도 잊지 않고 챙겼다. 지난 생일 때 윤희는 포에버 친구들에게 예쁘게 꾸민 스케치북을 선물받았다. 친구들은 스케치북에 윤희가 좋아하는 비스트 사진을 여러 장 구해 붙이고, 편지를 쓰고, 그림을 그리고, 퀴즈를 내는 등 온갖 정성 다해 꾸며 선물해 주었다. 윤희는 가슴이 벅차올랐다. 친구들의 정성에 눈물이 핑 돌았다. 진심으로 포에버의 우정이 영원하길 바랐다.

다른 친구들 마음도 똑같았나 보다. 어느 날 누군가가 제안을 했다.

"얘들아, 우리도 사진 찍지 않을래?"

윤희는 대찬성이었다.

"하긴 시간이 가면 남는 건 사진뿐이잖아? 우리의 우정을 영원히 기억하기 위해 사진 한 장쯤 남기는 것도 괜찮은 것 같아."

"이왕이면 똑같은 옷으로 맞춰 입고 찍자."

"좋아, 좋아."

마침 며칠 후 재은이 생일이 있었다. 윤희와 친구들은 약속한 대로 산뜻하게 흰 티에 검정 바지 혹은 검정 치마를 입고 모였다. 일단 재은이 생일부터 축하해 주고는 모두 같이 사진관을 찾아갔다.

포에버 다섯 친구는 현재의 우정을 기억하고, 이 우정이 영원하기를 바라며 'LOVE ♥'를 하나씩 가슴에 나눠 안고 소파에 앉았다. 사진사 아저씨가 말했다.

"자 자, 여기 보세요. 하나 둘 셋!"

찰칵! 사진 속 친구들 모두가 예쁘고 깜찍했다. 윤희는 사진을 들여다보며 흐뭇한 미소를 지었다.

　이제 고민이 있다면 동생 혜교에 관한 것이었다. 어려서는 허구한 날 티격태격 싸웠지만 윤희에게 혜교는 애틋한 동생이었다. 어떤 날은 자기보다 더 어른스럽기도 했다. 윤희는 어려서부터 조금이라도 사나워 보이는 동물이 있으면 겁을 내곤 했다. 그런데 엄마가 아기 고양이를 데려오면서부터 동물들을 예뻐하게 되었다. 하지만 벌레만은 세월이 가도 친해지지 않았다. 집 안에 작은 벌레 한 마리라도 나타나면 꺄악! 소리부터 질렀다.

　"혜교야, 혜교야! 빨리 와, 빨리. 벌레야, 벌레!"

　윤희가 난리라도 난 듯 소리를 질러 대면 어디선가 혜교가 나타나 킥, 코웃음 한 번 치고 벌레를 잡아 내다 버렸다.

　"역시 우리 혜교는 용감해."

　윤희는 혜교 덕에 비로소 안심을 했다.

　혜교는 윤희와 달리 키도 크고 활달하여 친구를 잘 사귀었다. 그러나 사춘기를 겪으면서 친구 때문에 이런저런 문제를 일으켰다. 윤희는 그게 걱정스러웠다. 하지만 그도 한때라는 생각을 했다. 그래서 동생이 염려스러웠지만 조용히 지켜보곤 하였다.

　수학여행을 며칠 앞둔 어느 날 윤희는 포에버 친구들과 우정 시계를 맞추면서 시계 하나를 더 맞췄다. 동생 혜교를 위한 시계였다. 윤희는 아직 불안정한 시간을 보내는 동생을 응원하고 싶었다. 또 둘이 똑같은 시계를 차며 자매의 정을 돈독히 하고 싶었다. 그래서 자신은 하얀 시세, 동생 것으로는 깜장 시계를 골랐다. 윤희는 사랑하는 친구들과 동생 손목에 예쁜 시계가 채워진 걸 보고 싶었다. 그걸 보고 있으면 행복할 것 같았다.

　윤희는 수학여행을 떠나며 말했다.

　"택배 오면 잘 받아 둬."

나의 샴고양이 똑순이(쑤니)에게

안산 단원고 2학년 9반 **최진아**

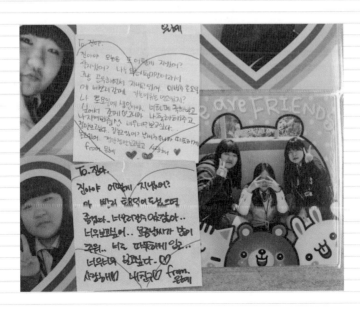

1, 초3 어린이날, 와동체육공원. 이곳에서 자전거와 롤러스케이트 타는 걸 좋아했다.
2. 미술 학원에서 수영장으로 놀러 갔다. 일곱 살 진아 별명은 '아빠 방구'.
워낙 아빠를 좋아해서 뒤를 졸졸 쫓아다닌다고 엄마가 지어 주었다.
3. 2013년 10월. 엄마 아빠와 함께 서신 백미리에 갔다.
사춘기에 접어들면서 진아는 사진을 찍자고 하면 쑥스러워했지만 엄마가 부탁하자,
"좋아, 엄마. 한 번만 포즈 잡아 줄게"라고 해서 겨우 찍었다.

나의 샴고양이 똑순이(쑤니)에게

그 산을 기억해. 그 바람이 기억나. 그날의 흙냄새도. 봄이었어. 나뭇잎은 만지면 꽃
잎처럼 부드러워 연초록 물이 배어나올 것 같은 여린 새잎이었어. 비가 내린 지 얼마
안 된 산에서는 투명하고 부드럽고 상쾌한 기분이 들게 하는 냄새가 났어. 마치 엄마
한테서 나는 향기처럼 말이야.

"우리 진아 힘들겠다. 그냥 내려갈까?"

아빠가 말했어. 그제야 나는 고개를 들어 산을 올려다봤어. 산은 너무 높아 그 끝이
보이지 않았지. 까치발을 해도 보이지 않았어. 충북 괴산에 있는 삼막산이란 곳인데
어른도 오르기 힘든 높고 험한 산이라는 거야. 당시 아홉 살이던 내가 오르긴 무리였
을 테지. 그때 난 내 손을 꼭 잡은 엄마의 손을, 내 옆에 서 있는 아빠의 발을 오래도록
바라봤어. 그러자 힘이 나는 것 같았어. 엄마 아빠만 곁에 있어 준다면, 무엇이든 다 가
능할 것 같았어. 성큼 앞서 길이갔지. 엄마가 피식 웃으며 "아이고, 우리 딸 씩씩하네"
라고 했어. 봄이라 산에는 꽃이 많이 피어 있었어. "진아야, 이건 진달래야. 이쁘지?"
그러곤 내 머리에 꽃을 꽂아 주셨어.

산에 오르는 건 쉽지 않았어. 숨도 차고 발도 아팠지. 편평한 바위가 보이면 아빠는
나보고 앉아서 잠시 쉬었다 가자고 했어. 엄마는 가방 안에서 물을 꺼내 내게 건네줬
어. 한 모금 마시니 기운이 나는 거 같았지. 엄마의 이마에 흘러내린 땀을 내가 닦아 주
었어. 엄마가 빙그레 웃어. 엄마는 웃으면 훨씬 더 예뻐 보여.

"어머, 진아야. 산 정상이야. 너무 좋다. 그치?"

얼마나 올랐을까. 엄마의 말에 고개를 들었어. 눈부시게 맑은 하늘이 눈앞으로 펼쳐져 있고 푸르른 산과 계곡들이 아찔하게 내려다보였어. 이미 정상에 오른 아저씨들이 나를 보더니, "꼬맹이가 어떻게 이 높은 산을 올랐대?"라며 놀라워해. 아빠는 웃으며 내 머리를 쓰다듬어 주었어. 아빠가 웃으면서 나를 바라볼 땐, 난 참 귀한 사람이구나, 그런 생각이 들어. 힘든 일이 닥치더라도 뭐든 해낼 수 있을 것만 같아.

아빠는 종종 나보고 "이다음에 꼭 아빠 같은 남자한테 시집가야 해"라고 해. 그런 말을 들으면 쑥스러워져. 그래서 일부러 입을 비죽거리면서 "아, 싫어. 아빠 좀 느끼하거든"이라고 해. 하지만 실은 아빠 같은 남자를 만나고 싶어. 나를 많이 사랑해 주고 잘생긴, 그런 멋진 사람!

몇 년 전 아빠는 "우리 사위랑 같이 먹어야겠구나" 그러면서 인삼주를 담그셨어. 미래의 내 남편은 어떤 사람일까. 상상이 안 돼. 둘이 술잔을 기울이는 모습도. 그래도 아빠는 못 말리는 딸바보니까, "우리 딸에게 잘해. 안 그러면 나한테 혼나네" 이러면서 괜한 엄포를 놓으시겠지. 나는 "아빠 왜 저래?" 그러면서 엄마랑 아빠 흉을 보며 웃겠지. 아마 그럴 거야. 난 결혼을 해도 엄마 아빠랑 같이 살고 싶어. 그럼 쑤니는 어떡하냐고? 당연히 쑤니도 같이 살아야지. 지금처럼 행복하게! 쑤니, 뽀뽀.

참, 쑤니야. 엄마 아빠한테도 뽀뽀를 해 줬으면 좋겠어. 이렇게 언니한테 하는 것처럼. '뽀뽀' 하고 입술을 내밀면 멀리서도 뽀로로 달려와 요 이쁜 주둥이를 쪽 부딪히는 깜찍한 뽀뽀 말이야.

쑤니야. 우리 처음 만났을 때 기억나니? 그날 아빠는 기분이 좋아 보였어. 내 방에 들어와서는 느닷없이 "강아지 보러 가자" 그러시는 거야. 엄마한테도 허락받았다면서 말이지. 나도 그렇지만 엄마도 알레르기 비염이 있어서 그동안 애완동물 키우는 걸 허락해 주지 않으셨거든. 난 너무 기뻤어. 오가면서 봐 뒀던 펫샵을 갔어. 그러나 맘에 드는 강아지를 고를 수 없었어. 아빠와 그렇게 온 동네를 돌아다니다가, 아, 너를 본 거야. 너무 예뻐서 눈을 뗄 수가 없었어. 푸르고 회색빛이 도는 동그란 눈동자는 신비로우면서도 깜찍했고 지금은 색깔이 진해졌지만 그때만 해도 넌 귀와 꼬리, 발끝만 짙은 회색 털이 나 있고 전체적으론 솜뭉치처럼 하얬어. 내가 손을 내밀자, 너는 작고 빨갛고 까끌까끌한 혀로 나를 핥더니, 손바닥 위로 올라오는 거야. 부드러운 털을 조심스럽게 쓰다듬으며 난 너를 데려가겠다고 했어. 아빠가 난처한 표정을 지었어. 엄마가 허락한 건 강아지였지 고양이가 아니었거든. 그땐 솔직히 엄마가 반대하면 어쩌나 너무나 걱정스러웠어.

일단 엄마에게 허락을 받기 위해 다시 집으로 갔어. 그런데 아빠는 그저 우물쭈물서 계시는 거야. 난 아빠 옆구리를 쿡쿡 찔렀어. 그제야 아빠가 엄마한테 말하는 거야. 떠듬떠듬, 선생님 앞에 선 학생처럼 말이지. 엄마는 절대 안 된다고 했지만, 나도 같이 조르니까 누그러진 표정으로 "그런데 이뻐?"라고 묻는 거야. "응. 정말 예뻐. 엄마, 내가 정말 잘 돌볼게. 목욕도 시키고 똥오줌도 내가 다 치울게." 그렇게 약속을 하고, 너를 데려온 거야. 엄마는 처음 널 보고 도망을 가는 거야. 정말 웃기지 않니? 그러다 네가 우리를 졸졸 따라다니면서 애교를 부리니까, 엄마도 결국 나처럼 네게 홀딱 반해 버리고 말았지.

수정이는 알레르기 비염이 나보다 심해. 언젠가 들었는데, 우리 집에 왔다 가면 약을 먹어야 한대. 그런데도 너를 그렇게 예뻐하잖니. 동물이라면 좋아서 끔뻑 죽는 가영이도, 나의 절친 은혜도, 중학교 동창인 유현이와 민선이도 나를 부러워해. 쑤니같이 이쁜 고양이를 키우고 싶다면서 말이야.

중학교 때까지도 동생 좀 낳아 달라고 엄마한테 떼를 쓰기도 했어. 형제자매가 있는 친구들이 부러웠거든. 그렇지만 이젠 괜찮아. 내 동생 쑤니가 생겼으니까. 그리고 내 이불 안으로 기어들어 와 잠든 너를 보면 너무 사랑스럽고 애틋한 마음이 들어서 눈물이 날 것 같기도 해. 아마 이런 게 엄마의 마음이겠지? 엄마도 나를 보면 이런 심정일 거야.

야자를 끝내고 밤늦게 돌아오는 날 마중 나온 엄마가 너를 안고 있는 모습을 보면 얼

나의 샴고양이 뚝순이(쑤니)에게

마나 기분이 좋아지는지 몰라. 그리고 엄마와 함께 너를 산책시키는 것도 즐거워. 길모퉁이에 핀 민들레도 예뻐 보이고, 별로 웃기지도 않는 말에도 웃음이 나와.

그렇지만 쑤니야. 지난번처럼 집 밖으로 갑자기 혼자 뛰쳐나가면 안 돼. 얼마나 놀랐는지 몰라. 장난꾸러기처럼 차 밑으로 쏙 들어가 놓고선 언니가 부르면 얼른 나와야지, 옆 차 밑으로 또 기어들어 가고. 앞으로 그러면 안 돼? 알았지. 자 그럼 약속한다는 의미로 언니한테 뽀뽀. 응. 그래. 오늘은 딱 열 번만 뽀뽀하자.

쑤니야. 내일 수학여행을 가게 됐어. 제주도로 가는데 배를 타고 간다는 거야. 근데 나 엄마한테 가기 싫다고 했어. 어쩐지 기분이 안 좋아서 말이야. 배를 타면 가라앉을 거 같다는 엉뚱한 생각이 드는 거야. 선생님한테 안 가겠다고 말씀드렸는데, 수학여행을 안 가면 자율 학습을 해야 한대. 학교에 혼자 나와서 말이야. 친구들도 자꾸 가자고 하고.

그렇지만 난 수영을 잘하니까 괜찮겠지? 은혜랑 수영을 배우는데 잘생긴 코치 선생님이 나보고 자세도 좋고 잘한다고 칭찬해 주셨거든. 그리고 나 초등학교 6학년 땐 신종플루에 걸렸었어. 타미플루를 먹으며 일주일이나 집에서 누워 있기만 했어. 열이 펄펄 끓고 몸도 너무 아팠어. 그때도 수학여행을 못 갔는데, 이번에도 못 가면 나중에 후회할지도 모른다는 생각이 들더라. 그래서 다시 가겠다고 했어.

"네 마음대로 해. 군이 안 가고 싶은데 친구들 때문에 억지로 갈 필요 없어."

엄마가 그랬어. 사실 엄마도 아빠도 내가 원하는 대로 해 주시는 편이야. 특히 아빠는 내가 원치 않는 걸 강요한 적은 단 한 번도 없어. 내가 싫다면 학원에 보내지도 않아. 그래서 그런지 다른 아이들에 비하면 공부나 시험에 대한 스트레스도 없는 편이야.

그런데 얼마 전에 이화여대를 갔다 왔는데, 정말 좋더라고. 학교 안에 커피숍도 있고 제과점도 있고, 정말 없는 게 없는 거야. 대학생 언니들도 하나같이 당당하고 멋져 보였어. 그래서 요즘엔 공부를 열심히 해야겠다는 생각이 들어.

야자 끝내고 집에 와서 공부를 하는데, 퇴근하고 돌아온 엄마가 내 궁둥이를 두드려 주면서 "아이고. 우리 진아. 공부도 스스로 알아서 하고. 너무 착하고 이쁘네" 그러는 거야.

한번은 "아빠, 나 대학은 가야겠지?" 그러니까 아빠는 "네 인생인데 알아서 해야지. 아빠 인생 대신 살아 달라고 하는 것도 아니잖니"라고 하셔.

맞아. 내 인생이야. 캐롤 베넷이라는 미국의 배우가 있는데, 그 사람이 이런 말을 했대. '나만이 내 인생을 바꿀 수 있다. 아무도 날 대신해 줄 수 없다.' 멋진 말이란 생각이 들어서 다이어리에도 적어 놨어. 그래. 내 인생이니까, 내가 선택하고 노력해 봐야겠어.

시작이 중요해. 어렸을 때 올랐던 산도 한 걸음으로 시작해서 결국 정상에 올랐잖니. 그렇게 한 발 한 발 내딛다 보면 오를 수 있을 거란 생각이 들어. 힘들면 엄마가 따라 주는 차갑고 시원한 물도 마시고 아빠한테 어리광도 부려 가면서 말이지.

사실 난 승부욕이 그렇게 강한 편은 아니야. 조금 늦더라도 주변을 둘러보면서 남들 이야기에 귀 기울이고 얼굴을 마주하고 웃는 편이 좋아.

어렸을 때도, 달리기 경기를 하면, 전속력으로 달려 1등을 해야겠다는 생각보단, 나를 지켜보는 엄마 아빠 눈을 맞추는 게 더 좋았어. 그러면 아빠는 "진아야, 빨리 뛰어야지" 그러면서 손을 들고 휘휘 저어. 그런 아빠의 모습을 보는 게 재밌어. 기가 막힌지 엄마도 따라 웃어. 난 이미 결승선에 도달한 사람처럼 여유 있게 두 손을 들고 엄마 아빠를 향해 흔들어. 천천히 걸으면서 말이야. 그러면 발밑에 나뒹구는 작은 돌멩이도 나를 따라 웃는 거 같아. 하늘의 하얀 구름도 천천히 나를 따르며 미소 짓는 것 같아.

내가 이렇게 엉뚱한 건 아무래도 아빠를 닮아서 그런 거 같아.

아주 어렸을 땐데, 계곡으로 놀러 갔어. 나는 계곡물에 들어가 튜브를 끼고 있었고 아빠는 그 앞에 서 있었어. 그런데 갑자기 아빠가 내 앞에서 잠수를 하더니 물 위로 올라오지 않으시는 거야.

가슴이 철렁 내려앉았어. 심장이 빠르게 뛰었지. 너무 무서웠어. 계곡에서 부는 축축한 바람이 기분 나쁘게 팔뚝에 들러붙는 거 같아 소름이 돋았어.

"아빠, 아빠. 누가 우리 아빠 좀 살려 주세요."

나는 울음을 터트렸어. 그제야 아빠가 푸 하고 물 밖으로 얼굴을 내미는 거야. 아빠는 가쁜 숨을 몰아쉬더니 울고 있는 나를 보며 웃는 거야. 그땐 아빠가 무사하다는 사실에 기쁘기만 했는데 이상하게 울음이 멈추질 않았어. 아빠는 머쓱한지 나를 안고 등을 쓰다듬어 주며 말했어.

"우리 진아, 많이 놀랐구나. 아빠 여깄어, 여깄다. 아빠가 장난쳐서 미안해."

그 뒤부터 계곡으로 놀러 가는 게 조금 싫어졌던 것 같아. 이런 내 마음을 눈치채셨는지, 그 뒤부터 지금까지 아빠는 물놀이를 할 때면 내가 타는 튜브에 줄을 묶어 놓고 다니면서 절대 줄을 놓치지 않으셔. 잠수도 하지 않고 장난도 치지 않고 내 튜브를 맨 줄을 물살을 거슬러 끌고 다니며 나와 함께 시간을 보내. 그렇게 아빠와 함께하는 건 안심이 되고 기분이 좋아.

그렇지만 아빠는 장난꾸러기처럼 나를 깜짝 놀래키는 걸 좋아해.

하루는 책상에 앉아 컴퓨터에서 좋아하는 노래를 다운받고 있었는데, 어두컴컴한 창밖에서 "재밌냐?" 하는 아빠 목소리가 나는 거야. 나는 어깨까지 들썩이며 놀랐어. 보니까 아빠가 빙그레 웃으며 서 있는 거 있지. 아빠는 회사가 멀어서 주말에만 오시는데, 그날은 수요일이었거든. 그런 아빠가 1층에 있는 내 방, 창밖에 선 채 꽤 오랫동안 가만히 날 들여다보고 있었다는 거야. 반가워서 "아빠, 왜 왔어?" 하니까 "인마. 내 집인데 네 허락 받고 와야 하냐? 너 보고 싶어서 왔지" 그러는 거야. 난 또 좋아서 웃음이 나. 아빠가 가끔 이렇게 오실 때면, 깜짝 선물을 받은 것처럼 기분이 좋아져.

아빠 키는 181센티미터야. 아빠가 올 때마다 나는 키를 재. 며칠 전에 잰 내 키는 174센티미터야. 아빠의 턱 밑까지 닿았어. 내가 깡충깡충 뛰면서 "아빠 나 또 키가 큰 거 같지 않아?"라고 물으면 아빠는 '흐흐흐' 하고 웃어. 엄마가 우리 셋 중에 제일 작아. 이제 아빠랑 내가 엄마를 지켜 줘야겠어.

내가 키가 커서 그런지 아빠는 나한테 "운동을 하면 어떨까"라고 해. 하지만 난 운동하는 것보단 보는 편이 더 좋아. 그중에서도 축구가 최고지.

그래. 쑤니야. 언니 방에 붙여 놓은 이 사진의 주인공도 축구 선수야, 기성용 선수. 정말 잘생기지 않았니? 여배우랑 결혼한다고 했을 땐 속상했지만, 언니는 쿨한 성격의 소유자니까 용서해 주기로 했어. 요즘엔 축구가 너무 재밌고 선수들의 특성을 알면 알수록 흥미로워져서 나중에 축구 선수 매니지먼트 일을 하면 잘할 수 있지 않을까 싶어져.

그리고 또 군인이 되고 싶기도 해, 놀이공원에서 사격 게임을 해 봤는데 점수도 잘 나오고 재밌더라고. 또 동물 병원 수의사도, 학교 선생님도 되고 싶어. 하고 싶은 일도, 되고 싶은 사람도 많아서, 아직 결정을 못 했어. 그렇지만 조만간 꼭 꿈을 정할 거야. 꿈이란 빵을 만드는 이스트 같은 게 아닐까 싶어. 올해부터 제빵 동아리에 들었는데, 빵을 만드는 과정이 참 신기하더라고. 진흙처럼 아무것도 아닌 것 같던 밀가루 반죽이 아주 적은 양의 이스트에도 부풀어 오르더라고. 꿈도 그런 게 아닐까. 지금 나는 평범하지만, 내게 잘 맞는 꿈을 찾아내면 그것이 이스트가 되어서 나를 좀 더 멋진 사람으로 만들어 주지 않을까. 물론 이스트만으론 빵이 되진 않아. 적당한 온도로 알맞은 시간 동안 구워야 해. 그건 마치 시간을 들여 노력을 기울이는 과정과 비슷하단 생각이 들어. 나는 내게 맞는 꿈을 찾아 열심히 노력해서 멋진 사람이 되고 싶어.

쑤니야. 오늘은 일찍 사야 해. 내일 은혜랑 수정이 만나서 학교에 가기로 했거든. 짐도 많아서 좀 더 서둘러 나가야 할 거 같아. 난 늦어서 허둥대는 걸 싫어해. 사실 남들보다 일찍 학교에 가는 게 습관이 되기도 했고. 처음엔 출근하는 엄마랑 같이 나가고 싶어서 그랬어. 엄마랑 같이 나가려면 새벽 6시엔 눈을 떠야 해서 힘들었어. 그런데 엄마가 출근하고 나서, 혼자 집을 나서는 건 싫어. 대개 나 혼자 어둔 빈집에 불을 켜고 들어오는데, 아침까지 그런 빈집을 뒤로한다는 건 어쩐지 쓸쓸해. 조금 힘들더라도 엄마랑 같이 준비해서 나가면, 참 좋아. 엄마와 함께 걷는 거리가 긴 이야길 나눌 만큼은 아니지만, 그렇게 시작된 아침은 여유롭고 상쾌해. 그러다 보니, 난 우리 반에서 제일 일찍 오는 부지런한 학생이 되어 버렸지 뭐야.

통근 버스를 타려고 길 건너편으로 건넌 엄마가, 학교 가는 버스를 기다리며 정류장에 서 있는 나를 향해 손을 흔들어. 그러면 주변에 서 있던 사람들이 다 나를 쳐다보는 것 같아 조금 부끄럽기도 하지만 그래도 기쁘고 뿌듯해. 나도 엄마를 향해 작게 손을 흔들어.

엄마도 운전면허를 따서 다른 친구 엄마들처럼 등하교를 시켜 주면 얼마나 좋을까. 그렇지만 그렇게 하면 엄마는 너무 피곤하겠지?

아까 저녁에도 말이야, 내가 양말이랑 속바지를 돌돌 말아서 벗어 놓았다고 엄마가 조금 심하다 싶을 정도로 날 꾸짖으시는 거야. 서운한 마음이 들더라. 매번 내 교복은 물론이거니와 엄마 아빠 빨래도 내가 자주 해 놓잖니. 엄마가 퇴근하고 늦게 오시는 날엔, 행여 배고프실까 봐 밥이며 반찬까지 해 놓는데, 대수롭지도 않은 일에 너무 화를 내시는 것 같은 거야.

난 뿌루퉁한 목소리로, "엄마, 그게 그렇게 화낼 일이야?"라고 했어. 그러자 엄마가 지치고 가라앉은 목소리로, "너무 피곤해서 그랬어, 진아야. 했던 말을 자꾸 반복하니까 화가 나서"라고 하는 거야. 그러니 또 미안한 마음이 들더라고. 이젠 알 것 같아. 어렸을 땐 엄마가 뭘 해도 지치지 않는 줄 알았어. 뭐든 거뜬히 해치우고 힘들지도 않는 줄 알았어. 하지만 엄마도 여자잖니. 회사 일도 하고 집안일도 해야 하는데 얼마나 힘들겠니.

며칠 전엔 엄마가 "진아야. 일루 와 봐. 한번 안아 보자" 그러더니 나를 꼭 껴안는 거야. 오랜만에 엄마 품에 안기니까 다시 아기 때로 돌아간 것 같았어. 물론 엄마 품은 그때처럼 크게 느껴지진 않아. 오히려 엄마는 내 품에 쏙 안길 만큼 작고 날씬해. "엄마, 왜?" 내가 묻자, 엄마는 물기 어린 목소리로 "아니, 그냥 우리 진아 안아 주고 싶어서. 우리 딸 사랑해"라고 했어. 나는 엄마에게 안긴 채 "응, 나도"라고 했어. 엄마한테 투정 부리고 화낸 것도 사과하고 싶었어. 그리고 또 미안해하지 말라는 말도 하고 싶었어. 엄마는 맞벌이하느라 어린 시절 나와 많은 시간을 함께해 주지 못했다며 그걸 마음에 담아 두시는 것 같았거든. 하지만 난 다른 친구들에 비해 가족 여행도 많이 다녔고 함께한 시간은 늘 알차고 즐거웠어. 엄마 아빠와 같이한 시간이 아쉽기는 했지만 그렇다고 부족했다고 느낀 적은 없었어. 미안해할 필요 없다고, 오히려 내가 더 미안하다고 말하고 싶었지만, 이상하게 눈물이 쏟아질 것만 같아 더 이상 말하지 못했어.

나는 엄마 아빠의 참 귀한 딸이래. 엄마 아빠가 결혼하고 아기가 안 생겨서 병원에 갔더니 99퍼센트 갖지 못할 거라면서 포기하라고 했다는 거야. 그런데 나를 갖게 된 거야. 엄마랑 아빠는 너무 기뻐 얼싸안고 울었대. 고작 1퍼센트의 확률로 내가 태어난 거지. 아빠는 나를 하늘이 주신 귀한 선물이라고 하셔. 더 착하게 살고 더 베풀며 살아야겠다는 다짐도 하게 되셨대.

그 말을 들으면서 난 앞으로도 엄마 아빠에게 좋은 마음 갖게 하는 귀한 선물 같은 딸로 살아야겠다고 생각했어.

자, 쑤니야. 마지막으로 뽀뽀 한 번 더. 오늘은 늦었으니 이만 자고 내일 뽀뽀 열 번 채워 줘. 나의 선물 쑤니야. 잘 자. 너도 좋은 꿈꿔.

나의 샴고양이 똑순이(쑤니)에게

별이 언니의 Star's Story

안산 단원고 2학년 9반 **편다인**

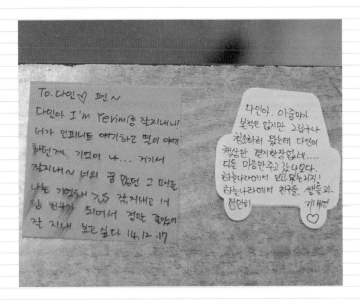

1. 셋은 틈이 나면 훌쩍 여행을 떠났는데, 제주도에 갔을 때는 내내 비가 내렸다.
2. 유치원 그림 대회에서 상 탄 날.
다인이는 어려서부터 제가 좋아하는 일은 끝까지 묵묵히 해냈다.
3. 동물을 사랑해서 수의사를 꿈꾼 다인이는 별이의 든든한 보호자였다.

별이 언니의 Star's Story

무대 조명이 다시 켜졌다. 무대 밖 사람들은 어둠에 휩싸이면서 희미해졌다. 침묵을 깨는 조심스러운 속삭임도 간간이 터지는 헛기침도 차츰 사그라졌다. 의자에 몸을 깊숙이 박은 채 숨죽인 사람들은 무대를 바라보면서 속으로 이렇게 중얼거릴 것이다. 그래, 어디 시작해 봐!

강렬한 불빛이 눈을 파고들었다. 다인이는 눈을 감았다 뜨면서 깊이 숨을 들이마셨다. 테이블 맞은편에 앉아 있는 경미는 고개를 숙인 채 종이 뭉치를 들여다보고 있다. 다인이는 양복을 입고 남장한 경미의 정수리를 뚫어지게 쳐다봤다. 지금 이 순간 경미는 경미가 아니듯이, 다인이는 다인이가 아니다.

조명을 받으면서 의자에 앉아 있는 다인이는 일 등급 자식을 만들려고 남편의 신체까지 팔아먹는 비정한 인간이다. 다인이는 지난 몇 달 동안 빙의하듯 몸속에 들어앉아 있던 '그녀'를 무대 위로 끌어내야 한다. 연기는 진실해야 하며, 배우는 무대 위에서 결코 자기 자신을 잃어서는 안 된다는 어느 거장의 말이 섬광처럼 머릿속을 스쳐 지나갔다. 자신을 잃지 말라니, 그 의미를 잘 모르겠다. 나는 지금 한 아이를 둔 엄마 역할에 몰입해야 하는데, 나 자신을 잃지 않을 수 있을까?

다인이는 마른침을 삼키고는 입을 뗐다.

"사장님, 이게 도대체 어떻게 된 일이에요?"

갈라진 목소리가 튕겨져 나왔다. 이 첫 대사는 싸움터에서 적을 겨누는 칼날처럼 날이 서 있어야 한다. 칼을 뽑았으니 휘두를 차례다. 원하는 것을 손에 넣지 못해 약이 바짝 오른 '그녀'의 발악은 지금부터다.

"환골탈태 사장님 말씀만 믿고 딸과 맞바꾼 아들이 양아치 딴따라라니요? 일 등급이라면서요? 저희 남편 대장, 소장, 10년 치 월급을 고스란히 다 바쳐 바꾼 아들을!"

다인이의 고함이 무대에 울려 퍼진다. 이제 무대 밖 세상은 완전히 사라지고, 다인이의 눈에는 뻔뻔한 변명만 늘어놓는 장사꾼과 일 등급 인간이라더니 반미치광이처럼 노래를 불러 대는 아들만 남는다. 그들의 눈빛이 칼처럼 다인이를 찌르거나 아슬아슬하게 비켜 나가면서 다인이는 팽팽하게 당겨진 줄 위에 서 있는 기분이 들었다.

조명이 꺼지고 관객들의 박수가 그친 뒤에도 다인이는 욕심에 눈이 멀어 자식을 수렁에 빠트린 어미의 절망에서 헤어 나오지 못해 가슴이 뻐근했다. 누군가 툭 건드리면 정말 울음이 터질 것 같았다.

"너희 웬일이야. 막판 연습할 때까지 대사도 틀리고 엉성해서 걱정하게 하더니, 그거 다 눈속임이었던 거야? 왜 이렇게 잘해? 엄마, 너는 정말 완벽했어."

연극반 2학년 선배들의 호들갑에 다인이는 그제야 정신이 들었다.

"편다인! 너 정말 제대로던데. 애썼어. 연습할 때보다 몇 배는 잘했어."

선생님이 다인이 머리를 쓱 쓰다듬었다. 다인이는 그것으로 충분했다. 여름 내내 어두컴컴한 음악실에서 아이들과 소리치고, 뒹굴면서 땀 흘린 시간은 연극을 무사히 끝낸 것으로 모두 보상받은 기분이었다. 그렇지만, 상을 탄다면 더할 나위 없이 좋지. 다인이는 괜스레 횟횟 달아오르는 얼굴을 양손으로 감싸 쥐었다.

"안산 청소년 연극제 사상 처음으로 올해는 단원고등학교 연극부가 금상을 기대해 봐도 될 것 같대. 해마다 연극제를 휩쓴 디지털미디어고등학교보다 우리가 낫던데."

누군가 주워들은 말로 수선을 떨자 상은 고사하고 실수하지 않고 무대에서 내려오기만을 바랐던 아이들은 기대감에 부풀었다.

시상식이 있던 날, 금상에 단원고등학교가 선정되었다는 소리에 향매가 옆구리를 찔렀다.

"다인아! 단원고라고 한 거 맞지? 우리가 맞는 거지?"

맞긴, 우리가 왜 맞아? 우리가 상을 타는 거지! 다인이는 향매 손을 꼭 잡고 먼저 나선 아이들의 뒤꽁무니에 붙어 무대 위로 달려 나갔다.

다인이의 생애 첫 연극은 그렇게 화려하게 막을 내렸다.

다인이의 꿈은 수의사였다. 이 세상에서는 뭐든 되어야 사람대접을 받는다는 것을 알았을 때부터 줄곧 수의사가 되고 싶었다.

그 이전에, 그러니까 오른쪽 왼쪽 신발을 바꿔 신어도 크게 불편한 줄 몰랐던 시절에는 어른들이 뭐가 될 거냐고 물어볼 적마다 유치원 선생님이라고 대답했다. 보육 교사 교육을 받던 엄마를 따라 다닌 탓이다. 엄마가 교육을 받는 동안 다인이는 무용실에서 놀았다. 엄마는 필리핀으로 졸업 여행을 가면서도 다인이를 데려갔는데, 다인이는 유치원 선생님이 되겠다는 말을 할 때 필리핀 밤바다에서 본 화려한 불꽃놀이가 떠올랐다. 까만 밤하늘을 화려하게 수놓은 불꽃이 순식간에 허공으로 흩어져 버리듯, 다인이의 첫 꿈도 그렇게 사라져 버렸다.

그리고 어느 날부터인가 다인이는 수의사를 꿈꿨다. 처음에는 막연하게 수의사가 되어서 동물을 보살피면 좋겠다 싶었다. 그런데 별이를 처음 만난 날, 다인이는 별이를 데려오면서 반드시 수의사가 되리라고 마음먹었다.

별이는 유기견이다. 다인이의 열다섯 살 생일 선물로 강아지를 키우라고 허락한 엄마는 조건을 내밀었다.

"강아지를 사 주지는 않을 거야. 유기견 센터에서 데려와서 키워야 해. 네 힘으로 알아보고 데려와."

살아 있는 동물을 사고파는 걸 마뜩잖아하는 엄마의 뜻을 다인이는 이해할 수 있었다. 다인이는 유기견 센터를 알아보면서 버려진 개들의 슬픈 눈빛 때문에 마음이 아팠다. 별이의 눈빛도 그랬다. 낯선 다인이를 바라보던 별이의 눈빛은 까만 밤하늘에 외롭게 떠 있는 별처럼 반짝였다.

별이는 다인이가 팔을 내밀자 조심조심 다가와 품에 안겼다. 다인이는 처음 별이의 심장 박동이 가슴으로 전해지던 그 순간을 잊을 수가 없다.

"눈이 별처럼 반짝이니까, 네 이름은 별이야. 너는 내 동생이야!"

다인이는 별이를 집에 데려온 뒤 블로그 대문 이름을 바꿨다. 'Star's Story'. 블로그에서 다인이는 별이 언니로 통했다. 친구들이 별이가 언니를 잘 만나 행복하겠다고 할 때마다 다인이는 정색하고 말했다.

"뭔 말이야. 내가 별이를 만나서 행복해진 거지."

다인이는 별이를 키우면서 동물 보호 문제에 적극적으로 관심을 가졌다. 그리고 반드시 수의사가 되리라 마음먹으면서 중학교 때는 직업 체험으로 토끼를 구해 돌봤다.

친구들은 다인이가 쓴 '직업 체험 보고서'를 보고 전문가 수준이라면서 혀를 내둘렀다.

나의 꿈은 임상 수의사다. 일단 수의사는 임상 수의사와 비임상 수의사로 나누어진다. 임상 수의사는 동물들을 돌보거나 치료하고 비임상 수의사는 새로 개발된 약을 임상 실험해서 독성 여부를 가리거나 식품 회사에서 사용하는 원료들의 안전성이나 수입농수산물의 안전성을 검사한다. 나는 토끼를 키우며 임상 수의사 체험을 하고 있다.

건강한 토끼는 항문이 깨끗해야 하고 이빨이 깨끗하고 튼튼해야 한다. 또 잘 뛰어다니는지를 보고 벼룩(이)이 있는지를 확인한다.

두 번째는 토끼가 밥을 잘 먹고 소화를 잘하는지를 보고 똥을 동글동글하게 잘 싸는지를 확인한다. 우리 안에만 갇혀 있는 토끼의 스트레스를 풀어 주기 위해 산책을 시키며 풀을 먹게 하고 뛰어놀게 했다.

그리고 요즘 토끼의 눈 색깔이 예전과 달라서 걱정이 됐다. 그래서 인터넷을 검색해 봤더니 토끼가 크면서 눈의 색이 변할 수도 있다고 한다. 그리고 예전에 키우던 토끼가 왜 죽었는지도 검색해 봤다. 역시 내가 예상한 대로 서열이 밀려서 죽었을 수도 있고 아니면 낯선 환경에 대한 스트레스로 죽었을 수도 있다고 한다. 그리고 이건 내가 느낀 점인데 토끼만이 아니고 다른 동물들의 우리는 1주일에 2~3번 정도 청소를 해 주어야 한다.

아무리 작은 생명이라도 생명을 키우는 것은 너무 힘들다. 또 동물들을 학대하지 않는 것이 좋다고 생각한다. 왜냐하면 동물들도 우리와 같은 생명체니까. 예전에 동물병원 선생님께서 "동물들은 말은 못 하지만 마음은 느낀다. 그 마음은 수의사가 되기 위해 가장 기본적으로 느껴야 하는 것이다"라고 말씀하셨다. 그래서 나는 앞으로 동물들의 마음을 이해해 주는 수의사가 되고 싶다.

"그런데 수의사가 아니라 이제는 뭐가 되고 싶다고?"

연극제가 끝나고 만난 유미는 눈을 동그랗게 뜨고 되물었다. 다른 애들도 다인이 입만 바라봤다.

"뮤지컬 배우가 되겠다고!"

다인이가 큰 소리로 말하자 애들은 저희끼리 사뭇 진지한 눈빛을 주고받았다.

"내 그럴 줄 알았다. 우리 다인이가 뭐 하나에 빠지면 끝장을 보잖아. 첫 연극에서 주연을 맡은 실력이니, 뮤지컬 배우 좋네! 그래, 네가 그리 되기만 하면 우리가 공연할 때마다 가 주지."

친구들 사이에서 엄마로 불리는 준희가 정말 엄마처럼 다인이의 등을 토닥였다.

"다인이는 뭐든 한다고 하면 해내잖아. 여름 방학 때 기억 안 나? 놀러 온 사촌 동생한테 수영장을 만들어 주고 싶다더니 베란다 배수구 구멍 막아서 정말 수영장 만들어 준 거 봤지?"

유민이 말에 지나가 얼른 끼어들었다.

"봤지. 내가 인피니트 엘을 좋아한다니까 나를 위해 팬픽을 써 준다더니 꼬박꼬박 거르지 않고 팬픽을 올리잖아. 1년 동안 연이어 세 편을 쓰다니 정말 대단하지. 수행평가라고 해도 그렇게 못할 거야. 독해도 보통 독한 게 아니야. 하얀 눈의 기억! 다인이가 작년 12월에 처음 올린 글, 너희도 기억나지?"

지나는 웃으면서 다인이 처음 쓴 팬픽을 큰 소리로 떠들었다.

"여러분 그거 아세요? 첫눈 내린 날 만난 사람은 첫눈 내린 날 다시 만난다는 것을. 우리의 사랑도 이렇게 첫눈 내리는 날 시작되었죠."

다인이 얼른 지나의 입을 틀어막는데, 소현이 둘 사이로 파고들었다.

"그래, 다인이는 뭐든 하면 잘할 거야. 다인이가 배우 되면 우리가 팬덤을 만들자! 우정 반지까지 만들어 낀 친구들의 도리로 별이 언니 팬클럽을 띄우고, 우리가 운영진을 맡는 거지. 내가 회장 하고!"

소현이는 다인이의 팔짱을 끼면서 콧소리를 냈다. 다인이는 선심 쓰듯 고개를 끄덕였다.

"좋아! 다 좋아! 그런데 내가 훌륭한 뮤지컬 배우가 되려면 평소에도 실력을 갈고닦아야 하지 않겠어? 얘들아, 가자! 노래방으로!"

다인이가 우렁차게 소리치면서 앞서 걸어가자 애들은 깔깔대면서 그 뒤를 따랐다.

다인이는 안산에 처음 온 날을 기억한다. 차창 밖으로 보이는 안산은 군데군데 고층 아파트들이 누군가 툭툭 던져 놓은 것처럼 서 있어 쓸쓸해 보였다. 어른들은 이런 걸 보고 삭막하다고 하는구나. 열세 살 다인이의 눈에는 안산이 마치 다른 세상처럼 보였다. 이곳에도 초등학교가 있고, 친구가 있을까? 그렇지만, 그런 것이 다 없다고 해도 상관없었다. 안산에는 단 한 사람만 있으면 되었다. 엄마!

다인이는 그렇게 엄마 곁으로 돌아왔다. 이혼한 뒤 딸과 떨어져 살았던 엄마는 돌아온 딸을 마치 어제 본 것처럼 아무것도 묻지 않고 품에 안았다.

다인이는 그날 엄마하고 무슨 말을 했는지 기억나지 않는다. 아마도 별말을 하지 않았을 것이다. 또렷하게 떠오르는 건 엄마가 차린 밥상 앞에 마주 앉아 밥을 먹고, 붙어 앉아 텔레비전을 보고, 나란히 이부자리를 펴고 누웠다는 것뿐. 그날 밤, 다인이는 엄마의 낮은 숨소리를 들으면서 잠이 들었다. 그 하룻밤으로 다인이는 엄마와 떨어져 있던 시간을 훌쩍 뛰어넘었다.

엄마는 늘 다인이를 친구처럼 대했다. 다인이 학원 선생님한테 혼이 나고 서운한 마음에 집을 나온 날, 찜질방에 있는 다인이를 찾아낸 엄마는 화를 내기는커녕 웃음을 터트렸다.

"내가 웃겨 죽겠네. 그렇게 비장하게 편지를 써 놓고 간 데가 고작 엄마하고 와 본 찜 질방이야? 멀리 가지도 못할 거면서…… 그래, 집 나오니 좋으냐?"

엄마 말에 다인이는 고개를 내저었다. 아니, 집 나오니 개고생이지. 정말 다인이는 다시는 그러지 않으리라 결심했다. 그날, 엄마는 다인이와 찜찔방에서 하룻밤을 함께 보냈다. 엄마는 그렇게 묵묵히 딸이 세상에 뿌리를 내리는 걸 지켜봐 줬다. 그리고 새 아빠는 울타리가 되어 줬다. 다인이는 그 울타리에서 조금씩 조금씩 마음의 키가 자 라났다.

"엄마, 우리 이제 아무 걱정 없이 정말 행복한 것 같아."

별이 세 번째 생일 파티를 한 날 밤, 다인이는 불쑥 이런 말이 튀어나왔다. 엄마는 다 인이를 보고는 피식 웃었다.

"우리 딸이 좀 컸네."

"우리 국이 원래 어른스러워. 안 그러냐? 국아!"

다인이는 아빠가 어릴 적 이름인 국이라고 부르는 게 좋았다. 아빠가 국아! 부르면 다인이는 시간을 거슬러 어린아이로 되돌아간 것만 같았다. 다인이는 가끔 생각한 다. 아빠는 다인이가 태어나기 전부터 긴 끈으로 이어져 있었던 것은 아닐까. 사람들 은 그렇게 인연의 끈으로 만나는 것인지 모른다. 다인은 입버릇처럼 엄마한테 이렇게 말하곤 했다. 나는 다시 태어나면 엄마 아빠의 딸로 태어날 테니까, 잘 키워 줘야 해!

다인이는 고개를 끄덕이면서 기세등등하게 말했다.

"내 말이. 내가 원래 엄마보다 어른스럽거든!"

"그래, 잘났다. 암튼 이 어른스럽지 않은 엄마는 네가 행복하기만 하면 돼. 뮤지컬 배우가 되든 뭘 하든 네가 행복한 걸 찾아. 2학년 되면 이제 슬슬 네가 가고 싶은 길 을 찾아야지."

"아무렴 우리 국이가 오죽 잘할까."

아빠가 다인이 팔을 툭 치면서 눈을 끔벅거렸다.

"그러니까. 아빠는 다 안다니까."

다인이는 제 무릎을 베고 잠든 별이를 쓰다듬었다. 다인이가 만들어 준 케이크를 정신없이 먹은 별이는 어린아이처럼 새근새근 숨소리를 내면서 잠들었다. 다인이는 별이가 깨지 않도록 목소리를 낮춰 속삭였다.

"별아! 언니가 새해에는 정말 멋진 사람이 될 거야. 한 살 더 먹으니 나잇값을 해야지."

다인이는 2014년을 방 청소로 시작했다. 2013년 달력을 치우려다가 달력에 적어 놓은 메모를 하나하나 읽어 봤다. 인피니트 공연에 간 날, 청소년 연극제가 열린 날, 가족 여행을 간 날…… 작년 한 해가 고스란히 달력에 담겨 있었다.

"지나간 시간은 다시 돌아오지 않겠구나."

다인이는 지난 추억을 되짚어 보면서 왠지 마음이 짜안했다. 시간은 결코 다시 돌이킬 수 없다는 게 절실하게 다가왔다.

"그래! 이제부터 단 한 순간도 후회하지 않도록 열심히 살자!"

다인이는 청소를 끝낸 뒤 방학 생활 계획을 세웠다. 그러고는 미장원에 가서 앞머리를 잘랐다. 다음 날, 새벽에 잠이 깬 다인이는 얼른 거울을 들여다봤다. 거울 속 낯선 아이가 뚫어지게 자신을 바라보고 있었다. 그 아이는 이렇게 말하는 것 같았다.

"그래, 이제 진짜 네 연극을 시작할 때야! 편다인이 주인공이 되어서 무대에 오르는 거야. 너 자신을 잃지 말고 마음껏 무대를 누려 봐!"

다인이는 자리에서 벌떡 일어나 방에서 나왔다. 집은 고요했다. 안방에서는 아빠의 코 고는 소리가 간간이 들렸다. 다인이는 가만가만 움직이며 별이를 데리고 집을 나섰다.

어슴새벽 매서운 바람이 옷을 파고들었다. 별이는 다인이를 올려다보면서 꼬리를 흔들었다.

"별아, 어서 달리자고? 그래 달리자! 우리 힘껏 달려 보자!"

다인이는 심호흡을 크게 하고는 힘차게 발걸음을 뗐다. 다인이는 바람을 헤치면서 앞으로 내달렸다.

어슴푸레한 어둠이 서서히 걷히고 하늘 끝자락이 붉게 물들어 갔다. 아침이 오고 있었다.

편다인의 네이버 블로그 http://dlsnditi020.blog.me

경기도교육청 '약전발간위원회'

위원장 | 유시춘
위원 | 노항래 박수정 오시은 오현주 정화진

경기도교육청 약전작가단(139명)

강무홍 강정연 강한기 공진하 권현형 권호경 금해랑 김경은 김광수 김기정 김남중 김동균
김리라 김명화 김미혜 김민숙 김별아 김선희 김세라 김소연 김순천 김연수 김용란 김유석
김은의 김이정 김인숙 김지은 김하늘 김하은 김해원 김해자 김희진 남궁담 남다은 남지은
노항래 명숙 문양효숙 민구 박경희 박수정 박은정 박일환 박종대 박준 박채란 박현진
박형숙 박효미 박희정 배유안 배지영 서분숙 서성란 서화숙 신인니 손미 송기역 신연호
신이수 안미란 안상학 안재성 안희연 양경언 양지숙 양지안 오수연 오시은 오준호 오현주
유시춘 유은실 유하정 유해정 윤경희 윤동수 윤자명 윤혜숙 은이결 이경혜 이남희 이미지
이선옥 이성숙 이성아 이영애 이윤 이재표 이창숙 이풍 이해성 이현 이현수 임성준 임오정
임청아 임성은 임성사 임성환 임재영 깅미 깅세정 깡영부 장주시 장지혜 저경낚 정덕재
정란희 정미현 정세언 정윤영 정재은 정주연 정지아 정혜원 정화진 정희재 조재도 조지영
진형민 채인선 천경철 최경실 최나미 최아름 최예륜 최용탁 최은숙 최정화 최지용 하성란
한유주 한창훈 함순례 홍승희 홍은전 희정

416 단원고 약전
짧은, 그리고 영원한 9권 (2학년 9반)

네 잎 클로버를 키운 소녀

초판 1쇄   2016년 1월 12일
초판 3쇄   2018년 3월 20일

지은이   경기도교육청 약전작가단
엮은이   경기도교육청
펴낸이   이재교
책임감수   유시춘
책임교정   양순필
책임편집   박자영
그림   김병하
손글씨   이심
디자인   김상철 박자영 이정은
인쇄   신사고하이테크(주)

펴낸곳   굿플러스커뮤니케이션즈(주)
출판등록   2013년 5월 7일 제2013-000136호
주소   서울시 마포구 동교로17길 51 (서교동 458-20) 4, 5층
대표전화   02.6080.9858
팩스   0505.115.5245
이메일   goodplusbook@gmail.com
홈페이지   www.goodpl.net
페이스북   www.facebook.com/pages/416book

ISBN 979-11-85818-20-7 (04810)
ISBN 979-11-85818-11-5 (세트)

「이 도서의 국립중앙도서관 출판시도서목록(CIP)은
서지정보유통지원시스템 홈페이지(http://seoji.nl.go.kr)와
국가자료공동목록시스템(http://www.nl.go.kr/kolisnet)에서 이용하실 수 있습니다.
(CIP제어번호: 2015035196)」

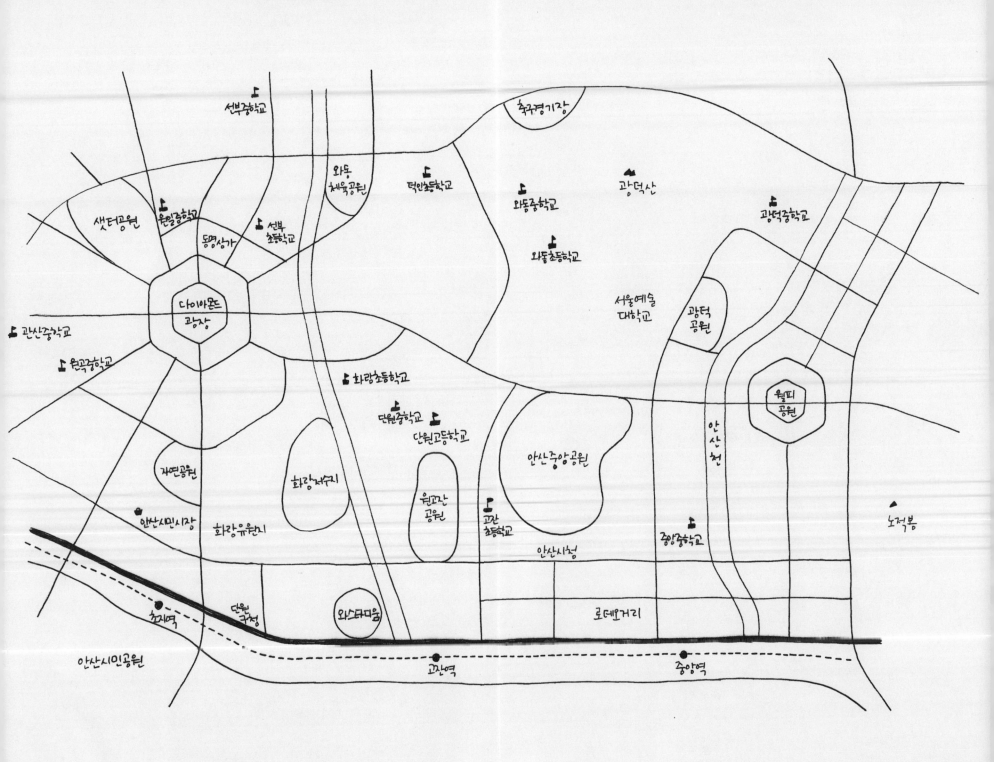

머물렀던 거리

←